ハヤカワ文庫 JA
〈JA1419〉

錬金術師の密室

紺野天龍

早川書房
8477

本文別版デザイン／團夢見（imagejack）

目次

（錬金術と変成術）

　この世界のあらゆる物質は《大いなる一（プリマ・マテリア）》と呼ばれる一つの《もの》から構成されている。そしてこの《大いなる一（プリマ・マテリア）》がいくつかの属性を持ち、さらにその属性の組み合わせによって様々な原子を構成している。属性、組み合わせには《エーテル》と呼ばれる不可視のエネルギィが関与している。突き詰めると、《第五元素》とも呼ばれるこのエーテルを操作する技術が錬金術、ないし変成術である。

（ 七つの神秘 ）

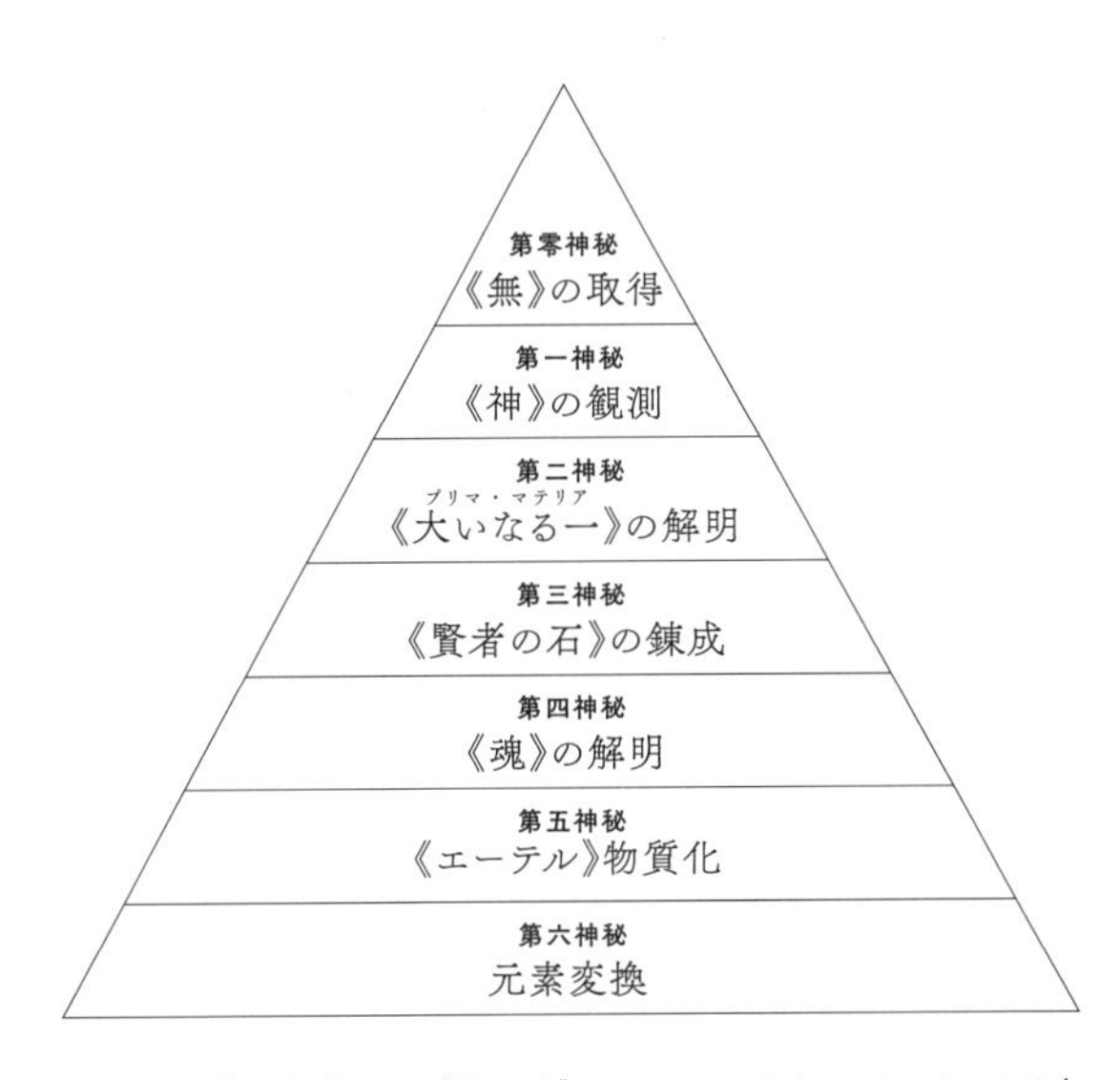

二千年前に出現した《神の子》ヘルメス・トリスメギストスにより提示された、神域へ至るための七つの神秘。

第六神秘から第零神秘に向かい、一歩ずつ階段を上るように進んでいく。各神秘を飛ばすことはできない。現在、《第五神秘》まで解明済み。

登場人物

■メルクリウス・カンパニィ関係者

フェルディナント三世…………………顧問錬金術師
アルラウネ………………………………ホムンクルス
ダスティン・デイヴィス………………社長
ジェイムズ・パーカー…………………開発部長
アイザック・ウォーレス………………警備部長
ダニエル・ギブズ………………………警備員
セオ・クロース…………………………警備員

■トリスメギストスの人々

オスカー・ウィンチェスター…………老変成術師
レイラ・トライアンフ…………………女性変成術師
ローガン・ブラウン……………………壮年の変成術師

■アスタルト王国の人々

ヘンリィ・ヴァーヴィル………………軍務省情報局局長。中将
フェリックス・クルツ…………………エテメンアンキ警視庁警部
エミリア・
　シュヴァルツデルフィーネ…………軍務省情報局の新人。少尉
テレサ・パラケルスス…………………軍務省錬金術対策室室長。大佐

錬金術師の密室

これは偽りのない真実、確実にして、このうえなく真正なことである。

唯一なるものの奇跡を成し遂げるにあたっては、
下にあるものは上にあるものの如く、
上にあるものは下にあるものの如し。

万物が一者から一者の瞑想によって生まれるが如く、
万物はこの唯一なるものから適応によって生じる。

――《エメラルド板》序文

第1章　水銀と水の交わり

1

高速蒸気列車からプラットフォームに降りたエミリア・シュヴァルツデルフィーネは、降り注ぐ陽光に思わず顔をしかめた。とっさに左手を掲げて庇（ひさし）を作り、急をしのぐ。

指の隙間から覗く高い蒼天は、数時間まえまで見ていた鈍色（にびいろ）のものとは打って変わって軽やかで清々（すがすが）しい。

暦の上では春もまだ半ばというところだったが、約一カ月ぶりの王都エテメンアンキは、早くも夏の様相を呈している。北部はまだ肌寒い日が続いていたので、いつものように厚手の軍服を着てきてしまったことを、彼は早々に後悔し始めていた。

呆然と立ち尽くす彼を尻目に、列車は甲高い汽笛を鳴らして動き出す。まるで彼を田舎（いなか）

者と笑うかのようなそれに、げんなりして独りごちる。

「……まあ、実際問題、今の僕は本当にただの田舎者なんだけどね」

自虐するように笑ってみるが、まったく面白いことはなかった。群青色の絵の具をぶちまけたように悪趣味なほど青い空へ、真っ白い蒸気をもくもくと噴き上げながら走り去る列車を見送ってから、彼は歩き出す。

駅舎を抜けると、目的の第三合同庁舎はすぐ目の前に立っていた。軽く見上げる程度に背の高い煉瓦造りの厳めしい建物だった。ところどころ煉瓦が欠け落ちたり、壁面に蔦が這い上っていたりしてあまり小綺麗には見えないが、役所なんてどこもそんなものだろう。

それよりもエミリアの意識は、もっと他のところに向いている。

ここに——目的の人物がいるのだと。

そう考えると緊張して手足が戦慄く。エミリアは慎重に歩を進めながらも、緊張を和らげるために一週間まえに起こったことの顛末を思い出す。


エミリアが配属されたザグロス山脈の奥地にあるアワン前哨基地へ、アスタルト王立軍情報局局長のヘンリィ・ヴァーヴィル中将は冬の嵐のように突然やって来た。

「査察に来た。指揮官と二人だけで話をさせてほしい」

情報局のトップ直々による抜き打ちの査察という異常事態に、前哨基地の軍人たちは震え上がった。

そもそもアワン前哨基地は、実質的に何の価値もない、軍内では密かに流刑地とさえ呼ばれているほどの場所だ。ますます軍のお偉いさんが足を運ぶ理由がない。

指揮官――つまり、アワン前哨基地責任者であるエミリアを呼びに来た補佐官のコリン軍曹はどこか楽しげに、「いったい何をしでかしたんですか、少尉。ひょっとしてバアル帝国のスパイだったとか？」と笑っていた。周りに雪しかない山奥なので、きっとどんな些細(ささい)な出来事でも娯楽になってしまうのだろう。

当然エミリアも、何故ヘンリィが突然やって来たのか見当もつかなかったが、呼び出された以上従うしかない。開墾(かいこん)作業を放り出して急いで呼び出しに応じる。

応接室で待っていたヘンリィは、エミリアを見るなり顔をほころばせた。

「久しぶりだな、エミリア。突然押し掛けてすまなかった」

「ご無沙汰しております、中将」

敬礼をして、エミリアはヘンリィの向かいのソファに腰を下ろす。ヘンリィ・ヴァーヴィルは、ロマンスグレーの髪を撫でつけ、ひげをたくわえた上品な紳士である。軍学校時代からヘンリィには色々と目を掛けてもらっていたが、こうして改めて向き合うとどうしても緊張してしまう。軍人となり階級差を意識してしまったからかもしれない。

部下が運んできた熱い紅茶を啜(すす)りながら、ヘンリィはどこか懐かしむように言う。

「それにしても……半年ぶりくらいか。卒業式にも任官式にも出られなくてすまなかった」

「そんな、滅相もないことです」手にしていたカップを慌ててソーサごとテーブルに戻してエミリアは答える。「中将がご多忙であることはよく存じ上げております。自分も早く中将のように女王陛下のお役に立ちたく思い、日々研鑽を積んでいるところです」

「それは結構。しかし、無理をしているようにも見える。少し、痩せたのではないか?」

上手く答えられずエミリアは曖昧に微笑みだけ返す。ヘンリィは申し訳なさそうに口角を下げた。

「きみの現在の任務に関しては、私も少なからず責任を感じている。私にもう少し力があれば、跳ねっ返りどもを抑えつけられただろうに」

「そんな! 中将の責任ではありません!」慌ててエミリアは否定する。「自分がもう少し上手く立ち回れていれば……」

そこまで言って失言だったと悟り、口を噤む。

現在エミリアに与えられている任務は、アワン前哨基地の防衛だ。戦時下ではないが、バアル帝国との国境も近く、書類の上では重要拠点の一つとされている。しかし、如何せん雪深い山奥にあるため、わざわざ攻め込んできたところで不要な遭難者を出すばかりで戦略上の価値はないとみなされていた。また補給路にも乏しく、自給自足を余儀なくされるため、この前哨基地での仕事と言えばもっぱら開墾作業だった。

もともと頭脳労働を得意として、情報将校となるために軍学校を卒業したエミリアの落胆は大きい。閑職を充(あ)てられ、飼い殺されているようなものなのだから。

「すまない。きみを責め立てるつもりではないのだ。ただ、きみの現状に私も胸を痛めていてね。きみの名誉を回復すべく、ある特殊任務の話を持ってきた」

「……特殊任務、ですか」話の方向がよくわからず、エミリアは困惑する。

「そうだ」大仰に頷き、熱い紅茶を一口啜ってからヘンリィは言った。

「——確かきみは、《錬金術》に造詣が深かったね？」

——錬金術。

世界に遍(あまね)く物理法則を無視した、人類最後の神秘。

二千年まえ、《神の子》ヘルメス・トリスメギストスにより授けられた神の叡智(えいち)。巨大なエメラルドの板に刻まれたそれは——紛れもなく世界を一変させた。

卑金属を貴金属に変え、魂を自在に操り、不老不死を実現し、果ては宇宙さえも創造しうる、文字どおり神の叡智。

しかし、それゆえに常人には理解することさえ困難な秘術でもあり、現状それを多少なりとも理解できているのは、世界に七名しか存在しない錬金術師のみとされている。

ヘンリィの問いに、エミリアは慎重に言葉を選んで答える。

「――厳密に申し上げますと、自分が知っているのは《錬金術》ではなく《変成術》です」

「失礼、そうだった。正直に言って、私はあまりそちらの方面に明るくないものでね」

興味もなさそうにヘンリィはそう言うが、直感でそれが嘘だとエミリアは見抜く。いくら彼が軍内でも有数の神秘否定派の人間であるとはいえ、情報局の局長という立場である以上、一般人よりも多くの知識を持っていることは容易に想像できる。だからこれは、対外的な神秘否定のアピールなのだろう。

変成術は、錬金術の下位互換である。どちらも大気に満ちた《エーテル》と呼ばれるエネルギィを利用して、物質の状態に干渉する点では同じだが、それがもたらす結果には決して超えることのできない壁がある。

一般的には、卑金属を貴金属に変えることができるのが錬金術で、できないのが変成術、というように表現される。簡単に言うと、錬金術とは物質の組成を元素レベルで変更する技術だ。鉛を金に、あるいは金を鉛に。人類が長い年月を経て育んできた科学では到達し得ない次元の奇跡を再現する――それが錬金術である。

対して変成術にできるのは、《エーテル》を利用して物質の形状や状態、温度などを変更すること、あるいは物質を破壊することまで。変成術でできることは、すべて錬金術でも再現可能である。

無論、それだけでも十分に有用な技術なので、変成術師はどこも引く手数多（あまた）なのだが。

「知っているとは言っても、あくまでも知識だけで、自分は変成術を実際に行使できません」

エミリアは慎重に答える。変成術にせよ錬金術にせよ、《エーテル》に干渉する能力は、生まれつきの才能に左右されるものであり、才能のないものがどれだけ努力をしたところで後天的に《エーテル》干渉能を獲得することはない、と言われている。

「重要なのは知識だ」ヘンリィはエミリアを見定めるように尋ねる。「変成術に詳しいということは、錬金術にもある程度の素養があるのではないか？」

「まあ……一般の方よりは多少。そのことが中将のお話と何か関係があるのですか？」

「大いにある。きみにはその錬金術の知識を生かして、十日後メルクリウス・カンパニィで行われる錬金術の式典に参加してもらいたい」

意外な言葉に、エミリアは首を傾（かし）げる。

メルクリウス・カンパニィといえば、世界中に支社を持ち、総従業員数は二千を超える世界有数のエネルギィ関連企業だ。主に独自の高密度エネルギィ結晶《エーテライト》を生産、販売することで莫大な利益を上げている。

この《エーテライト》は、従来の化石燃料と比較してエネルギィ効率が桁（けた）違いに優れていたため、蒸気機関の性能を飛躍的に向上させた。《エーテライト》の普及により、汽車や船舶、航空機などの移動手段だけに留まらず、工業機械にまで蒸気機関を導入させるという世界的な産業革命を巻き起こした。

確か、人類の至宝である錬金術師を一人、顧問として招き入れて研究に従事させていたはずだ。そのせいで、人類の至宝を私物化しているとの批判が絶えないとも聞き及ぶ。

「錬金術の式典なんて突然どうしたのでしょう？　宗旨(しゅうし)替えでもして、《エーテライト》生成技術の一般公開でもする気になったのでしょうか？」

「少なくとも宗旨替えではないな」ヘンリィは苦笑する。「今回もまた金儲けのためのプロモーションだろう。何でも――《魂の解明》に成功したとか」

エミリアは目を丸くする。

《魂の解明》――それは、神に通じる《七つの神秘》の一角だ。

《神の子》により与えられたエメラルド板には、神の領域に至るための七つの段階が示されていた。人類が神域へ至るためには、段階的にこれらの扉を一つずつ開いていかなければならない。

まず卑金属を貴金属に変換する奇跡《第六神秘・元素変換》。現在、世界で七名の錬金術師のみがこの神秘を再現可能とされている。錬金術師の最終目標は《七つの神秘》の段階を上り詰めて《神》に至ることだが、変成術師の最終目標はこの《第六神秘》を実現して、錬金術師となることである。

続けて《第五神秘・エーテル物質化》。これは先の《エーテライト》生成技術のことで、今のところ件のメルクリウス・カンパニィの顧問錬金術師のみが再現可能な奇跡だ。

そして続く《第四神秘》が《魂の解明》――。

つまり、もしもそれが事実なのであれば、《七つの神秘》のうち二つをメルクリウス・カンパニィが独占することになる。

「にわかには信じがたいですね。この百年、世の錬金術師たちが生涯を賭して研究を続けてそれでも為し得なかった奇跡を、たった一人の錬金術師が二つも再現してしまうなんて」

「国の上層部も同意見だ。無論、メルクリウス側もその反応を予想していたみたいだな。わざわざ向こうから、式典……公開式に《アルカヘスト》の派遣を要請してきた」

「アルカヘスト……」エミリアはその単語を繰り返す。「確かこの春、新たに情報局に設置された特務機関、ですね？　勉強不足でして名前くらいしか知らないのですが……」

「そう、女王陛下とアスタルト王国全体を他国の錬金術関連技術から守護するための超法規特務機関、軍務省情報局戦略作戦部国家安全錬金術対策室――通称《アルカヘスト》だ」

どこか忌々しげに名前を告げるヘンリィの様子に違和感を抱きながらも、エミリアは別の部分で引っかかる。

「失礼ながらお話がわかりかねるのですが……。その《アルカヘスト》が錬金術関連の特務機関なのであれば、当然メルクリウスの要請どおり式典に派遣してその真偽を確かめるのでしょう？　それで何故、その式典に自分まで参加する必要があるのでしょうか？」

「そこできみの任務の話が出てくるのだが……」

一旦言葉を切り、ヘンリィはエミリアを見据えながら声のトーンを落として告げる。

「きみには、《アルカヘスト》室長に同行し、その素行を内偵してもらいたい」

「……はい？」

予想外だったので間の抜けた声を上げてしまう。しかし、その反応も予想済みのようで、ヘンリィは淡々と続ける。

「《アルカヘスト》は、特務機関でありながら、現在室長一名しか在籍していない。室長は、些か性格に難のある人物で、部下や同僚を持つことを極端に嫌うらしい。もちろん、本来であればそんなわがままを許す軍部ではないのだが、これが困ったことにどういうわけか女王陛下の覚えが良くてね。我々としてもあまり強くは出られないのだ。しかし、その素行の悪さにより他部署からのクレームが殺到しているので、検討の末、式典のお目付役を口実に、内偵をつけることと相成った。錬金術の式典に同行するとなれば、ある程度錬金術に素養のある人物でないと不自然になるが、軍に在籍する変成術師をそんな茶番に関わらせる余裕はない。そこで錬金術の知識があり、かつ知恵も回り優秀なきみに白羽の矢が立てられたというわけだ」

「ま、待ってください。少々、飛躍しているように思うのですが……そもそも内偵というのはいったい何をするのでしょうか？」

「文字通り内偵だ。なるべく近くで室長を観察し、王国の代表として恥ずかしくない行動を取っているか確認し、見たありのままを報告してくれればいい。期間は式典開催の二日間のみ。それが終わったら――今回の特別任務の功績として、現在の北部戦線拠点防衛任務を解き、私が責任を持って中央できみを預かろう」

　中央でヘンリィが預かる――それはつまり、軍の中枢、情報局のトップ直下で本格的に様々な任務に当たることができることを意味する。エミリアにとって願ってもない好機だ。だが、同時に不安材料も残る。そんな極めて都合の良い条件での任務ならば、何か良からぬ落とし穴があるのではないか、と。無論、ヘンリィのことは信用しているが、上層部の思惑も絡んでいそうな案件なので、慎重になりすぎるということはないはずだ。

　例えば、これまで変成術の国家研究は教務省の管轄で行われていたはずなのに、その実質的上位機関である《アルカヘスト》を、教務省とそりの合わない軍務省に設置した理由などは政治的な臭いがするし、さらにその《アルカヘスト》の室長を同一省内の情報局が内偵するというのは、明らかにきな臭いと言える。

だが、飼い殺し同然の現状を変えるには、多少不安はあったとしてもこの機を逃す手はないし、何よりヘンリィがわざわざこんな辺境までエミリアを頼って来てくれたという事実が嬉しかった。できることなら彼の期待に応えたい。

もちろん、そんな単純な思考など、情報局局長ほどの大人物ならばはなからお見通しなのかもしれないが……。それでもエミリアは、決意を固めて答えた。

「わかりました。その任務、謹(つつし)んで承(うけたまわ)ります——」

「——シュヴァルツデルフィーネ少尉?」

不意に声を掛けられ、エミリアは埋没していた思考を無理矢理現実へと引き戻した。

目の前では、合同庁舎の受付嬢が不思議そうに彼の顔を見つめていた。正式な庁舎職員ではないエミリアが、自由に庁舎内を歩き回るための許可証をもらうために立ち寄ったのだった。

「すみません、庁舎に来たのが初めてだったので緊張してしまって」

エミリアは笑って誤魔化す。受付嬢は不思議そうに首を傾げながら、許可証を差し出す。

「こちらが許可証となります。お帰りの際に、またこちらでお返しください」

「わかりました、ありがとうございます」

許可証を受け取り、エミリアは目的の場所へ向かい歩き出す。通路を歩きながら、再びヘンリィとの秘密の話し合いを思い出す。

面会の最後、エミリアはどうしても一つだけわからなかったことを尋ねてみた。

そもそも何故、室名にわざわざ変成術ではなく錬金術を標榜しているのか。

錬金術の研究などしたところで、錬金術師でもなければ理解も行使もできないのだから意味などないはず。

その室長というのは何者なのか、と。

するとヘンリィは、不愉快そうに顔をしかめてこう答えた。

「――《アルカヘスト》室長は、世界に七人しかいない錬金術師の一人だ」

2

国家安全錬金術対策室は、合同庁舎の地下にあるらしい。

エミリアは薄暗い廊下を一人、歩く。数メートルおきに設置された燈火が申し訳程度に足下を照らしている。その何とも言えない心許なさが、どうしようもなく不安を煽るが、それ以上に彼の心中は別の感情により穏やかではなかった。

錬金術師といえば、人類の至宝だ。

神の叡智を自在に操る超越者。人々は皆、神の使いの如き彼らに溢れんばかりの尊崇を向ける。ある意味において、彼らは人間社会における特異点と言える。例えば、国家であれば本来はその元首――アスタルト王国であれば、エンヘドゥアンナ・オブ・アスタルト女王が人々の尊敬や憧れを一身に集めるのが正しい姿であろう。しかし錬金術師という存在は、そんな人間の勝手な決め事などお構いなしに衆目を集めてしまう。結果、国家元首よりも価値のある人間、という評価になりかねず、社会秩序を保つ上でどの国もその扱いに困っていると聞く。

だが、同時に錬金術師という存在は、強大な武力の象徴でもある。錬金術師によって得手不得手はあるようだが、石ころから無限の弾薬を生み出したり、生体錬金術により負傷した兵士を一瞬で回復させたりと、戦争における錬金術の価値は無限大だ。

つまり大国間のパワーバランスを保つ上で、錬金術師はある種の抑止力としても有用であり、それゆえに各国上層部は可能な限り錬金術師を手元に置いておこう、とあの手この手を使い錬金術師を自国に住まわせようと躍起になっているらしい。

現在、バビロニア大陸の二大国家、アスタルト王国と神聖軍事帝国バアルでそれぞれ一人ずつ錬金術師を擁することで、パワーバランスの均衡が上手く保たれていたはずだったが……どうやらエミリアが山奥へ追いやられ情報を遮断されている間に情勢が大きく動いていたようだ。

これまでは、アスタルト王国、バアル帝国の他に、海上移動共和国ヤムと宗教国家シャプシュがそれぞれ一人ずつ錬金術師を有していて世界のバランスが保たれていた。もっとも、錬金術による武力行使を前提としたいがみ合いをしていたのはアスタルトとバアルだけで、貿易国家であるヤムとセフィラ教会の総本山であるシャプシュは基本的に静観していたのだが。

そして国家が抱える四名以外の錬金術師は所在不明とされてきたが……このたび王国が迎え入れたのは、残り三名のうちの一名ということなのだろう。

情報将校を目指していたはずが、いつの間にか世界から取り残されてしまっていたことに気づき軽く落ち込むが、今はそれどころではない。

「まさかこんなに早く錬金術師と対面することになるとは……」

王立軍に入れば、いつかは錬金術師と巡り合う機会もあるだろうと期待していたが、ここまで早く実現するとは思ってもいなかったので、心の準備もままならない。

おまけに相手は、人間嫌いの問題人物であるという。

果たして上手く立ち回ることはできるだろうか、と不安ばかりが増大していったところで――エミリアは自然に足を止めた。

薄暗い廊下の果てで、異様に堅牢な扉に突き当たった。おそらくここが目的の場所だろう。ヘンリィ曰く、ここは昔、軍規に反した者を一時的に収容しておく懲罰房だったらしい。そんな事前情報のせいか、目の前の扉がやたらと禍々しく見えてしまい、思わず唾を飲む。一応扉には、『国家安全錬金術対策室』と書かれた真新しいプレートが貼り付けられているが、その不自然さが逆に恐ろしく思えてしまう。

はっきり言ってこんな怪しい所、今すぐにでも回れ右をして逃げ出してしまいたかったが、鋼の自制心でそんな弱い心を抑えつけ、エミリアは意を決して扉をノックする。

見た目どおりの重厚な音が薄暗い廊下に反響する。しかし、しばらく待ってみたが中から反応はない。再び、今度は強めにノックをする。それでも反応はない。不在かと思って試しにドアノブを捻って扉を押してみると――ゆっくりと開いてしまった。

瞬間、臭覚を刺激する甘ったるい芳香に、エミリアは顔をしかめる。

「何の臭いだ……？　薬品……いや、アルコール……？」

軍服の袖で口元を覆いながら、室内に足を踏み入れる。

部屋は意外にも広々としていた。しかし、一見して本が多く、壁際の本棚に収まりきらなかった書物があちこちに散乱していることもあり、圧迫感と乱雑な印象が強い。足の踏み場を探すのも一苦労だ。

家具らしい家具といえば、部屋の奥に置かれている革張りのソファと、中央に置かれている猫脚のテーブルくらい。あとは巨大な蒸留器や坩堝、金属融解用の特殊な反射炉などの実験器具が設置される、イメージどおりの錬金術師の研究室という装いだった。ただ天井からは金属製の拷問器具がぶら下げられており、ここが元はどういう用途で使用されていた部屋なのかを申し訳程度に表していた。

「なんというか……すごいな……」

物珍しさも手伝ってついキョロキョロと辺りを見回して歩いてしまう。そんな注意散漫な状態だったこともあり、突然ソファの上の布の塊（かたまり）がもぞもぞと動き出したものだから、飛び上がりそうになるほど驚いてしまった。

逸（はや）る心臓を何とか抑え込み、観察する。再び、問題の物体はもぞもぞと動いた。その形や動作からどうやら人間らしいということがわかった。そしてこの状況で考えるならば彼こそが——人類の至宝である錬金術師。

緊張で生唾を飲み込んでから、それでもエミリアは意を決して一歩ずつソファに近づいていく。しかし、足の踏み場がないほど床が散らかり放題だったこと、そしてソファの上の錬金術師に意識を集中しすぎていたことが災（わざわ）いした。疎（おろそ）かになった足下に転がっていたブリキのバケツを蹴っ飛ばしてしまい、盛大な騒音を立ててしまったのだ。

血の気が引く。そして、それは当然のように錬金術師の安眠を妨げた。

「……うーん……なんだぁ……？」

ソファの上の誰かがのっそりと身体を起こす。状況がわからないのか布を被ったままもぞもぞと動いていたが、やがて緩慢な動作で布をぞんざいに振り払った。

布の下から現れたのは——予想外の人物だった。

髪は黒くて長い。おそらく腰のあたりまではあるだろう。寝起きのせいか多少乱れてはいるが、玉虫色の光沢を放っており元来の質の良さを窺わせる。大きな目、スッと通った鼻筋、花弁を散らしたような小さな唇と、顔の造形は恐ろしいほど整っているが、どこか人形のような無機質さが垣間見え、不気味な印象を感じる。一見して手足が長く、背も高そうだ。

そんな世の女性を虜にするほどの美貌に男性用の軍服を纏いながら——しかし、服の下から大きく押し上げられた胸元が、決定的に何かを否定していた。

そう。

予想外なことにそれは、とても美しい——女性だった。錬金術師と聞いただけで、無意識に男性を想定していたエミリアは焦る。特に不可抗力とはいえ、年若い女性が一人で眠る部屋に無断で入り込んでいる今の状況ではなおさらだ。

しかし、そんな彼の焦りなどお構いなしに、目の前の女性はあくまでもマイペースに頭を掻き、おもむろにエミリアを見上げた。

「……きみ、すまないがそこの水差しから水を注いでくれないか。頭が割れそうに痛い」

「えっ、あ、その……はい、わかりました」

激しく動揺しながらも、言われるままに水を用意してグラスを手渡す。受け取るや否や、女性は一気にそれを呷り、深いため息を吐いた。漏れ出たそれは酷く酒臭いものだった。

どうやらこの女性は、あろうことか勤務中に酒を飲み、酔い潰れていたらしい。真面目(まじめ)が服を着て歩いているようなエミリアからしたら信じがたいほどの蛮行である。階級章から大佐であることがわかったが、この上官には一欠片(ひとかけら)の敬意も抱けなかった。

顔をしかめそうになる彼をよそに、まるで意に介した様子もなく、女性は「沁(し)みるなァ……」などと呟き、再びグラスを差し出してくる。お代わりを要求しているようだ。大変不服ではあったが、何も言わず大人しく水差しからまた水を注いでやる。

再び一気にそれを呷り、盛大なため息を吐いてから、ようやく女性は改めてハスキィな美声で尋ねる。

「……で、きみはなんだ？　私のラボに不法侵入しおってからに」

「その、ノックはしたのですが、お返事がなかったもので……」

勤務中に酔い潰れていたことを非難したかったが、何とか我慢する。すると女性は鼻で笑い飛ばした。

「ハッ！　ノックをして返事がないなら『取り込み中だからあとにしろ』の合図だろうが、この大たわけ。下々(しもじも)の凡骨(ぼんこつ)は、常に偉大なる我が意思を尊重するのが務めであろう」

「…………」

あまりの言い草に言葉も出ない。女性は追い立てるようぞんざいに片手を振る。

「用がないならさっさと出て行きたまえ。私は急がしいのだ」

「恐れながら申し上げますが、お酒を飲んで酔い潰れていたのは……？」

「痴(し)れ者が。蒸留酒は、我が黄金色の脳細胞を十全に活性化させるための霊薬であるぞ。そして酔い潰れていたわけでもない。錬金術的思索に身を委(ゆだ)ねていただけだ」

そこまで言ってからハタと気づいたように、女性は懐中時計で時間を確認する。

「そんなことはどうでもいい。とにかく私はこれから人と会う約束があるのだ。邪魔だからさっさと消えたまえ」

「いえ、自分も大佐にお話が……」

「うるさいうるさい。先ほども言ったが、きみのような凡夫は常に偉大なる我が意思を尊重するのが務めなのだ。私が去れと言ったら疾(と)く去れ。そして百年後くらいに出直してこい」

とりつく島もないとはこういうことを言うのだろうか。人間嫌いの問題人物と聞いていたが……まさか満足なコミュニケーションもとれないとは思っていなかった。

どうしたものかと考えあぐねるが、これ以上この錬金術師の機嫌を損ねるのは明らかに得策ではない。出直せというのであれば、そうせざるを得ないだろう。

やむなくエミリアは、踵(きびす)を返す。錬金術師は追い打ちをかけるように言う。

「次に来るときは、蒸留酒の一本でも持参したまえ。そうしたら一分くらいは話を聞いてやろう。……まったく、男の軍人ってやつはどいつもこいつも朴念仁(ぼくねんじん)で気が利かない。やはり軍人は、上品で気が利いて丁寧な女性に限るな。ああ、早く来ないかなぁ、エミリアちゃん」

エミリアは思わず足を止めた。そして胡乱な顔で振り返る。

「……その、今なんとおっしゃいました？」

「まだいたのか匹夫めが。きみのような鈍才に費やす時間など私にはないのだ！」

「……失礼ながらその、今、エミリアとおっしゃいませんでした……？」

「言ったがどうした、きみには関係あるまい！　さあ、我が錬金術で、そのミニマム脳みそを海綿に変えられたくなければ疾く失せよ！」

牙を剝いて怒りを示す女性だったが、逆にエミリアはどんどん冷静になっていく。

「その、勘違いでしたら申し訳ないのですが、ひょっとして待ち人の名前は、エミリア・シュヴァルツデルフィーネではありませんか？」

すると女性は急にきょとんとした顔をする。

「――なんだ、私の憐れなエミリアちゃんを知っているのか。ひょっとして、きみは彼女の使者か何かか？　急に来られなくなった旨を伝えに来たとかそういう？」

「……いえ」

渋い顔で首を振る。なんと声を掛ければ良いのかわからず言葉に詰まるが、早く訂正しないとますます酷いことになりそうな予感がしたので、意を決して真実を告げる。

「実は自分がエミリア・シュヴァルツデルフィーネです」

「…………は？」

衝撃を受けたのか、女性が手にしていたグラスが床に落ち、甲高い音を立てて砕けた。

錬金術師は瞳孔を限りなく小さくし、惚けたように呟く。

「きみが……エミリアちゃん……？　だって……きみは……男だろう……？」

「男ですね。その、家庭の事情で女性名を付けられただけで、今も昔もずっと男です。ええと、期待を裏切るようで申し訳ありません」

謝罪をするのも違うとは思ったが、一応頭を下げる。

「ど、どういうこと……？」彼女は動揺する。「じゃあ、偽名……？　『黒いイルカ』なんてふざけた名前だとは思ったけど……？」

「正真正銘、本名です。ふざけた名前で申し訳ありません」

「え、待って、じゃあ、公開式に同行するのは……？」

「自分ですね。今日はその挨拶に参りました」

「帰れよぉ！」何故か悲痛な声で錬金術師は叫ぶ。「騙された！　くそう！　局長のヒゲおやじめ！　この私を言葉巧みに言いくるめおって！　せっかく若い女の子と過ごす楽しいバカンスが待ってると思ったのに！　許せん……許せん！」

頭を抱えて落ち込んだかと思ったら、すぐに顔を上げ、すごい形相でエミリアを睨む。

「きみもきみだぞ！　いいように使われおって！　些か同情するが、私はそれ以上に傷ついた！　同行の話はなしだ！　さっさとあの凶悪ヒゲおやじの元へ帰れ！」

「まあまあ」

『『まあまあ』じゃないが⁉　逆にきみは何をそんなに落ち着いておるのだ⁉」

言われてみればそのとおりだった。世界に七人しかいない錬金術師の一人を前にして、「まあまあ」はさすがにない。彼女が期待していた錬金術師ではなかったこともあり、ついうっかり気を抜いてしまった。目の前で熱くなられると逆に冷静になってしまう性格なのである。

しかし、このまま引き下がっては任務にならない。成否はともかくとして、エミリアは何をしてでも任務を続行しなければならない。

「――とにかくもう決まったことですから諦めてください。同行の件は、情報局だけでなく軍務省全体で決定したことです。つまりこれは女王陛下のご意思でもあります。陛下が良しとし、軍務省全体に認知されたそのご意思を、個人的事由で反故にして、陛下のご威光に泥を塗るおつもりですか？」

「そ、それは……」

錬金術師は、目に見えて狼狽える。女王陛下の覚えが良いせいで誰も口出しできない、と聞いていたので、逆に言うならば女王陛下のご機嫌を損ねては錬金術師の立場も悪くなるのではないか、と当て推量をしてみたが、どうやらそのとおりらしい。錬金術師は、忌々しげにエミリアを睨みながら恨み言を漏らす。

「世紀の大天才であるところの私を脅すとは……きみはろくな死に方をしないぞ……」

「心得ています。軍人になると決めた時点で、安寧（あんねい）な死への幻想など捨てています」

にっこりと笑みを返すと、錬金術師は鼻白む。それから何かを諦めたような深いため息を吐いて、彼女は投げやりに言う。

「……わかった。きみの同行を許可しよう。だが、初めに言っておく。きみと馴（な）れ合う気はない。あくまでも同行を許可するだけだから勘違いしないように。元より私は、同行者が女性だと思ったからこの話を受けただけなのだ。私は、男も小うるさいやつも大嫌いだ。つまり、私はきみが嫌いだ」

そのストレートな物言いに、思わず笑みをこぼしてしまう。軍学校時代も軍人になってからも、彼の周りには本音と建前を上手く使い分けて自分に都合良く立ち回る人間が多かったので、ここまで感情的に、本能に忠実に動く人物はとても珍しかった。

どうやら軍規や礼節も気にしないようだし、元より敬意など抱けそうもなかったので、エミリアも気にせず本音を返すことにする。

「奇遇ですね。僕も目的は任務遂行、ただそれだけです。あなたに興味はありません。元より僕は、勤務中に酔い潰れるようなだらしのない人は嫌いですし……何よりも錬金術師が嫌いです。つまり、あなたのことが嫌いです」

「ほう……言うじゃないか」錬金術師は、どこか楽しげに片眉を吊り上げる。「神の寵愛を一身に受けるこの私を嫌うことができる人間がこの世に存在したとはな。いいだろう、二日間だけだが私と行動を共にすることを許そう。そうして私の魅力でメロメロに落としてから――最後はボロ雑巾のように捨ててやる」

不敵に笑い、錬金術師は手を差し出してくる。なんであれ、任務が続行できるのであれば構わない。エミリアも含みをもたせた笑みを返し、その手を握り返す。それから大切なことを聞き忘れていたのを思い出す。

「あの、今さらで申し訳ないのですが、あなたのお名前を教えていただけませんか？」

「むっ」錬金術師は不服そうに眉をひそめる。「まさかきみはこの私を知らないのか？世界最高の錬金術師であるところの、この私を」

「……不勉強ですみません」

「――まあ、いい。無知蒙昧なきみに、特別に教えてやろう」

そう言って、男装の麗人たる錬金術師は握手を解き、胸元に手を添えて朗々と告げる。

「私は、テレサ・パラケルスス。真名をテレサフラストゥス・ボンバストゥス・フォン・ホーエンハイム。至高にして極限にして神域の錬金術師である！」

3

合同庁舎食堂のテラス席に座る錬金術師――テレサは、異様に人目を引いていた。

無造作に足を組み、長い黒髪を風に揺らしながら涼やかな視線でメニューを眺めているだけなのだが、何故か宗教画のような神々しいオーラを放っている。事実、行き交う給仕の女性陣が熱い視線を例外なく彼女へ向けている。まるで向かいに座るエミリアのことなど見えていないかのように。それを妙に腹立たしく思いながら、エミリアも黙ってメニューに目を向ける。

あのあと、馴れ合わないとは言ってもせめて最低限の情報共有は必要だと提案したエミリアに対して、ならば腹が減ったのでランチを取りながらにしよう、と一方的にテレサは言い放ち、彼は半ば強引にこの場へ連行されてしまった。

本来であれば機密情報なども絡むため、周囲の目を気にしなくても良い密室での打ち合わせがベターなのだが……こうなってしまえば不可抗力だ。後々秘密漏洩の疑いを掛けられてもこの身勝手でずぼらな錬金術師にすべての罪を着せてしまえば良かろう、とエミリアは割り切る。

「やあ、ジェシカ。今日も可愛いね。今日は……そうだな。ローストビーフとマッシュポテトと彩り野菜の盛り合わせにしよう。あといつもの樽出し蒸留酒をダブルのロックで」

「お酒はダメです」

給仕の女性に色目を使いながら注文するテレサに、エミリアはすかさず待ったを掛ける。

テレサは不快感をあらわにする。

「私が何を頼もうが私の勝手だ。馴れ合うつもりはないと言っただろう」

「それとこれとは話が別です」エミリアは冷静に言葉を返す。「式典が終わるまでお酒は控えてください。あなたは国の代表として式典に参加するのですよ。それなのに当日お酒の臭いを振りまいていたら、モラルを疑われます。別にあなたの評価など知ったことではありませんが、引いては女王陛下のご威光に傷を付けることにも繋がりかねません。それでもよろしければ、どうぞご自由に――」

「ええい、小うるさいやつめ！」テレサは忌々しげに牙を剝く。「わかったよ、じゃあ紅茶にしてやろう！　セカンドフラッシュをストレートで、滅法熱くしてくれ！」

投げやりにそう言うと、テレサはメニューを給仕の女性に渡す。状況がわからずおろおろしている女性に、エミリアは笑顔でスモークサーモンのサンドウィッチを注文した。

女性が立ち去ってから、テレサは急に不安そうな顔で身を乗り出す。

「で、でも、さすがに式典当日はいいだろう？　おめでたい席だしきっといい酒が振る舞われるはずだ。おそらく参加者は皆、その酒を楽しむことだろう。周囲との円滑なコミュニケーション実現のためにも、これは必要な措置ではないか？　第一、アルコールと錬金術には深い関係が……」

「ダメです」きっぱりとエミリアは提案を撥ねつける。「あなたが普段真人間なのであれば何も問題はありませんが、ただでさえ素行に問題のあるあなたにお酒など与えたら、公の場でどんな失態をしでかすかわかったものではありません。無駄なリスクを回避するためにも、やはりお酒は厳禁です。あなたは今の地位を守るため、僕は任務を遂行するため。これもすべてお互いのためですので諦めてください」

「悪魔のような男だなきみは！」

今にも泣き出しそうな顔で天を仰ぐテレサ。ちらちらとエミリアたちの様子を窺っていた給仕のお姉さん方から、槍のような鋭い視線が飛んでくる。状況としてはあまり良くない。今後、この軍務省情報局で健やかな軍人生活を送るためにも、女性陣の反感を買うようなことは控えたい。少しくらいは妥協をしておこう、とエミリアは苦笑を浮かべる。

「まあまあ……たった数日の辛抱ではないですか。式典が終わったら、上等な蒸留酒を差し入れしてあげますから今は我慢してください」

「ただの小うるさい朴念仁かと思っていたが意外といいヤツだな！　許す！」

けろりと表情を変えて、運ばれてきた水に浮かんでいた氷をガリガリと噛み砕きながらテレサは快活に笑う。気難しいだけの人間かと思っていたが、意外と御しやすいのかもしれない、とエミリアは評価を改める。

「ところで、パラケルスス大佐」

「大佐はやめろ。軍人ごっこは性に合わん」ぴしゃりとテレサは訂正する。「『テレサ様』、もしくは『先生』と呼べ」

「……では、『先生』」出鼻を挫かれたが気を取り直して本題に戻る。「――その、失礼ながら錬金術師というと老獪な賢者、というイメージなのですが……先生はまったく真逆の印象ですよね。正直申し上げると、先生が人類の至宝たる錬金術師だとはにわかに信じられないのですが……」

「証拠を見せろって？」テレサは意地が悪そうに口の端を吊り上げる。「どいつもこいつも口を揃えて同じことしか言わないな。まったく創造性というものがない。第一、私が錬金術師であることは明白な事実だ。一度、女王陛下とその他有象無象の目の前で私は錬金術を行い、石塊を黄金に変えて見せた。つまり、女王陛下自身がその証人というわけだ。まさかきみは、女王陛下が嘘を吐いていると、そう言っているのか？」

「い、いえ、そうは言っていません」思わぬ反論にエミリアは慌てる。「しかし、たとえ事実であっても、直感的にそれを信じられないことはあります。惑星の自転や重力が、長らく認知されていなかったように……」

「なるほど、自分の目で見たもの以外は信じられない、というアレだな。愚才らしい想像力の欠如だ」

にやにやと、テレサは試すような視線をエミリアに向ける。その人を人とも思っていない侮蔑的な視線に、本能的な嫌悪感を抱く。

「しかし、今きみの目の前で錬金術を行使したところで何になる？　きみの偏見を解いて、私を錬金術師だと認めさせたところで、私にどんなメリットがある？　そう、現状何も変わらない。きみはただ興味本位で、自分の好奇心を満たすためだけに、私に錬金術を見せろ、と言っているに等しい。それはあまりにも、私を尊重していないのではないか？　ごくごくシンプルな言い方をすると──とても失礼だ。喩えるならば、きみは女性名だし、顔つきもやや女性的だから、男性を自称していてもとても信じられない。だから男性であることを証明するために今この場でズボンと下着を脱いで男性器を見せてくれ、と言っているようなものだ。──違うかね？」

刺すような錬金術師の言葉に、エミリアは黙り込む。確かにエミリアの一連の発言は、テレサという特異な存在を軽んじるものと捉えられても仕方がない。彼女がそれを拒絶するのも、機嫌を害するのも、当然のことかもしれない。エミリアは素直に頭を下げる。

「……すみません。行き過ぎた発言をしました。申し訳ありません」

「なに、慣れたことだ、気にするな」

何でもないことのようにテレサは嘯く。頭を上げると、テレサはまた悪趣味な笑みを顔に貼り付けていた。

「そうは言っても、愚鈍の輩に見くびられるのも、それはそれで気に食わない。特別に今回だけ、きみにとっておきを見せてやろう」

おもむろにテレサは、テーブル越しに身を乗り出してエミリアの顔を覗き込む。エミリアは突然のことにたじろぐ。真面目な彼は、あまり女性慣れしているほうではないし、ましてテレサほどの美貌の持ち主はこれまで見たこともなかったので、彼の鼓動は自然と速まっていく。視線を奪われるように、彼は二十センチと離れていない至近距離でテレサの黒瑪瑙のような双眸を見つめる。人間性は最悪だが、やはりこの錬金術師は格別に美しい――霞む思考でそんなことを考え始めたとき、変化が起こった。

テレサの双眸――その右眼だけ、虹彩がルビーのように鮮やかな緋色に変化したのだ。そして、色彩の変化が完了すると漆黒の瞳孔の奥からふわりと黄金色の紋様が浮かび上がってきた。鋭角的な直線で描かれた『＊』のような不思議な模様だった。

「――《神印》」

この世のものとは思えない光景を前にして、エミリアは惚けたように呟く。

《神印》とは、神の御使いであることを示す印だ。すべての錬金術師は、身体のどこかにこの不思議な紋様を持って生まれてくると言われている。《エーテル》を自在に操り、神の御業である《元素変換》を行使できる天賦の才――人を超越した存在であることの証明とも言える。

　また錬金術師は、全世界に同時に七名しか存在しないことがわかっており、錬金術師が死ぬとだいたい同時期に世界のどこかで《神印（ディンギルいん）》を持つ新たな錬金術師が生まれてくる。

　これらはすべて先天的なものであり、後天的に発生することはない、と言われている。錬金術師の欠員、入れ替わりなどもない。世界で常に七名のみだからこそ、錬金術師は極めて希少価値の高い存在となっている。

　エミリアの理解を察したのか、テレサは満足そうに微笑むとまた背もたれに寄りかかるように座り直した。もう右眼は元どおりの黒瑪瑙に戻っている。

「どうしても錬金術を見なければ信じられないというのであれば、今この場で披露するのもやぶさかではないがね。私は作るよりも壊すほうが得意だから、例えばこのテーブルを黄金錬成したあと、木っ端微塵（こっぱみじん）にしてみせよう」

「……いえ、もう十分ですので」

　エミリアの心臓はまだ早鐘（はやがね）を打っていた。目の前にいる女性が、理外の存在であるということを改めて思い知らされたからだろう。

「なら結構。そんなことよりも、もう少し建設的な話をしよう。きみは最低限の情報共有を望んでいるようだが……何が知りたいのだ？」

テレサは話題を変える。エミリアは心境の変化を悟らせないよう、努めて冷静に尋ねる。

「先生は……今回の一件を、どのようにお考えですか？」

「《魂の解明》のことか？」

「はい。国の上層部は、懐疑的な姿勢を見せていますが……専門家の意見を伺いたいと思いまして」

「そうだな……」テレサは口元に手を添えて考える。「――曲がりなりにも国に専門家の派遣を要求してくるくらいだから、まったくの嘘ということはないはずだ。だが、《第五神秘》に続いて《第四神秘》まで一人の錬金術師によって再現されたとはさすがに考えにくい」

「……つまり、嘘であると？」

「嘘とまでは言わないが、牽制の意図はあるだろうな。春から軍務省が設立した錬金術関連機関である《アルカヘスト》への」

そういう考えもあるのか、とエミリアは感心する。これまでは、国内唯一の錬金術師がメルクリウス・カンパニィに所属していたことから、外交的なパワーバランス調整のため、国が税金や流通などの面でメルクリウスに色々と便宜を図っていた。しかし、テレサの登場により国に存在する錬金術師が二人に増え、わざわざメルクリウスのご機嫌伺いをする必要がなくなったことから、将来的にこれまで与えられてきた特権の数々を取り上げられる可能性が出てきた。

そこで国に対して自社の錬金術研究の先進性を主張することで有用性を示そうとした、というところか。興味深い考察だ。

ちょうど話題が一段落したタイミングで料理が運ばれてきた。先ほどの給仕とは異なる女性に、テレサは「やあ、マリアンヌ。今日も美しいね」などと声を掛ける。エミリアと会話をしているときの嫌らしさは微塵も感じさせない、それはそれは爽やかな笑顔だった。

給仕の女性は、恥ずかしそうに目を伏せると頬を染め足早に去って行く。その後ろ姿を眺めながら、可愛いなあ、などとテレサは呟く。おそらくお世辞や社交辞令ではなく、本気でそう思っているのだろう。この調子だと軍務省の、否、第三庁舎に勤めるすべての女性職員に手を出していそうだ。昼間から酒を浴びていることも含め、素行不良で方々からクレームがくるわけだ、と半ば呆れながら運ばれてきたサンドウィッチを食べ始める。

しばらく黙って食事に専念する。テレサは横柄(おうへい)な言動とは裏腹に、とても上品な仕草で料理を口元に運んでいた。育ちの良さが窺える。こうして黙っていれば、見た目だけは完璧なのに、と少し残念な気持ちになる。

「ところで」食後に給仕された紅茶を啜りながら、テレサは口を開く。「メルクリウス・カンパニィの本社ってのはどこにあるのだ？　国内とは聞いているが、船で行くとかなんとか」

「ご存じないのですか？　水上蒸気都市トリスメギストスを」

「なんだそれ？」

「プラル湖という巨大な湖に浮かぶ人工都市ですよ。三十年まえ、《エーテライト》の実用化とともにメルクリウスの錬金術師が大出力の新型蒸気機関を開発して、湖に浮かぶ人工都市を作り出したんです。なんでも《エーテル》の結晶化には、冷却のため大量の淡水が必要なんだとか」

件の顧問錬金術師は、錬金術だけでなく工学や化学の分野でも活躍しており、王立大学から特別に博士号を送られていると聞く。

「ふん、トリスメギストスねえ……」テレサは不機嫌そうに鼻を鳴らす。「自ら《神の子》を名乗るとはメルクリウスもずいぶん大きく出たな。そういえば、《メルクリウス》というのもヘルメスの別名だったか。セフィラ教会はクレームの一つも入れないのか？」

「さすがに多少のいざこざはあったようですけど……相手は世界一の大企業ですからね。王国の庇護(ひご)もあり、そのままなし崩し的に許されたみたいです」

テレサは面白くなさそうに、また鼻を鳴らす。

「新型蒸気機関と、石炭に代わる新たなエネルギィ資源の開発で、ずいぶんと儲けているみたいじゃないか。メルクリウスの錬金術師……確か、フェルディナント三世とか言ったか。齢(よわい)六十を過ぎていると聞くが、ずいぶんと世渡りの上手そうなやつだな」

「そうですね」テレサの皮肉にエミリアは頷く。「顧問錬金術師のおかげで、メルクリウスは莫大な収益を上げています。そして王国に対し巨額の税金を納めることで、トリスメギストスは実質的に独立した都市国家として認められています」

「――なるほど。王国に所属していながら独立自治を認められ、《エーテライト》技術を握っている上に、お抱え錬金術師までいるから誰も逆らえないというところか」

独り言のようにそう言ってから、テレサは唐突に話題を変えた。

「そんなことよりエミリアちゃん、きみ、何をやらかしたんだ？」

「……『ちゃん』はやめてください」エミリアは嫌悪感をあらわにする。「やらかしたって、急に何の話ですか……？」

「決まってるだろう。北部送りの件だ」アルコール禁止の意趣返しのつもりか、テレサはしたり顔のまま上機嫌に言う。「事前にきみの簡単な情報は聞いてたからな。王立陸軍士官学校を首席で卒業してるのに、何故か直後に辺境の最前線に送られている。よほど上層部の不興を買わないとこんなデタラメな人事はありえん。ましてきみは、ヘンリィ・ヴァーヴィルの秘蔵っ子だったのだろう？」

試すような視線を向けられてたじろぐが、どうしても譲れないところではあったのでエミリアは毅然として答える。

「――答える義理はありません」

「つれないこと言うなよ。二日間だけとはいえ、一緒に旅をする仲じゃないか」

「馴れ合わない、とおっしゃったのは先生のほうでしょう？」

「私は人の隠したがっている秘密を暴くのが好きなのだ」

「……最悪な性格ですね」

「よく言われる」テレサは何故か自慢げに胸を張る。「だが、どれだけ最悪であっても私は許されるのだ。何故なら、人類の至宝だからな」

嫌らしく笑ってから、祝杯をあげるように手にしたティーカップを掲げて彼女は言う。

「ふむ、ではここらで一つ、私の天才的な頭脳の片鱗でもお目に掛けておこうか。きみが上層部の不興を買った理由——それはおそらく、きみ自身が原因ではなく、誰か他の人間を庇った結果だろう」

虚を衝かれ、エミリアは息を呑む。

「その反応だと当たりのようだ」テレサはしたり顔を浮かべる。「小一時間ほど接してわかったが、きみ自身は真面目の権化のような人間だ。このクソ暑いのに軍服をしっかりと着込んで、襟元を緩めもしないことからもそれは明白だ。きっとこれまでも規律に従い上官の命令をよく聞き、愚直に生きてきたはずだ。そんな人間が、独力で王立軍上層部の不興を買えるとはとても思えない。そしてきみはただ馬鹿真面目なだけでなく、誠実そうにも見える。品がある、とでもいえばいいかな。上昇志向の強い人間が多い軍人には向かないタイプだ。だからきっと、クソつまらない蹴落とし合いに巻き込まれて、結果すべての不興を背負うことになったのだろう」

　エミリアは何も答えない。いや、答えられなかった。

　テレサの口から発せられる無責任で何の証拠もない言いがかりが、どうしようもなく真実だったから。

「となると気になるのはその内容だが、これはなかなか難しい。未だ軍人の資格を剥奪されていないところを見ると、それほど大それたことをしたわけではないのだろう。だが、それにしては戦略上まるで重要じゃない山奥の前線拠点の開墾なんて、罰が重すぎるようにも思える。言ってしまえばただの飼い殺しだな。このことから、中央には置いておきたくないが、駒としては貴重なので手放したくはないという上層部の強い意思が垣間見える」

　テレサは静謐（せいひつ）な黒瞳（こくどう）でエミリアを見据える。すべてを見透かすような視線を向けられ、エミリアは落ち着かない。顔を背（そむ）けたくなるが、半ば意地になってその鋭い視線を受け止める。

「――なるほど、よくわかった」テレサは満足そうににやりと笑う。

「ずばり女だな。そしておそらくは――スパイだったのだろう」

「――っ！」

声が漏れそうになるのを必死に堪える。だが、そんなささやかな努力もテレサには見抜かれてしまう。彼女はにっこりと微笑んだ。

「きみは女性に対して苦手意識のようなものを抱いているね。おそらく過去に女性関係で痛い目を見たのだろう。だが、真面目一辺倒のきみが学生時代、恋愛沙汰にうつつを抜かすとは考えにくい。だからきっとその女性は成績優秀者――それもきみとトップを争うような関係だったのではないかと予想する。しかし、そんな優秀な女性士官が今年入隊したという話は聞かない。ならばその女性は軍学校を卒業できなかったのだろう。何故か。いろいろ考えられるが、ここで一番しっくりくるのは、その女性が他国の――それもおそらくはバアル帝国のスパイであることがバレたから、というパターンだろう。戦争が終結してしばらく経つとはいえ、隣国のバアルは依然として最大の脅威だからな。そしてそのスパイとトップの座を争っていたきみも、やっかみからかスパイの疑惑を掛けられてしまった。おまけにきみは、情報局局長の秘蔵っ子。ヘンリィ・ヴァーヴィルは辣腕で優秀な人間だ。あの若さで情報局のトップに上り詰めたのだから、敵も多いことだろう。だからやつへの圧力の意味も兼ねて――きみは僻地へ飛ばされたのだ。スパイの疑いのある人間を中央に置くわけにはいかないとかなんとか言いがかりをつけられて、な」

テレサは再び紅茶を啜り、口を湿らせてから改めてエミリアを見やる。

「――以上が状況証拠と簡単な観察に基づく私の推理だ。当たらずといえども遠からずというところだろう？」

勝ち誇ったように、テレサはしたり顔で笑う。

人のことなど道ばたの雑草程度にしか思っていないような態度に、どうしようもなく嫌悪感を抱いて、エミリアは席を立った。

そして白眉（はくび）の美貌に嫌らしい笑みを貼り付けたテレサを見下ろして告げる。

「――まったく、これっぽっちも掠（かす）っていない妄想ですね。耳を傾けるだけ貴重な時間の無駄遣いでした。もうあなたに伺いたいことは何もありません。当日の予定はまた追ってお知らせします。代金は僕が支払っておくのでご心配なく。それでは失礼いたします」

一息に言い切り、テレサの返事を待つことなく彼女に背を向けて歩き出す。

内心でひどく腹を立てながら、エミリアは確信した。

やはりあの錬金術師は――どうしようもなく嫌いだ、と。

第2章　ホムンクルスは笑わない

1

王都エテメンアンキを日の出とともに出発したエミリアたちが、水上蒸気都市トリスメギストスへ到着したのは昼もすぎた頃だった。

王都からプラル湖まで、高速蒸気列車に揺られること六時間。さらにプラル湖の湖岸から蒸気船に乗り換えて三十分という長旅であった。

航空機を利用すれば二時間ほどで行ける距離ではあるのだが、テレサがどうしても空は嫌だというのでやむなく陸路で行くことになったのだ。

「だいたいあんな金属の塊が空を飛ぶこと自体おこがましい！　人間は地べたを這いつくばっていればよいのだ！」

声高にテレサはそう主張していたが、心なしか声が震えていたのでたぶん航空機が怖いのだろう、とエミリアは勝手に判断する。

一昨日の別れが最悪だったこともあり、いけ好かない錬金術師との長旅は大した会話もなかったが、それでもテレサは特に気にした様子もなく上機嫌だった。きっとエミリアのことなど小うるさい羽虫程度にしか思っていないのだろう。

外部との唯一の連絡口であるトリスメギストス港に降り立ったテレサは、その顔を好奇に染めて興味深げに街の様子を窺っていた。

トリスメギストスは、周囲を高さ十メートルほどの壁で囲われた直径二キロメートルほどの円形の都市だった。機密保持と防衛の観点からこの設計にされたらしい、とお喋りな蒸気船の船長は嬉しそうに説明してくれた。

港からは真っ直ぐに目抜き通りが伸び、その先には白亜の建造物——メルクリウス・カンパニィ本社が、天を衝くように高々とそびえ立っていた。全高はおそらくアスタルト城よりも高いだろう。なかなかに威圧的、かつ効果的な設計である。

中央に立つ細く長い建物と、それを取り囲むように配置された背の低い塔のようなものが六つ、正面から覗いている。塔の側面からはいくつもの太いパイプが束になり、地面に伸びていた。パイプの所々からは、絶え間なく白い蒸気が噴き出ている。

まるで建物全体が一つの巨大な実験装置のようにも見える。実際ここですべての《エーテライト》を生産しているのだから、あながち間違った表現でもないだろう。テレサ曰く、塔のようなものは《エーテル炉》と言って、大気中の《エーテル》を集めて濃縮する装置らしい。

水上蒸気都市、というだけあり、街の至る所から白煙が立ち上って見えるが、空気は王都とは比べものにならないほど澄んでいた。この街では、蒸気機関により発電した電気も積極的に利用しており、信号機なども完全に電気で動いている、と先の船長は自慢げに話していた。王都でもまだ電気信号機は少なくほとんどが手旗なので、大したものだ。

街並みも美しいし、さすがは世界最先端の人工都市だ、と感心する。湖の上に浮いているはずなのに、揺れる感じはまったくない。もしかしたら、風や波による揺れを制御する機構が備わっているのかもしれない。

「なかなか良い所ではないか。あの《エーテル炉》も近くで見たいし、早く行くぞエミリアちゃん。何をぼさっとしておるのだ！」

まるで子供のようにはしゃぎながら、テレサは待機していたメルクリウスの蒸気自動車に乗り込んだ。エミリアは呆れながらその後を追って車に乗る。

蒸気自動車は、ゆっくりと慎重に走り始めた。

メルクリウス本社の長い昇降機で六十階までやって来たエミリアたちは応接室に通される。応接室は、中に水を溜めればイルカが飼えそうなほど広く快適な部屋だった。

大きく取られた窓からは、弧を描く外周に囲まれたトリスメギストスの街並みと、日の光を乱反射するプラル湖の穏やかな水面が望めた。目を凝らせば遠くの地平線まで見えそうな、地上六十階ならではの絶景だ。

応接室には二人の男性が待っていた。

「やあ、お二方！　ようこそ遥々お越しくださいました！」

背の高いほうの男性が大げさに両手を広げてエミリアたちを迎え入れる。年の頃は四十代前半あたりか。柔らかい短めの金髪が特徴的な、優しげな印象の男性だった。男性は、爽やかな笑みを浮かべてテレサに手を差し伸べる。

「初めまして、メルクリウス・カンパニィの代表を務めますダスティン・デイヴィスと申します。このたびは、突然のお声がけにもかかわらずお越しいただけてとても光栄です、パラケルスス大佐、シュヴァルツデルフィーネ少尉」

微妙に顔を引きつらせながらもテレサは握手に応じる。エミリアも続いたところで、もう一人の白衣を着た男性が頭を下げた。

「……技術戦略研究グループ所属エネルギィ技術開発部長のジェイムズ・パーカーです。

「……よろしくお願いいたします」

ぼそぼそとした独特の間のある喋り方をする、よれよれの白衣に分厚い眼鏡といかにも技術者然とした男だった。黒髪に白いものがだいぶ交じっているので年齢は五十代くらいか。

姿勢を改め、エミリアは口上を述べる。

「――軍務省情報局戦略作戦部国家安全錬金術対策室室長テレサ・パラケルスス大佐、並びにエミリア・シュヴァルツデルフィーネ少尉、ただ今到着いたしました。本日はよろしくお願い申し上げます」

「こちらこそ、お手柔らかにお願いいたしますね」まったく嫌味のない穏やかな口調で、ディヴィスは頷いた。

促されるままエミリアたちはソファに座る。すぐに秘書と思しき女性が紅茶を運んできた。信じられないくらい薫り高いものだった。

こうした状況に慣れていないエミリアは緊張しながら紅茶を飲むが、視界の端のテレサは普段どおりの横柄さで足を組んで胸を張り、ふんぞり返って紅茶を啜っていた。上流階級の対応に慣れているのか、あるいは何も考えていないのか判断に迷うところだ。

「――しかしそれにしても」向かいのソファに腰を下ろした社長のディヴィスが大仰な仕草で語り始める。「まさかこれほどまでに若く、そして美しい女性が王国の錬金術師だったとは……驚きました」

　女性の扱いに慣れている様子でデイヴィスは微笑む。その嫌らしさを一切感じさせない完璧に計算し尽くされた表情は、これまで数多の女性を虜にしてきたであろうことが容易に想像できた。しかし――。

「すまないがカーテンを閉めてもらえないだろうか」会話の流れを無視してテレサは言う。

「馬鹿と煙は高いところが好きらしいが、私は天才なので高いところが嫌いなのだ」

　あまりの言い草にデイヴィスと開発部長パーカーの顔が引きつる。しかしさすがは百戦錬磨の社長、すぐに穏やかな笑みを浮かべ直して頭を下げる。

「……失礼いたしました。弊社自慢の眺望をご覧いただきたいと思い、この応接室を用意したのですが、ご迷惑だったようですね。申し訳ありませんでした」

　慌てた様子でパーカーが立ち上がり、急いでカーテンを閉めて戻ってくる。ご苦労様です、と部下を労ってから、デイヴィスは気を取り直した様子で話題を戻す。

「ではまず、今後の予定をお伝えしておきましょう。お二方には、まず本日十八時から開催される前夜祭に出席していただきます」

「前夜祭？」エミリアはおうむ返しする。

「はい。正式な《第四神秘》公開式は明日九時からとなります。本日はその記念すべき式典への期待を十分に高めるための催しが行われます」

「それ必要か？」テレサは不愉快そうに顔を歪める。「わざわざこの私をこんな田舎くんだりまで呼びつけておいて……私の貴重な時間をなんだと思ってるんだ？」

稀有の美貌に睨めつけられて口ごもるが、それでもディヴィスは笑顔を絶やさず答える。

「おっしゃるとおり、ご多忙のパラケルスス大佐のお時間を頂戴してしまうことには心より謝罪申し上げます。しかし――なにぶんこれは世紀の大発見です。誰も為し得なかったあの《第四神秘》の再現に成功したのですから……多少大げさに騒ぎ立てるのもやむを得ないこととご理解ください」

上手い言い回しだ、とエミリアは感心する。メルクリウスの錬金術師以外は、まだ《第六神秘》で足踏みをしている状態だ。そんな彼らにとって《第四神秘》の再現とは、一般人が考えるそれとは比べものにならないほど重要な意味を持つはずだ。多少勿体をつけられたところで……本来であれば気にするものではないのだろう。

事実、テレサも反論はないようで、不承不承という様子ではあるが黙っている。

「とにかく、本日はあくまでも前夜祭ですので、お二方にお願い申し上げる事柄はございません。どうぞお気兼ねなく、イベントをお楽しみください。お料理もお酒も十分にご用意してございます。少しでも長旅の疲れを癒やしていただけましたら幸いです」

相変わらずテレサは不機嫌そうだ。きっと肝心の酒が飲めないからだろう。

「そして明日ですが、公開式の場にて弊社の顧問錬金術師が皆様の目の前で《第四神秘》

を再現してご覧に入れますので、パラケルスス大佐にはそれがトリックや巧詐ではなく、真正の錬金術であることを確認していただきたいのです」

テレサは拗ねて黙っているので、エミリアが代わりに、わかりましたお任せください、と返事をする。さすがのテレサも本来の目的である《第四神秘》の成否確認を嫌とは言うまい。

「――一つだけ確認をしたい」テレサが面白くなさそうな顔のまま口を開く。「おたくの顧問錬金術師のフェルディナント三世が至った《第四神秘》というのは、いったいどこまでの話なのだ？」

「どこまで、とおっしゃいますと……？」意味がわからないのかディヴィスは首を傾げる。

テレサは面倒くさそうに、それでも丁寧に話し始める。

「《エメラルド板》に刻まれた錬金術における《七つの神秘》。これは《第六神秘》から《第零神秘》まで段階的に表現される。人類が神の領域に至るために上らなければならない、踏み飛ばせない階段のようなイメージだな。だが、より正確に表現するならば各段階における神秘もそれぞれにいくつかのステージに分けられるのだ。そして……最新研究においては《第四神秘・魂の解明》には三つのステージがあると考えられている」

テレサは、細くて長い人差し指を立てた。

「第一段階。解明するまえに、まずは《魂》というものを理解しなければならない。今は

『人間だけが持つ叡智の根源』という抽象的な理解をされているが、解明するためにはそのものずばりがどういうものか理解する必要があるだろう。《魂》とはいったい何なのか？　意識なのか、記憶なのか。また何故人間にのみ、そのようなものが存在するのか。極めて基本的なことではあるが、とても大切なことでもある」

「《魂の解明》の第一段階として《魂の定義》が必要なわけですね」エミリアは相づちを打つ。「でも、先生。ほかの動物、例えば犬や猫なんかも一見して意思があるように見受けられます。それは《魂》とは別のものなのですか？」

「広義の意味では《魂》に類するものなのだろうが、錬金術的には別の概念と考えるな。錬金術で言う《魂》というのは、《叡智の根源》だ。あらゆる生物の中で、人間だけが高等な思考を持ち得た、その起源とも言えるものが《魂》だ。だから、動物から観察できる意思のようなものは、あくまでも生命活動の延長線上の現象なのだ」

　エミリアの質問に少しだけ気を良くした様子でテレサは続ける。

「第二段階は、《魂》の操作が問題になる。例えば、二人の人間の《魂》を入れ替えたり、あるいは死者の《魂》を現世に呼び戻したり……。どの程度のことができるのかは、あくまで想像だが、とにかく《魂》自体に手を加える、というのがこの第二段階だ」

「なるほど。錬金術が万物の理解を標榜している以上、《魂》だって自在に加工できなければなりませんからね」ディヴィスはどこか余裕の表情で頷いた。

「《魂》を自在に操作できるようになったら、最終段階は《魂の錬成》だ。術者が己の力だけで《魂》を作り出す。人造人間、とでも言えば良いだろうか。これは生体錬成も絡んでくるから、もし実現するならば並大抵の技術じゃない」

「つまり、その領域に至ってようやく《魂の解明》が完了する、というわけですね」ディヴィスは腕を組み何度も頷く。「そしてパラケルスス大佐は、メルクリウスの研究がどの段階にあるのかをお尋ねになっておられる、と」

「そうだ」テレサは大仰に頷く。

あまりにも偉そうな態度なので、エミリアは端で見ていてはらはらしてしまう。

しかし、ディヴィスは気にした様子もなく、それどころか自信すら滲ませて答えた。

「我々が成功したのは——《第四神秘・魂の解明》の完全再現です」

完全再現……それはつまり、《第四神秘》の最終段階である《魂の錬成》に成功したということか。

「……馬鹿な」テレサは訝しげにディヴィスを睨む。「不可能だ。《第五神秘・エーテル物質化》の再現からたった三十年だぞ。神の叡智である《七つの神秘》がそんな簡単に、しかもたった一人の錬金術師に暴かれてたまるか。そもそも生体錬金術の絡む《第四神秘》は、セフィラの姫御子の研究が一番進んでいたはずだ」

セフィラの姫御子——世界最大の宗教勢力セフィラ教会の総本山、宗教国家シャプシュの代表であるテオセベイア・ルベドのことだろう。テオセベイアは、シャプシュの錬金術師としても有名だが、それ以上に死後も人格や記憶を保持したままセフィラ教会関係者の元に転生する異能者として畏れ敬われている。同一の《魂》を再利用し続けるという性質から、これまでは最も《第四神秘》解明に近い存在とされてきた。

「彼の無極転生者であれば、やがていつかは神の叡智のすべてを再現できることでしょう」デイヴィスは同情するように告げる。「しかし今代においては――我らが顧問錬金術師フェルディナント三世の研究が優ったと、そういうことなのでしょう」

「……ずいぶんと、自信があるようだな」気持ちを鎮めるためか、テレサは紅茶を一息に飲み干す。「あるいはきみらもフェルディナント三世に謀られているのかもしれないぞ？」

しかし、そのあからさまな挑発にデイヴィスは乗らず、ただ意味深に微笑むだけだった。代わりにパーカーがそのあとを引き継ぐ。

「……その、実はそのあたりのお話に関しまして、一つお願い事がございます」

「お願い事？」エミリアは首を傾げる。「改めて何です？」

「フェルディナント博士が、パラケルスス大佐との特別面会を希望しているのです」

「特別面会だ？」今度はテレサが顔をしかめて尋ねる。

不愉快そうな表情を向けられ冷や汗を拭いながら、パーカーは何とか言葉を紡ぐ。

「……その、今回の公開式はすべて博士たっての希望で執り行われることが決まったのです。そして王国の錬金術師パラケルスス大佐との特別面会もその一環でして……」

「待て待て意味がわからん。フェルディナント三世が何だって私に用なぞある。会ったこともないし、そもそも錬金術師は研究成果の自慢をするほど低俗ではないはずだ」

「用向きの内容まではさすがに……しかし、我々も博士には逆らえませんので……」

申し訳なさそうにパーカーは頭を下げる。ある意味このメルクリウス・カンパニィは、顧問錬金術師によって生かされているとも言えるので、きっとその言葉は絶対なのだろう。

テレサはデイヴィスにも視線を向けてみるが、彼もまた首を横に振る。おそらく誰も知らないということなのだろう。ここでごねたところで仕方がないと判断したのか、テレサはため息を吐いてから至極面倒くさそうに言う。

「……わかったよ。業腹ではあるが、付き合ってやる。元々文句の一つでも言ってやるつもりだったからな。私は嫌なことはさっさと終わらせるタイプなのだ。今から行くぞ」

言うや否やテレサは立ち上がる。つられるようにエミリアたちも腰を上げる。

やや危うい場面はあったが、どうにか話し合いは双方の納得いく形で終了したようだった。目に見えてホッとした様子でデイヴィスは爽やかな笑みを浮かべた。

「――それでは、大変申し訳ありませんが、私はまだ仕事が残っているのでここで失礼いたします。以後は、こちらのパーカーにすべてを引き継ぎますので、お気兼ねなく何でもお申し付けください。どうぞ思う存分、このイベントをお楽しみくださいませ」

3

見晴らしの良かった上階の応接室から一転、昇降機は緩やかな浮遊感を伴いながら下へ下へと降り、エミリアたちは地下一階までやって来た。先ほどまで至る所に過剰なほど設置されていた窓がこのフロアには一切見当たらないため、圧迫感と閉塞感が強い。内心で辟易(へきえき)するエミリアだったが、対照的にテレサは少し機嫌を持ち直していた。

「おお、ここはいいな。やはり広々としたところは落ち着かない。私はできれば一生こんな穴蔵の中で過ごしたい」

「モグラみたいなことを言わないでください」

エミリアたちはパーカー開発部長に連れられて狭い通路を進んでいく。通路は薄暗く、申し訳程度の明かりが揺らめいているばかりで、数メートル先も満足に見えなかった。地下階とはいえさすがに度が過ぎるのではないか。

「……ここは開発部の中でも極秘中の極秘。許可を取った者以外、足を踏み入れることができない特別なフロアです」パーカーはぼそぼそと独り言のように語る。「通常の開発部は上階にいくつかフロアを持っていますが、ここはフェルディナント博士専用の研究フロアとなります」

「地下一階が丸々ですか？」エミリアは尋ねる。

「……そうです。十分に博士に満足いただける研究施設を用意したらこうなりました。博士の研究は門外不出のため、セキュリティの面から考えても理に適っていると思います」

三人は黒い扉に突き当たる。二メートル四方程度の大きな金属製の頑丈そうな扉だ。昇降機を降りてから真っ直ぐ一本道だった。距離にして二十メートルくらいだろうか。

パーカーは扉横に設置された装置に右手を当てた。すると甲高い電子音が鳴り響き、固く閉ざされていた扉が白い蒸気を噴き上げながら開いていく。

「おお、すごいな。ハイテクだ」テレサは子供のように目を輝かせる。

扉の先は、五メートル四方程度の小部屋になっていた。先ほどまでの薄暗い通路とは打って変わって明るいが、ただそれだけであり、ある意味、殺風景な感じはより極まった印象だ。壁も床も天井も白く、何もない。それなのに部屋の奥には青い警備服を着た屈強な男性が二人、二メートルほどの距離を空けて並んで立っていた。少し異様な光景だった。

パーカーは何も言わずに室内へ足を踏み入れる。テレサもまったく物怖じしない様子でついていくのでエミリアもその背中を追う。

どうやら部屋の奥にはもう一つ扉があるらしい。表面が白く塗られていたために気づかなかった。警備員の背後には先ほど同様の装置も設置されていた。そちらへ歩み寄るとパーカーは再び装置に右手を押し当てる。扉はまたしても蒸気を噴き上げながらゆっくりと開いていく。その先はまた五メートルほどの狭い通路になっており、今度は煌々と赤い光が灯されていた。目眩がするほどの警戒色にエミリアは顔をしかめる。

「……なるほど、《賢者の石》のセキュリティってわけか。老人らしい信心深さだな」テレサが独り言を呟く。

「賢者の石?」エミリアは聞き返す。

「なんだ、知らないのか。錬金術の悲願の一つである《第三神秘・賢者の石》は、最初に黒い石が、次いで白い石が、最後に赤い石ができて完成と言われているのだ。工房へ向かうセキュリティはその工程を表している」

テレサは淡々と説明する。やはり一応は錬金術師なのだな、と感心したところでパーカーが口を開いた。

「……この先がフェルディナント博士の工房となります。私はここで失礼いたしますが、面会が終わる頃に案内の者を待機させておきますのでご安心ください」

「パーカーさんは一緒ではないのですか?」エミリアは尋ねる。

「……ええ。王国の錬金術師とその同行者以外の何者も、工房に入ってはならないと厳命されていますので」

パーカーは気弱げに答える。おそらくこの程度のわがままはよくあるのだろう。

「わかりました。ここまでありがとうございました」

礼節と常識をどこかに捨ててきた隣の錬金術師に代わり、エミリアは礼を述べる。パーカーは疲れた微笑を浮かべてから白い部屋のほうへ戻っていった。扉が閉まってから、赤い通路を進むと赤い扉に突き当たった。重厚な金属製の扉で、これまでで一番頑丈そうに見える。これを物理的に破壊するのは、軍の最新兵器を使っても手間が掛かるのではないか。そしてそれほどまでに価値のある存在が――この中にいる。

（二人目の錬金術師……もし彼だったなら……上手く対応できるだろうか……）

不安が募る。何とか逸る鼓動を鎮めようと試みるエミリアの隣で、傍若無人の錬金術師は微塵も緊張を感じさせない普段どおりの様子で不満そうに声を上げる。

「何だよ使えないなあの眼鏡……せめてどうやって扉を開けるのかくらい説明してから帰ってくれよ……。このパネルか？　おーい！　早く開けてくれよー！」

無遠慮にパネルをバンバンと叩く。壊しやしないかとエミリアが自分の緊張そっちのけで心配していると、天井から声が漏れ聞こえた。

『――すぐに開く。待っていたまえ』

それは老熟した男性のものだった。おそらくは――フェルディナント三世本人。

緊張感がいやが上にも高まる中、《赤の扉》が蒸気を噴き出しながら開いていく――。

4

扉の先、まず目を引いたのは、部屋の奥のドームだった。

煉瓦造りで高さは二メートルほど。ちょうど目線の高さには覗き窓のようなものが設えられ、中では目映いばかりの火が赫奕と燃えていた。ドームの上部からは直径十センチほどの管が天井へ向かって伸びている。排気用のダクトだろう。おそらくテレサのラボにもあった金属融解用の反射炉なのだろうが、これほどまでに大きなものはエミリアも初めて見た。この規模のものなら一五〇〇度くらいまでいけそうだ。鉄も簡単に融かせる。

そんな巨大反射炉の前に、二名の人間が立っていた。長身の男性と小柄な女性だ。

「ようこそ、我が工房へ。遥々の来訪、心より歓迎しよう。王国の錬金術師よ」

長身で黒髪の男性が、どこか芝居がかった大げさな仕草で腕を広げてエミリアたちを出迎えた。彼こそがメルクリウス・カンパニィ顧問錬金術師のフェルディナント三世なのだろう。状況的に考えても、それ以外にはありえない。

だがそれでも──エミリアは目を疑った。

齢六十を超えているはずの老錬金術師は、どう見ても二十代後半くらいにしか見えなかった。髪は黒々としており、顔には皺一つない。切れ長の双眸は鋭く理知的な光を宿し、しかし、そのわずかにしゃがれた声だけは年相応に老熟したものだった。

不可思議なミスマッチ。脳が目の前の光景を上手く処理できない。

そしてもう一人、男性の傍らには、小柄な女性が無表情で控えていた。エミリアよりも頭一つ分ほど背の低い女性だった。黒を基調とした古めかしい女性用給仕服、いわゆるメイド服に身を包み、柔らかそうな黒髪のショートカットの上にはホワイトブリムが飾られている。人形じみて整った顔立ちはとても美しいのだが、無表情で立ち尽くしている姿は不気味にも見えてしまう。

「……さすがに若作りが過ぎるのではないか、メルクリウスの錬金術師」テレサは美貌を歪めてため息を吐く。「人を謀って反応を楽しむというのは些か品がない趣味に思うが」

「なにぶん、この穴蔵に籠もって久しいものでね。来客が恋しくて仕方がないのだ。許してほしい」あくまでも余裕の表情を崩さず、男性は口の端を吊り上げる。

「……すみません。一応確認させていただきたいのですが」エミリアは声の震えを抑えられないまま尋ねる。「あなたが……メルクリウス・カンパニィ顧問錬金術師のフェルディナント博士なのですか……?」

「いかにも」壮健の美丈夫――フェルディナント三世は大仰に頷く。「我こそがフェルディナント三世である」

そうは言っても、目の前の男は明らかに若い。とても半世紀以上を生きて老成した男性とは思えない。

フェルディナント三世は緩やかに歩み寄り、エミリアの前に立つと彼の頭をまるで子供にするように優しく撫でる。両手には白い布地の手袋をしており、何やら複雑な紋様が刻まれていた。

「どうやら凡百の輩が紛れ込んでいるようだ」エミリアの思考を読んだかのように、フェルディナント三世は朗々と語る。「王国の錬金術師はすぐさま思い至ったようだが……まあ、気に病むことはない。非才の想像力とは羽を毟られた鳥に等しい。飛ぶことを強いられたところで、みすぼらしい翼を不器用にはためかせるだけ。醜悪の極みであるからして、然らば初めから無駄に足掻くこともなく大人しく脳を休めていれば良いのだ」

ものすごく迂遠に馬鹿にされていることはわかるが、事実そのとおりなのでエミリアは黙っている。

「我は《第四神秘・魂の解明》に成功した。そして、老いの正体が《魂》の劣化から来るものであることも理解した。《魂》と《肉体》は表裏一体。ゆえに《魂》を修復すれば《肉体》もまた修復される。我は自身の身体を用いてその事実を証明してみせた。――今から一年ほどまえの話だ」

「ありえない……」無意識にエミリアは強い言葉で否定する。「それでは擬似的な不老不死を獲得したことになる」

「非才の身にしては理解が早いな」愉快そうにメルクリウスの錬金術師は笑い、エミリアに背を向けて離れる。「だが事実だ。我は神域に手を伸ばしたのだ」

「……失礼ながらそんな詭弁信じられません」声が震えないよう意識して、エミリアはフェルディナント三世の背中に告げる。「それよりも、あなたがフェルディナント博士ではない別人である、と考えるほうが幾分常識的でしょう」

黙って様子を窺っていたテレサがくつくつと笑みを漏らす。

「これは凡才に一本取られたな、メルクリウスの錬金術師。その詭弁を押し通すには、きみが本物の錬金術師であることを証明するしかあるまい？」

「——閣下。お戯れが過ぎます」

突然、それまで黙って控えていた傍らの女性が口を開いた。不気味なほど感情の伴わない平坦な声色だった。整った顔立ちといい、その無表情といい、本当に人形のようだ。

「お客様の貴重なお時間を無駄にするべきではありません。早々に必要な手順を踏んだ上で、本題に入るべきかと愚考いたします」

「……それもそうだ。許せ、アルラウネ。なにぶん娯楽に飢えた身なのだ」

男はあっさりと女性の言葉に同意を示すと、再びエミリアたちに向き直る。

「さて、諸君。我が真のフェルディナント三世ではないと、そう疑っているようだな。その疑問はもっともだ。ゆえに、その愚直な疑問に解を示そう」

メイド服の女性が音もなく歩き出し、部屋の隅に置いてあった高さ五十センチほどの銅像を軽々と持ち上げて、フェルディナント三世の前まで運んできた。細身で小柄なのにずいぶんと力持ちだ。おそらく二十キロはあるだろう。

よく見ると銅像のモチーフは、《神の子》ヘルメス・トリスメギストスのようだった。錬金術師の研究室ならばあってもおかしくないものではあるが、これからいったい何をするつもりなのか。

様子を窺うエミリアたちの前で、フェルディナント三世はおもむろに、虚空にかざした両手を小刻みに動かし始めた。空中に何かを描き出そうとするような動きだ。

「馬鹿な……！」

不意にテレサが声を上げる。彼女の右眼はいつの間にか緋色に染まっていた。おそらく《エーテル》の流れを目で追っているのだろう。それはつまり、現在何らかの《エーテル》干渉が行われていることを意味する。

両手の動きを止めたフェルディナント三世は、最後に右手を鳴らす動作をする。手袋をしているので当然、何も音は鳴らない。

しかし、現実ではそれ以上の変化が起こる。

右手の先の銅像。それが足下から目映い光を放ちながら、少しずつ黄金色に変わり始めたのだ。《マグヌス・オプス放射光》と呼ばれる錬金術特有の発光現象だ。

ものの数秒もかからず銅像は頭のてっぺんまで黄金色の輝きを放つようになった。

「……黄金錬成」

ぽつりと、テレサは放心したように呟いた。自らも錬金術師であり、《エーテル》を視認できるテレサが認めたということは、やはりこれはそうなのだろう。

錬金術師にのみ可能な、卑金属を貴金属に変える神の御業――《第六神秘・元素変換》。

変成術師では――人の身では決して為し得ない神の叡智。

つまりどうあっても認めざるを得ないということだ。

目の前の男――フェルディナント三世が本物の錬金術師であるということを。

術式を終えてから彼は、おもむろに左手の手袋を外す。手の甲には錬金術師の証である『＊（アスタリスク）』のような形をした《神印（ディンギルいん）》が刻まれていた。

「――ご理解いただけただろうか？　我が成し遂げたもの、その真の意味を」

盛年の美丈夫は、まるで悪戯に成功した子供のように微笑んだ。

5

エミリアは室内を改めて見渡す。

テレサのラボが異常に散らかっていたこともあり、錬金術師の研究室というものは乱雑なものなのだと先入観を持ってしまっていたが、室内は意外なほど片付いていた。

大小様々なガラス製の実験器具と思しき物体は、複数ある実験台の上に整然と並べられているし、たくさんの本は几帳面に本棚へ収められている。さすがに物は多いが、雑然とした印象は皆無で、床に物が溢れて足の踏み場がないということもない。窓のない室内も照明に照らされて必要十分に明るい。壁際にはベッドも置いてあり、すでにメイキングは済んでいた。

メイド服の女性は、また黄金像を軽々と持ち上げて、ベッドの反対側へ運ぶ。そこはちょっとしたワークスペースになっていて、大型の工作機械類が並んでいた。隅には布を掛けられた高さ一メートルほどの縦長の何かが覗いている。

「百歩譲って、きみが《第四神秘・魂の解明》の部分再現に成功したことは認めよう」

王国の錬金術師テレサ・パラケルススは、フェルディナント三世を睨みながら腕を組む。

「だが、きみは先ほど《魂》の修復をすることで《肉体》を修復し、若返ったと主張した。正直信じられないが、しかし仮にそれが事実だとしても、現存する《魂》を加工しているにすぎないのではないか？」

テレサの鋭い指摘に、エミリアは危うく納得しかけていたことを自戒する。

彼が錬金術師であること、そして錬金術を使って若返ったことと、《第四神秘》を完全再現したことは等価ではない。テレサの言うように《魂》の修復とやらは、《第四神秘・魂の解明》の三つある段階の内の第二ステージ《魂の操作》の範疇と考えることができる。

つまり、もしも本当に《第四神秘》を完全再現したというのであれば、その証拠として第三ステージである《魂の錬成》そのものを示してもらわなければならない。

「ふむ。王国の錬金術師——パラケルススと言ったか。貴君の言うことはもっともだ」フェルディナント三世は手袋を填めながらもあくまで余裕の表情を崩さない。「我も長年の研究を、天才だの奇跡だのと凡百のつまらぬ一言で片付けられるのは面白くない。我に比肩しうる才ある者の最上の賞賛こそが、我が栄誉に相応しい」

「意外と俗物なのだな。天才が聞いて呆れる」テレサは鼻で笑う。

「若い頃ほど孤独の価値を実感できるが、年を取ると次第に孤独に飽きてくるのだよ、パラケルスス」フェルディナント三世は過去を懐かしむように瞳に愁いを浮かべる。

その何気ない仕草に、エミリアは昔見た演劇に登場した憐れな老人を想起する。老いさらばえ、不治の病に冒された孤独な老人……。確かあのときの老人が、同じような瞳をしていた気がする。そこでようやくエミリアは、この若々しい美丈夫がその実、齢六十を超える老人なのだということを理解する。信じがたいが……信じないわけにもいかない。

「だが——今、貴君の望みに応えることはできない」意外にもフェルディナント三世はテレサの指摘を突っぱねた。「勿体をつけているわけではないが……《第四神秘》の完全再現には少々準備が必要でな。明日の公開式、衆目の前でそれを実行する準備はとうに済んでいるが、今この場では無理なのだ。申し訳ないが、明日まで我慢したまえ」

「……ペテン師特有の逃げ口上だな。この調子では、明日の本番も期待できそうにない」

「安い挑発だ。勢いはあるが、若さだけで深みがない。その程度では我をやり込められないぞ？」

攻められているはずのフェルディナント三世は鷹揚な態度だが、反対に攻めているはずのテレサにはいつもの余裕が見られない。錬金術師という同じ天才同士であったとしても、倍以上も経験を重ねているフェルディナント三世相手では、さすがのテレサも分が悪そうに見える。

しばし無言のまま視線を交差させる二人。気を揉みながらエミリアは様子を窺う。

「——閣下。何度同じことを言わせるのですか。お戯れが過ぎますと」

突然、アルラウネと呼ばれた女性が沈黙を破った。

「今この場で《魂の解明》の証明をお目に掛けることができなかったとしても、閣下には《魂の解明》の成功を証明できる術があるのですから、パラケルスス様にも早くそれをご提示差し上げるべきです。これ以上の時間の浪費はご迷惑になります」

淡々と告げられ、フェルディナント三世は大げさに肩をすくめる。

「……手厳しいな。だが真理である。非礼を詫びよう、王国の錬金術師よ。我は貴君を蔑ろにするために呼びつけたわけではないのだ。誰よりもまず我以外の錬金術師に見てもらいたいものがある」

フェルディナント三世は、控えていたアルラウネを呼びつけて自身の前へと立たせる。

何が始まるのか想像もできないエミリアはただただ成り行きを見守る。

フェルディナント三世は、後ろからそっとアルラウネの肩を叩く。

それを合図に――アルラウネは身に着けていた純白のエプロンドレスを脱ぎ始めた。

驚きのあまりエミリアは固まる。

「ま、待て、何をしているお嬢さん！」

テレサも慌てて止めようとするがアルラウネは取り合わず、脱いだエプロンドレスをフェルディナント三世に手渡した。漆黒のロングワンピース姿になった彼女は、続いて襟の後ろのホックを外して、流れるような動作で背中のファスナを引き下ろした。

するりと、脱皮をするように纏っていたワンピースが重力に従って床に落ち――エミリアたちの目の前に、彼女の肢体が晒された。

目を逸らそうとした次の瞬間、エミリアは裸体のアルラウネから目が離せなくなった。

「馬鹿な……まさか……信じられない……」

隣のテレサが放心したように何かを呟いている。

そのとおりだ、とエミリアも思う。彼自身、自分の目に映ったものの正体を、脳が正確に認識できていないのだから。

目の前のアルラウネは、裸体をエミリアたちの前に晒しながらも表情一つ変えずに立ち尽くしている。まるで人形のようだ、と思った女性の第一印象が——その実、ただの事実であったということを思い知らされる。

女性の首から下——本来であれば柔肌が覗くはずのその箇所は、剝き出しの金属で覆われていた。リベットで打ち合わされた無数の金属板を矮軀に纏い、所々に覗く小さな歯車は、今もゆっくりと動いている。そして何より、本来であれば心臓が拍動しているはずの左胸は炉のように青い光を放っていた。

紛れもなく——その身体は、人間のものではない。

そしてフェルディナント三世は会心の笑みを浮かべて朗々と告げた。

「——これが我が長年の研究の結晶にして最高傑作。《魂の錬成》に成功した世界で唯一のホムンクルス。その名も《アルラウネ》である」

ホムンクルス——《エメラルド板》に記された神の叡智の一つ。人工的に生み出された人ならざる存在の名だ。

ほとんどおとぎ話のようなものだとばかり思っていた存在が突然目の前に現れて、エミリアは現実を受け入れることができない。

テレサは一糸まとわぬアルラウネに歩み寄り、そっと両手でその小作りの顔に触れる。

「……瞳の奥に絞りが見える。これは精巧な光学センサか。肌も近くで見なければわからないほど滑らかだが……質感が人間のそれではないな。髪が熱を持っている……そうか、髪の表面積を利用して一部排熱しているのか。胸の《エーテライト》から考えると蒸気が動力だとは思うが……。よく見ると身体中至るところに排気口が隠されているな。定期的に全身から圧力の高まりすぎた蒸気と熱を逃がしているわけか……」

ぺたぺたと無遠慮に女性の身体を触りながら、テレサは独り言を呟く。それから十分に満足したのか、テレサは床に落ちた彼女のワンピースを着せてやる。機械の身体とはいえ、女性が服を着ていない状態をよしとしなかったのだろう。

「手荒く扱ってすまなかった、可愛らしいお嬢さん」アルラウネの手を取り、甲に口づけをしてテレサは立ち上がる。「大したものだ。感服したよ、フェルディナント三世」

「お褒めに与り光栄だ」フェルディナント三世は尊大に頷く。

「この娘は、からくり人形の類ではなく、自身で思考をして行動しているのか？」

「錬成された《魂》による自我で思考し、動作している。残念ながら『器』のほうがまだ完全ではないので、人間と同じように、とまではいかないがね」

「だが、いわゆる《エメラルド板》に示された普通のホムンクルスではないな」

「我の……否、少なくとも現代の技術では、完全な人工生命体であるホムンクルスを作ることはできない。アルラウネは全身機械パーツで構成された、言うなれば錬金術と科学の融合したハイブリッド・ホムンクルスだ」

「脳は？　生体パーツではなく何で代用している？」

「水晶（クォーツ）を加工して光子の複雑な乱反射を可能とする素子を作り出した。さらにそれを一万個並列に繋げることにより、混沌（カオス）的な思考を可能としている。演算能力だけなら我の頭脳にも匹敵しよう」

「ふうん……大したものだな」

再びそう言うと、テレサは勝手に何かを納得して黙り込んでしまった。何もわからないエミリアはほとんど置いてきぼりであったが、二人の会話が超越者同士のものであることだけは理解できたので、まるで天上の幻想を見ているかのような心持ちで錬金術師たちを眺めていた。

フェルディナント三世は、慎重な手つきでエプロンドレスをアルラウネに着せる。

「貴君を呼びつけた理由が……このアルラウネだ。我はまず、凡百の有象無象よりも、他の錬金術師にこのアルラウネを見てもらいたかった。我が成し遂げた奇跡の意味を十全に理解できるのは、この国では貴君だけだ」

「……まあ、そうだろうな」テレサは苦笑する。「正直に言って、最初こんな田舎くんだりまで私を呼びつけた馬鹿者をどやしつけてやるつもりだったが……彼女を見てそんな考えは吹き飛んだ。来て良かったとさえ思える。礼を言おう」

エミリアは、テレサがここまで正直に自分の気持ちを表明しているところを見るのが初めてだったので大層驚いた。

「礼を言うのはこちらのほうだ、王国の錬金術師よ」フェルディナント三世は笑う。「ここまで来てくれて、そして我の偉業を知ってくれて感謝する。やはりどれだけのことを成し遂げたとしても、誰にも理解してもらえないというのは寂しいからな」

「理解してもらえないと寂しい、という感情は私にはわかりかねるが……力になれたのであれば何よりだ」

テレサは嫌味なく柔らかく微笑むと、エミリアに向き直った。

「何をいつまでも惚けておるのだ。ほら、用は済んだからさっさと帰るぞ」

「え、あ……もういいんですか……？」展開の早さについて行けずエミリアは確認を取る。

「いいも何も、もうやることもないだろうが」テレサは呆れたように言う。「アルラウネちゃんを鑑賞することが私に課せられた仕事だったのだ。そしてそれは今終わった。ならば、さっさと用意してもらった部屋に戻って休むしかなかろう。私は長旅で疲れておるのだ。さあ、行くぞ」

半ば強引にエミリアの手を取ってテレサは歩き出す。

足をもつれさせて歩きながら、後ろ髪を引かれるようにエミリアは振り返った。

無表情にエミリアたちを見送る女性の瞳が、何故かとても印象に残った。

第3章　賢者の石の密室

1

広いホールでは、五十名ほどの男女が穏やかに談笑をしていた。

皆、佇まいに品があり、身なりも派手すぎない程度に華美であることから、おそらく上流階級の集まりであることが窺える。

ノンアルコールの葡萄ジュースが満たされたグラスを片手に、エミリアとテレサは所在なくホールの壁際に立ち尽くしている。会話もなく、空気は重い。きっとテレサが不機嫌でずっとしかめ面をしているからだろう。先ほどから何人も参加者が挨拶をしに彼らの前へやって来たが、テレサの発する不穏なオーラにより、何も言わないままそそくさと立ち去って行った。パーティ全体の雰囲気を悪くする最悪のマナーだが、当の本人がそんなこっている。

とを気にするはずもないので、お目付役かつ内偵が仕事のエミリアはただ黙って様子を窺っている。

テレサがひたすら不機嫌な理由はシンプルで、要するに酒が飲めないからだ。他のみんながが酒を片手に楽しそうに談笑している中、自分だけが大好きな酒を飲めないという状況がひどいストレスになるのだろう。せめて彼女の不機嫌を和らげようと、エミリアもノンアルコールにしているが、緩和効果は皆無で機嫌は悪化するばかりだった。そもそもそのエミリアがテレサにアルコールを禁じているわけだから、それも致し方ないと言える。

一度ジュースを飲んで気を取り直してから、エミリアはホールの全体を眺めてみる。

当然と言えば当然だが、この前夜祭の主役はフェルディナント三世であった。彼は、若々しくハンサムな外見と、人間離れした頭脳から繰り出される巧みな会話、そしてときおり披露される簡単な錬金術によって、老若男女問わず参加者全員を魅了しているようだった。どうやらテレサとは異なり、ちゃんとコミュニケーション用の人格を用意しているらしい。人生経験の差なのか、やはりフェルディナント三世のほうが一枚上手のようだった。

反対に、常にフェルディナント三世の後方に控えているアルラウネは、無表情のままだった。そのせいで人々から不気味がられている様子が見て取れて、エミリアは少し気の毒に思う。どうやらアルラウネがホムンクルスであることは、今はまだ伏せられているようだ。メイド服で全身を覆い、唯一露出している顔と手は限りなく人間のものに近いので、よほど注意して見なければ彼女が人間ではないと見抜くことはできない。

ホールに点々と設置されたテーブルの上には、世界各地の料理が立食形式で並んでいる。いくつか摘まんでみたがどれもとても美味だった。普段、物資に乏しい山奥で慎ましく暮らしているエミリアは、それだけでもう十分にこの前夜祭を楽しめている。

せっかくなのでもっと他のものも食べてみようか、と考え始めたところで二人の男性が近づいてきた。一人は社長のダスティン・デイヴィス、もう一人は初めて見る顔だった。

「大佐に少尉、探しましたよ。まさかそんなところにおられるとは」

「――デイヴィス社長」エミリアは慌てて壁から背を離し姿勢を改める。「失礼しました。こういった社交の場には慣れていないもので……。何かご用でしたか？」

「いえ、重要な用向きというわけではないのですが……」デイヴィスは、傍らの筋肉質な男性を手で示した。「こちらは、ウォーレス警備部長です。フェルディナント博士の工房の警備責任者でもあります」

「アイザック・ウォーレスです！　お目にかかれて光栄です、パラケルスス大佐、シュヴァルツデルフィーネ少尉！」

浅黒い肌の筋肉質な男性は、見た目のとおり豪快な動作で右手を差し出す。しかし、テレサはそれを一瞥(いちべつ)しただけで応じようとしない。慌ててエミリアが、代わりに握手に応じる。

「エミリア・シュヴァルツデルフィーネ少尉です。本日はお世話になります」

「はあ……その、よろしくお願いします！」

困惑を示しながらも、ウォーレスは対象をエミリアに変えて手を握った。巨体に相応しい力強い握手だった。五十代くらいに見えるが、もう少し若いのかもしれない。

「素敵な催しですね。お料理も美味しいですし、大佐共々とても楽しんでいます」

不機嫌な空気で周囲を威嚇するテレサを無視して、エミリアは柔和に微笑んで二人に感謝を述べる。ホッとした様子でデイヴィスも微笑んだ。

「お褒めに与り光栄です。どうぞお気兼ねなくお二人ともお寛ぎください」

表面的な会話で、二人を適当にやり過ごす。やがて男たちはその場を立ち去って行った。

「……あの、せめてもう少し国の代表として恥ずかしくない態度を取れませんか？」

さすがに目に余るので、エミリアは不満を述べる。しかし、当のテレサは子供のように口を曲げて反論してくる。

「私からすればきみのような八方美人の態度こそ恥ずかしく見えるがね。まあ、凡夫同士仲良くやるがいい。私は一人でも生きていける」

「そういう問題ではなくてですね……」

先日の一件以来、心の奥底に無理矢理封じ込めていた、この錬金術師への本能的な嫌悪感が再び湧き上がってくる。自分がただの内偵であると割り切っていても、あまりの身勝手さに苛ついてしまう。

エミリアも他者とのコミュニケーションは得意ではないが、社会の一員である以上は、ある程度我慢をしてそれを行うべきだと考えている。そういうささやかな個々人の思いやりのようなものが、集団である社会を円滑に動かすための潤滑油になるのだ。

だからこそ、徹底した個人主義で他者を路傍の石のように扱うこの傲慢な錬金術師が許せなかった。

改めてエミリアは再認識する。やはりこの錬金術師のことがどうしようもなく嫌いだ、と。

このままでは口論になりかねないので、彼は口を閉ざす。

そのとき、唐突に会場が暗くなった。そしてホール前方にある高さ一メートルほどの壇上がライトアップされ、その中央には、彼のメルクリウスの錬金術師——フェルディナント三世が一人で立っていた。

何かが始まるらしい。ホールから拍手が起こる。近くのテーブルにグラスを置いてエミリアも拍手を送る。

壇上の錬金術師は、しわがれた、しかしとてもよく通る声で語り始める。

「——錬金術の歴史とは人の歴史そのものである」

どうやら公開式へ向けての意気込みを語るようだ。傍らのテレサが、軽蔑するように鼻を鳴らした。

「……よくもまあ、恥ずかしげもなく愚鈍な大衆におもねられるものだ。いくら天才といえども、年を取ると人は愚かになるものなのだな」

唾棄するようにそう言うと、テレサはエミリアに背中を向けて歩き出す。

「ちょっと先生、どこへ行くんですか」

「帰って寝る。こんな茶番に付き合ってられるか。私の脳細胞は錬金術的思索に忙しいのだ」

一方的にそう告げると、テレサは振り返ることもなくホールから姿を消してしまった。どこまでも身勝手な人だ、と腹を立ててるが、逆にこれ以上一緒にいたら本当に口論になりかねない状況ではあったので、もしかしたらこれで良かったのかもしれない。

テレサがいなくなって、気が楽になったのは確かだ。フェルディナント三世の演説は続いているが、錬金術や変成術の歴史について語っているだけで、多少知識のあるエミリアが耳を傾けるほどのものでもない。せっかくなのでこの空いた時間にもっと料理を食べ歩こうかと思い始めたところで、今度は意外な人物が彼の前に現れた。

「——エミリア様。ごきげんよう」

それは科学と錬金術の融合したホムンクルス、アルラウネであった。彼女は上品にカーえない。

テシー――ロングスカートを摘まみ上げ、礼をする。近くで見ても、やはり人間にしか見

アルラウネは、その人形のように整った顔を向けてくる。人間ではない、とわかってい

ても女性慣れしていないエミリアは少し緊張してしまう。先ほどまでフェルディナント三世に付き従っていたようだが、その主は今演説の真っ最中なので、もしかしたら暇をもてあましているのかもしれない。

「お食事があまり進んでおられないようですが、お口に合いませんでしたか」

「あ、いえ……。ちょっとタイミングを逸していただけです。これから思う存分いただきますよ。僕のような庶民からすればすべてご馳走ですから」

「そうでしたか、それは安心しました」アルラウネはまるで安心した様子を見せずに淡々と話す。「せっかくですので、お話のお相手を務めさせていただきます。こう見えて私はお喋りなほうです」

「……フェルディナント博士の演説を聴かなくてよいのですか？」

「わざわざ耳を傾けるほどのものではないでしょう」錬金術師の従者は、きっぱりと言い捨てる。「些か派手にやりすぎです。こんな茶番、見ているこちらが恥ずかしくなります」

「感情があるのですか？」意外だったのでエミリアは少し驚く。

「当然でしょう」エミリアを見上げ、アルラウネは氷の視線を向けてくる。「感情とは《魂》に起因する思考の揺らぎです。一般的な、愛情と呼ばれる感情も理解できます。もっとも、私の場合は男女間のそれではなく、生みの親である閣下への愛情――いわゆる家族愛に近いものですが。表情筋が実装されていないので表には出ませんが、どちらかというと私は感情豊かなほうです」

「……それは失礼しました」

一応謝るが、たとえ表情筋があったとしても、この女性は何事にも動じない鋼の精神を持っていそうな気がする。

だが、アルラウネの言うこともわかる。確かに今はフェルディナント三世の演説も熱を持ち、呼応するように聴衆の熱気も高まってきている。それがエミリアには、無知な人衆を不必要に煽っているように見えて、少しだけ残念な気持ちになる。メルクリウス・カンパニィの広告塔としての振る舞いであることは理解できるが……。

せっかくの機会なので、気を取り直してこのホムンクルスの女性に色々と尋ねてみる。

「その、こういうことを聞くのは失礼かもしれませんが……アルラウネさんは、人間と同じように思考し、人間と同じように感情を持つのですよね。それらはすべて《魂》から生じるのですか？」

「はい。《魂》によって脳に投影されるものがパーソナリティ、つまり思考や記憶です。

そして脳に刻まれた思考や記憶は、情報として《魂》にフィードバックされます。言ってみれば、《魂》とパーソナリティは等価なのです。個人の才能なども同様です。錬金術や変成術の才能は、皆生まれつきのもので後天的に得ることができませんが、それは《魂》に規定された情報だからです」

話を聞いていて疑問が浮かぶ。

「《第四神秘》の第二ステージである《魂の操作》で、それらの才能を加えたりすることはできないのですか？」

「できますが……あまり意味があるとも思えません」

「何故です？」

「昼間閣下がおっしゃったように、《魂》と《肉体》は表裏一体で不可分だからです。《魂》の情報は《肉体》へ、《肉体》の情報は《魂》へとそれぞれフィードバックされます。それなのに《魂》に余計な情報を付与したら《肉体》がその負荷に耐えきれず廃人になります。《魂》とはそれほど繊細なものなのです。《魂の操作》を駆使すれば、エミリア様とテレサ様の《魂》を入れ替えることもできるでしょう。その場合は、エミリア様の《肉体》でテレサ様の《魂》が、錬金術を行使することも可能です。しかし、当然《肉体》はその負荷に耐えきれず、即座に廃人となるでしょう」

「では逆に、大佐の《肉体》に入った僕の《魂》はどうなるのです？」

「それもまた拒絶反応が起きて廃人になると思います。なので、テレサ様の悩ましげな《肉体》に入り込んで破廉恥(はれんち)なことをしようという邪(よこしま)な考えは、妄想だけに留めておいたほうがよろしいかと」

そんな妄想は断じてしていない。

「とにかく」アルラウネは話をまとめる。「《魂》の入れ替えなどは、机上の空論で行う意味のないものです。あるいはまっさらで何の情報も存在しない《肉体》が存在すれば話は別ですけれども、そんな都合の良いものはありませんし。《魂の操作》でできることは、ただ操作そのものであり、せいぜい《魂》の綻(ほころ)びをわずかに修復して《肉体》を若返らせたり、あるいは《魂》そのものを消し去ってしまうことくらいです。元より《第四神秘》は、《魂の解明》がその本質であり、結果を求めるようなものではありませんので」

ちょうどそこで、フェルディナント三世の演説が終了したようで、割れんばかりの拍手が巻き起こった。アルラウネは、壇上を気にするように目を向けた。そろそろお喋りの時間も終わりだろう。最後にもう一つだけ、どうしても気になったことを尋ねてみる。

「あの、先ほどの面会でフェルディナント博士は、大佐を呼びつけた理由として、理解してもらいたかったから、というようなことをおっしゃっていましたけど……本当にそうなのでしょうか？」

「——質問の意図がわかりかねますが」

「何というか、天才らしくない気がするんです。天才なら他人の理解や評価なんて求めないと言いますか……。実際、大佐は他人のことなど何とも思っていません。天才に相応しい傲慢な人です。だからフェルディナント博士の言葉に違和感を抱いてしまって」

アルラウネはじっとエミリアを見つめる。それは意外な質問を繰り出されて驚いているようにも見えた。しかしすぐに一度目を閉じてから、改めてエミリアを見やり、告げる。

「――年を取ると人恋しくなるそうです。特に閣下は天才で……理解者がいませんでしたから。ですから、パラケルスス大佐という無二の理解者を得られて嬉しいのです。あのとき工房で閣下が語った言葉……あれはまぎれもなく閣下の、フェルディナント三世の本心です」

2

軍服のまま用意してもらったベッドに寝転んで、ぼんやりと白い天井を眺める。

火照(ほて)った頭が少しずつ冷えていく。この一日で蓄積した疲労と、思う存分ご馳走を詰め込んだ満腹感から、思考はぼやけているが、脳の奥のほうは妙に冴えていて不思議な気分だった。

さすがに今日は、色々なことがありすぎた。たくさん乗り物に乗ったし、たくさんの人に会った。春から軍人になったエミリアだが、任務で軍人以外の、それも社会的地位のある年上の人々と会う機会などなかったので少々気疲れしてしまった。

そして――二人目の錬金術師、フェルディナント三世との対面。圧倒されたと言ってない。その容姿に、その才能に、何よりもその精神に、エミリアは感動すら覚えた。

これで彼の任務は半分ほど終了したことになる。あとは明日一日、テレサの面倒を見ればば、ヘンリィ・ヴァーヴィル局長の下で働ける。そうすればまたいつか今回のような錬金術師関連の任務にも携わることができるはずだ。

(そうしたらいずれ、あの男に――)

逸れかけた思考を慌ててエミリアは打ち消す。今は余計なことを考えるときではない。

明日も早いのでもう寝てしまおうか、とも思うが、テレサの様子も気掛かりといえば気掛かりだった。一応自室へ戻るまえ、隣のテレサの部屋をノックしてみたが何も反応はなかった。午後十時を過ぎていたこともあり、眠っていたら悪いかな、とそれ以上は干渉しないでいたが、あまり顔を見たくなかったというのが正直なところだった。

そんなことを考えつつ、うつらうつらとし始めたあたりで、ドアがノックされたような気がした。半分寝た頭で時刻を確認すると、午前零時を少し過ぎたところだった。

再びのノック。今度は先ほどより少し強めにドアが叩かれた。エミリアは重たい瞼を擦りながら身体を起こしてドアに向かう。

　鍵を開けると廊下には、開発部長のパーカーと警備部長のウォーレスの二人が立っていた。陰気なパーカーと体育会系のウォーレスという組み合わせは意外だった。二人とも何やら深刻な顔をしている。

「何かありましたか？」エミリアは寝起きの掠れ声で尋ねる。

「……お休みのところ本当に申し訳ありません、シュヴァルツデルフィーネ少尉」パーカーは籠もった声でそう言って頭を下げた。「実は折り入って少尉にご相談がございまして……」

「相談？」

「その……フェルディナント博士の工房で何やらトラブルが発生しているようでして」

　心底申し訳なさそうに眼鏡の奥の瞳をさまよわせながら話すパーカーに代わり、ウォーレスがエミリアに詰め寄る。

「自分が説明します。ご存じかとは思いますが、博士の工房は厳重なセキュリティで保護されています。これは外敵から博士を守るための措置なのですが、裏を返せば工房内で何かが起こった場合に博士が簡単に逃げられないということでもあります」

「それは……そうでしょうね」展開が読めないエミリアは曖昧に同意する。

「そこで有事の際、外部に知らせるための緊急警報が設置されていて、今はその警報が作動しているのです。しかも状況を確認するために工房内の博士に通信で連絡を取っているのですが、応答がありません」

「……それはまずいのでは？」事態の深刻さに気づきエミリアは急速に覚醒していく。

「中で事故か何かが起きているってことですよね？　すぐに助けに行かないと」

「そうなのですが、事はそう簡単ではないのです」

「どういう意味です？」

勢いよく喋るウォーレスに代わり、パーカーが答える。

「……緊急警報が作動したのはこの三十年で初めてのことでして」パーカーは、自信なさげに答える。「博士が超人で、天才であることは我々も重々承知しています。そんな博士にも手に負えないトラブル……最悪の場合、錬金術の暴走ということも考えられます」

問題の大きさに思い至りエミリアは黙り込む。錬金術とは神の叡智を、人智をもって再現する技術である。人の身にはあまりにも強大すぎる力であり、使い方を誤ると暴走してしまうこともあるという。最悪の場合、この惑星そのものが崩壊しかねないとも。

「そこで少尉にご相談が……」ようやく本題に入ったらしいパーカーは、しかしとても言いにくそうに眉を寄せる。「これから我々は工房へ向かいますが、その際、是非ともパラケルスス大佐にもご同行いただきたいのです」

「——ああ、なるほど」そこでようやくエミリアは彼らの真意を理解する。

万が一工房内で錬金術の暴走が起こっていた場合、それを止められるのは現状、錬金術師であるテレサだけだ。しかし強引に呼びつけた手前、メルクリウス側の人間からテレサに協力は仰ぎにくいし、それ以前に彼女はあまりにも取っつきにくい。そこでエミリアから何とかしてテレサを説得してもらいたいのだろう。少々迂遠ではあるが、この状況では是非もない。

「わかりました、すぐに行きましょう」

寝間着には着替えていなかったので、ハンガに掛けてあった上着を引っ掴み、エミリアは廊下に飛び出す。テレサの部屋はすぐ隣だ。ドアに飛びつき強めにノックをする。

「先生！　エミリアです！　緊急事態です、起きてください！」

パーカーたちが気を揉んだように状況を窺う中、エミリアは気にせずノックを続ける。

やがて——。

「ああもう、うるさいなあ！」突然ドアが開き、テレサは不機嫌そうな顔を覗かせる。寝間着を着ているかと思いきや、彼女もまだ軍服を着ていた。「こんな夜更けにレディの部屋に押し掛けて何のつもりだ！　夜這いなら焼いて捨てるぞ！」

明らかに怒っているが今はそれどころではない。早口でエミリアは状況を説明する。聡明なテレサはすぐに事態の深刻さを理解したようだったが、面倒くさそうに顔をしかめる。

「——発動済みの他人の術式に介入なんてできないから、私が行ったところで役には立たんぞ。第一、勝手に大騒ぎしてるがちょっとしたボヤ程度なんじゃないのか？　ならこんなところで無駄な時間を費やしてないでさっさと助けに行ってやれよ」

「何でもいいから一緒に行きましょう。仮に暴走じゃなかったとしても、錬金術師である先生がいれば百人力です。それにもしかしたらアルラウネさんの身に何かが起こったのかもしれません。先生はあの美人の危機を静観できるのですか？」

「——ああもう！　相変わらず小うるさいやつだな、きみは！」

テレサは廊下を駆け出していく。慌ててエミリアたちも後を追う。少しだけこの厄介な錬金術師の扱い方がわかってきた気がする。

昇降機に乗り込んだ一同は、地下一階に到着する。フロアは昼間来たときと変わりなく静寂に満ちていた。ただ空気だけが妙にピリついている。

薄暗く閉塞感の強い通路を駆け、《黒の扉》にたどり着く。ウォーレスが扉横の装置に手のひらを押し当てると、高圧の蒸気を噴出しながら扉が開いた。

次の瞬間、耳をつんざく不愉快な警告音が鳴り響き、エミリアたちは思わず耳を塞ぐ。

視界に飛び込んでくるのは狂ったような赤と白の明滅。警報音に連動して照明が赤く明滅しているらしい。

「うるさくてかなわん！　止めてくれ！」テレサが顔をしかめながら両耳を塞いで叫ぶ。

「緊急警報です！」テレサに聞こえるよう大声で警備部長が答える。「音も光も、一度工房の扉を開けて中を確認するまでは止まりません！」

異常な出迎えに、堪らずエミリアたちは《白の扉》の前まで走る。扉を守る警備員二人も苦痛に顔を歪めながら耳を塞いで立っていた。昼間の二人とは違う警備員だ。

「ここも開けてないのですか？」大声でエミリアは尋ねる。

「まだです！」ウォーレスが大声で叫ぶ。「パーカーさんからの指示で、絶対に開けるなと言われたもので！」

「何でもいいから早く開けてくれ！」テレサが悲痛な声を上げる。「こんなところにいたら頭がおかしくなる！」

この場にいる全員が同じ意見だったろう。パーカーの指示により直ちに《白の扉》が開け放たれる。しかし、その先に続く《赤の扉》までの通路もまた同様に警報と赤い光の明滅が続いていた。パーカーが駆け出して《赤の扉》の隣に設置されたパネルに飛びつく。

「博士！　パーカーです！　返事をしてください！」必死に呼びかけるが返事はない。

「昼間来たときは中から博士に開けてもらったのですが、外からは開けられないのですか？」視覚と聴覚の暴力的な刺激に頭痛を覚えながらエミリアは問う。

「……この《赤の扉》だけは特に厳重で、基本的には博士の許可がなければ開けられません」必死にパネルを操作しながらパーカーが答える。「ですので、今から緊急措置を行います」

「緊急措置？」

「……ええ、管理者権限により実行できる裏コマンドです。通常は内側からしか開けることのできない《赤の扉》を、外から無理矢理開きます。緊急措置の実行には、二名以上の幹部クラス権限が必要になります」

「幹部クラス……つまり、パーカー開発部長とウォーレス警備部長の二人ですね」一瞬で状況を察して、エミリアは確認する。

「……よし、緊急措置実行待機完了です。あとは幹部認証だけです。私は済みましたので、ウォーレス警備部長お願いします」

ウォーレスが飛びついて右手を押し当てる。

天井のスピーカから解錠を告げる甲高い電子音が鳴り響いたかと思ったら、固く閉ざされていた《赤の扉》が蒸気を噴き上げながら開かれていく。

そして、エミリアは扉の先に広がっていたものを目撃する。

室内は昼間訪れたときからあまり変わっていなかった。

大小様々なガラス製の実験器具はテーブルの上に整頓され、無数の書物は本棚へきっちりと収められている。壁際には整えられたベッドが置かれている。奥のドーム型の炉は今も動作しているようで、覗き窓からは深紅の炎が揺らめいて見えた。

「まさか……博士……」ウォーレスが放心したように呟く。

この部屋の主である錬金術師は、最奥の壁にもたれ掛かって立っていた。

——否。立たされていたというのが正しいか。

彼はその胸に、巨大な黄金の剣を突き立てられ、そのまま壁に縫い止められていた。

人間が戦闘に用いる一般的な両手剣の倍以上はある、とても大きな剣だった。

錬金術師の目は虚ろに何かを見つめ、力なく下げられた両手は、ズタズタに破壊され原形さえ留めていない。そう——。


——フェルディナント三世は死んでいた。


「——博士！」

「動くな！」

叫びながら室内に飛び込もうとするパーカーを、テレサは鳴り響く警報さえ打ち消すほどの大声で一喝する。驚きのあまりこの場にいた全員が身体を硬直させる。

「全員動くな」再びテレサが今度は声のトーンを落として告げる。「おい、そこのデカブツ二人。誰も余計なことをしないよう見張ってろ。少しでも妙な動きを見せたら力尽くで止めろ。私が許可する。残りの連中は、逆に私が余計なことをしないか見張っていろ！」

念のため同行していた警備員二名とエミリアたちに言い放って、テレサは一人工房内へ入っていく。誰もテレサの言葉に逆らえなかった。一瞬にして、彼女はこの場を支配してしまった。

警備員二名は、言われるままに開かれた《赤の扉》の前に陣取る。エミリアはその屈強な肉体の隙間から室内を眺めていた。

テレサは動かない錬金術師の元へ近づき、身体に触れて何かを確認している。

壁に縫い止められたフェルディナント三世の足下には、彼の研究の結晶でもあるホムンクルスが、無残にも服ごとバラバラになって転がっているのが見えた。血ではないオイルのような液体が床に広がっている。

表情を変えることができない顔は穏やかですらあり、人の目を模した双眸さえ閉じられた今は、本当にただのうち捨てられた人形にしか見えない。

そのギャップが、エミリアの感情を揺さぶる。

生きていたはずの錬金術師が生きておらず、動いていたはずのホムンクルスもまた動くことをやめてしまったこと以外、室内に大きな変化は見られない。

天井の照明は、昼間と同じように煌々と冷たい光を放っている。

あまりにも非現実的な光景に、エミリアは気分が悪くなってきた。脈動するように頭が痛い。吐き気も酷く胃袋がひっくり返りそうだ。

いつの間にか警報が止んでいた。

「ああ……なんてこった……！」ウォーレスが頭を抱えて悲痛な声で呻く。「こんなことならもっと早くに……！」

「博士、お願いです……目を開けてください……」パーカーも祈るように何かを呟いている。

二人に掛ける言葉が見つからない。見張りを命じられた警備員二名も、同情的な視線を彼らに送っている。

最低限の確認を終えたテレサがエミリアたちの元へ戻ってくる。

彼女は珍しく陰鬱な表情で告げた。

「――社長を呼んでくれ。あとの対応は彼に任せよう」

3

高い場所ほど日の出は早い。

遠い地平線の向こうからゆっくりと昇りゆく太陽を、エミリアはぼんやりと眺める。窓際に立っていたのは彼だけで、ほかの面々は室内に点々と座り沈鬱な表情を浮かべていた。

メルクリウス・カンパニィ本社ビル六十階の応接室には、現在七名の人物が待機していた。社長のデイヴィス、開発部長のパーカー、警備部長のウォーレス。工房の警備をしていた警備員二名、ダニエル・ギブズとセオ・クロース。そして王国の代表者であるテレサとエミリアだ。

フェルディナント三世の遺体を発見した直後、社長のデイヴィスは直ちに警察へ連絡した。だが、人類の至宝である錬金術師の死という事実はあまりに大事(おおごと)であり、地方警察であるトリスメギストス署だけでは対応できないということで、急遽王国警察の本部であるエテメンアンキ警視庁に協力を仰ぐことになった。都市国家として独立自治を認められているトリスメギストスにおいても、治安維持を司る警察機構という公権力は、表向きには王国の管理下にある。

それぞれ簡単な取り調べを受けてから、警察の指示で事件関係者がこの応接室に集められ、エテメンアンキ警視庁からの応援を待っている。

わざわざ本庁の人間が出張(でば)ってくる理由。それは事件が前代未聞の特殊性をはらんでいるからに他ならない。

そう。メルクリウスの錬金術師、フェルディナント三世は明らかに何者かによって殺害されていた。

世界に七名しか存在しない、人類の至宝である錬金術師。

そのうちの一人が無残にも惨殺され、あまつさえその第一発見者の一人が王国を代表する別の錬金術師だというのだから——王国上層部の焦りは想像に余りある。戦争の抑止力として、王国はこれまで錬金術師という武力により上手くパワーバランスを保ってきたが、その均衡が崩れたのだ。この事実が明るみに出たら、諸外国——特にバアル帝国に攻め込ませるための口実を与えることにもなりかねない。都市国家に対し強権を発動してでも、事件の早期解決を図りたいと望むのは当然と言えよう。

あまりにも話が大きくなりすぎて、エミリアもどうすればいいのかわからない。肝心のテレサは事件以降ずっと沈黙しており、それもまた妙な不安を煽る。

午前六時を少し過ぎ、空腹と疲労感にうんざり始めたところで、突然応接室に新たな来訪者が現れた。

「皆様、大変お待たせしてしまい申し訳ありませんでした」

メタルフレームの眼鏡を掛けた、目つきの鋭い神経質そうな男だった。初めて見る顔だ。歳はまだ若く二十代だろう。上等そうな背広を着ており、只者ではないことが窺える。

「私はエテメンアンキ警視庁のフェリックス・クルツ警部と申します。この事件の捜査責任者となりました、よろしくお願いいたします」

慇懃にそう言うと、男は室内を見回してから、みんなの緊張を和らげるためにか、肩をすくめて戯けてみせた。

「なに、湖上は夜の間に封鎖しています。商船一つ出入りできません。記録上、昨夜はこの街から一隻も船が出ていませんので、犯人は未だこの人工都市の中に潜んでいることになります。すぐに捕まえてみせますので少しの間だけご辛抱ください」

猛禽類のような冷たく鋭利な光を眼鏡の奥に隠しながら、あくまでもクルツは柔和に微笑む。

「――とはいえ、皆様お疲れのご様子です。紅茶でも飲みながら、簡単に状況をお話ししましょう」

クルツの指示により、室内の全員にカップが行き渡ったところで、彼は話を再開する。

「まず一点。とても重要なことから。メルクリウス・カンパニィの顧問錬金術師であるフェルディナント博士は、地下の工房で亡くなっていました」

誰かが息を呑む。改めて指摘されたことで、数時間まえに目撃した幻想のような光景が、現実のものだったのだと再認識させられたのかもしれない。

「しかし……我々は懐疑的です」クルツは渋面を浮かべた。「調べによると彼は御年六十二歳という。だが、地下の遺体は……どう見ても二十代後半から三十代前半です。道理に適いません」

「博士は《魂の解明》に成功したのです」デイヴィス社長が答える。「最先端の錬金術により、彼は擬似的な不老不死を得ていたのです」

「錬金術ねえ……」クルツは不服そうに唸る。「私も仕事柄、多少は錬金術の知識があるのですがね。本当にそんなことが可能なのですか？　左手にあったという《神印》も今はもう確認できませんし……。あるいは彼のペテンに謀られていただけなのでは？」

「——可能だよ」それまで口を噤んでいたテレサが呟く。「私がこの眼で確認したんだ。やつは本物の錬金術師で……本物の天才だった。《魂の解明》にしても、その理論まではわからないが、紛れもなくやつはその再現に成功していた。女王陛下の名に懸けて、それは間違いのない真実だ」

「ありがとうございます、パラケルスス大佐」クルツは満足そうにテレサを見やる。「その言葉が聞きたかった。私もにわかには信じがたいですが、事件に錬金術が関係している以上、つまらない常識など捨て去らねばならないと思っていたのです。あなたがそうおっしゃるのであれば、非現実的な状況の数々も見たとおりの真実なのでしょう」

このクルツ警部という人物は、妙に物わかりが良い。普通ならばそんな非常識な事実にはもっと疑いを持ちそうだが……。違和感を抱くエミリアをよそに、クルツは続ける。

「彼の足下に転がっていたバラバラの機械人形——あれはいったい何なのでしょう？」

「……彼女はホムンクルスと言って、端的に表現するならば人造人間です」パーカー開発部長が不安そうに答える。「名前はアルラウネ。フェルディナント博士によって《魂》を錬成された錬金術と機械の融合した存在です」

「それもまた信じがたいですが、真実なのでしょうね」クルツは眉をひそめる。「とりあえずは、彼女もまた被害者であると仮定して話を進めていきます」

全員の同意を確認するためか、一度室内を見回してから彼は続ける。

「フェルディナント博士は、胸に超大剣……全長二・五メートル、重さ二十キロ弱の黄金製の剣を突き立てられて死亡していました。刺殺、ということになるのでしょうね。凶器に指紋はなし。現在鑑識に調べさせていますが、ほぼ確実に純金製だろうとのことです。彼の両手は原形を留めないほどずたずたに破壊されていました。話によると、彼は両手を用いて錬金術を行使するそうですね？」

「……そうです。博士は両手で空中に術式を描き出して、錬金術を行使します」パーカーが怖ず怖ずと答える。

「つまり彼は、まず両手を破壊され、その上で胸に剣を突き刺されたのだと考えられます。そうでなければ、《人間兵器》とさえ呼ばれる錬金術師を、正面切って襲うことなどできるはずもありませんからね」

クルツの言葉で、エミリアは自分の見落としに気づく。言われてみればそのとおりだが、そこまで頭が回っていなかった。常識的に考えて、錬金術師を殺すことは困難を極めるはずだ。彼らには、錬金術というあまりにも強大すぎる武器がある。たった一人で、戦争の局面を変えることすら可能な過剰すぎる武力に対して、一般人はあまりにも弱すぎる。不意打ちならまだしも、真正面から、それも剣で殺すなんて普通なら不可能だ。

「博士は、襲撃者にまず両腕を破壊されて、それで錬金術が使えない状態で殺された……？」デイヴィスは呟く。

「今のところそう考えるしかないでしょうね」クルツは頷いた。「そもそもあんな黄金の剣をどこから持ってきたのか、何故あんなものを凶器に使ったのか、いやそれ以前にあんなものを振り回せる人間がいるのか、と問題は山積みなのですがね……。あの剣だって元からあそこに飾られていたわけではないのでしょう?」

デイヴィス、パーカー、ウォーレスの三人が一度顔を見合わせてから首を振る。エミリアが工房へ入ったときも少なくとも見える範囲にあんなものは置いていなかった。だからあれは持ち込まれたものと考えるしかない。

(あんな重たいものを、凶器として用いるために……?)

論理的に考えればそれ以外にないが、エミリアは納得がいかなかった。だが、それ以上の思考には至らない。あまりにも状況が異常だし、そもそも疲労が溜まりすぎている。ただ何となく、この論理の先には良からぬ結末が待っている気がして、無意識に彼は身震いをする。

「まあ、そのあたりのお話は一旦置いておいて、先へ進めましょう」クルツは後ろ手を組み、室内をゆっくりと歩き始める。

「次いで――アルラウネさんでしたか。彼女もまた殺されていました。この表現が正しいかどうかは私にはわかりかねますが……。死因は不明です。そもそもどうやって《生きて》いたのかさえ我々にはわからない。完全に常識の範囲外の存在です。だから、端的に彼女の状態だけを申し上げると、頭部と四肢が分断され、四肢はさらに腕部は肘から、脚部は膝から分断されていました。体部も同様に、胸のあたりで二分割です。切断面はとても滑らかで、力尽くでねじ切ったりしたものではありません。凶器はおそらくフェルディナント博士の両腕を破壊したものと同じでしょう」

「凶器が見つかっているのですか？」エミリアが手を挙げる。

「いいえ。ただし、それが『何か』ということはほぼ明らかになっています。しかし、そのあたりのお話もまた後ほどということにして、今は説明を続けさせていただきます」

クルツはエミリアを見て不敵な笑みを浮かべる。何となく、不吉な印象の笑みだった。

「フェルディナント博士の死亡推定時刻は、昨夜の午後十時から零時くらいまでの間とされています。昨夜の公開式前夜祭の終了が午後十時、そして遺体発見が零時過ぎということからの判断ですが、遺体を解剖してもこれ以上の絞り込みは難しいとのことです。一応確認ですが、彼は前夜祭のあとはすぐにまた地下の工房へ？」

「……はい。私が地下一階まで博士とアルラウネさんをお送りしました」パーカーが答える。

「なるほど、証言ありがとうございます」クルツは礼を述べる。「――次は、地下の警備システムの確認です。フェルディナント博士の工房には、三重の警備システムが用意されているそうですね。《黒の扉》《白の扉》《赤の扉》。《黒の扉》と《白の扉》は、幹部クラス以上の権限がなければ開くことができない。さらに《赤の扉》は、幹部クラス二名以上か、内側からのフェルディナント博士の許可がなければ開かない……これは間違いありませんか？」

「間違いないです」警備部の責任者であるウォーレスは力強く断言する。「博士が考案した警備システムですよ。博士には幹部クラスの権限が与えられていないので、《黒の扉》も《白の扉》もご自身では開けませんが、《赤の扉》だけは中からも外からも開けられます。アルラウネさんには何の権限も与えられていないので、お一人ではどこへも行けませんが」

「それでわざわざ幹部の方が、工房まで彼らを送ったわけですね」クルツは満足そうに頷いた。「では、続けて事件の流れをおさらいしましょうか。始まりは――工房からの緊急警報ということで間違いありませんね？」

警備員二名は一度顔を見合わせ、困惑した様子を浮かべながら各々頷く。

「間違いねえです」代表して耳の形の歪な男――ダニエル・ギブズが答える。「さっきセオとも話したんですがね、なにぶん初めてのことだったし、慌ててもいたんで具体的な時間まではわからねえです」

相棒の警備員、セオ・クロースも頷いて同意を示す。

「俺らは夜の警備担当で、午後九時にまえの二人と交代しました。それから、十時過ぎに博士たちが来て以降、警報が鳴るまでは誰も地下に来てません」

「ふむ、警報が鳴って、お二人は警備部長であるウォーレス氏に連絡を取ったのですね」

クルツはウォーレスに視線を向ける。

『白い部屋』から自分が直接緊急連絡を受けました」ウォーレスは渋面を浮かべる。

「それから急いでパーカーさんに対応を尋ねました。パーカーさんは、書類上博士の直属の上司ですし、博士関係の色々な事柄の責任者でもあるので」

「……ウォーレス警備部長の言うとおりです」パーカーは青い顔をして答える。「それで、万が一工房の中で錬金術の暴走などが起こっていた場合、我々一般人では対処できないということで、直ちに錬金術師のパラケルスス大佐と、シュヴァルツデルフィーネ少尉にお願いを申し出て、工房までご一緒していただきました」

「そして三重のセキュリティを解除して工房へ入ったら、中で被害者が亡くなっていた、と——。しかし、それは妙なのでは？」

腕組みをして納得するように何度も頷いていたクルツだったが、すぐに真顔に戻って全員に問い掛ける。演技じみた動作だった。

「これが自殺の類なら何も不思議はないのですが、フェルディナント博士は明らかに他殺です。あるいは、アルラウネさんが博士を殺害した後、何らかの方法で自らバラバラになった、という考えもできなくはありませんが……。しかし、現実には彼女もまた明らかに何らかの外力により破壊されています。鍵の掛かった部屋に、二つの他殺体……つまり、密室殺人ということになります」

　室内がざわつく。もしかしたらその事実に気づいていなかった者がいるのかもしれない。

　メルクリウス・カンパニィの要（かなめ）である錬金術師を、外部から守るための堅牢な防犯システム。一つだけでも十分なのにそれが三つも重なった、世界で一番安全とも言える場所で——錬金術師は殺されていた。はっきり言って意味がわからない。

「抜け穴のようなものがあった可能性は……？」エミリアはそっと手を挙げて尋ねてみる。

論理的に考えてそれ以外にはありえない。

「もちろん、その可能性を検討して我々も懸命に探しましたが……見つかりませんでした。当然と言えば当然ですが」

　クルツは鼻で笑う。確かに、錬金術師を守ると同時に閉じ込めるための檻（おり）でもある工房にそんなものが仕込まれているとは考えにくい。

「そして奇妙なことに博士が工房へ戻ってから事件発生まで、記録上、そして証言上、誰も三つの扉を開いていない」

　だが、だとしたら——。最後の可能性さえも潰（つい）えてしまったとしたら、本当に不可能犯罪ということに——。

「——しかし、不可能犯罪などというものはありえない」

声高に、クルツは宣言する。全員が注目する中、クルツは勝ち誇ったような笑みを浮かべる。

「抜け穴のない完全な密室、出所不明な黄金の巨大剣、何より《人間兵器》とも呼ばれる錬金術師の殺害――。一見すると不可能に思えるこれらの状況も、現実に起こっている以上は、何らかの手段を用いて実行されています。そして私は、その手段に気づいています」

朗々と、エテメンアンキ警視庁の警部は声を上げる。

何故か嫌な予感がする。いったいこの男は何を言うつもりなのだ……？

「抜け穴がなければ抜け穴を作ればいい。黄金の剣がなければ黄金の剣を作ればいい。錬金術師に一般人が敵わないのであれば人間を超越すればいい。真犯人は――錬金術師以外にありえない」

断定するように。断罪するように。

フェリックス・クルツ警部は、この場にいる唯一の錬金術師テレサフラストゥス・ボンバストゥス・フォン・ホーエンハイムを指さした。

室内に動揺が広がる。この応接室にいる人間は、エミリアとテレサとクルツを除いて皆、メルクリウス・カンパニィの関係者だ。自分の会社の何よりも大切な錬金術師と彼の研究の結晶たるホムンクルスを無残にも屠(ほふ)ったのが、自分たちが招き入れた王国の錬金術師だと言われているのだから、これで動揺するなと言うほうが難しい。

だが――。

「――面白いことを言うのだな、警部殿は」

渦中の錬金術師、テレサ・パラケルススはまるで動揺することなく、それどころかどこか楽しげにクルツ警部に相対する。

「酷い言い掛かりだ。こう見えて私は結構繊細なのだよ。とても傷ついたぞ」

「言い逃れは止めましょうか、パラケルスス大佐」鋭い口調でクルツはテレサの軽口を撥ね除ける。「論理的に言って、あなた以外に犯人は考えられないのです。あなたは、被害者たちが工房に戻った頃合いを見計らい、錬金術を使って抜け穴を作り、工房内へ侵入した。そしてすかさず、驚くフェルディナント博士の両腕とアルラウネさんを錬金術により破壊した。先ほど申し上げた凶器とは、錬金術という技術そのもののことです。その証拠に、博士の両腕とアルラウネさんのパーツの断面から、変成痕が検出されています」

変成痕とは、《エーテル》操作により物質の状態を変更した際、物質に残る痕のことだ。

「あなたは逃げようとする博士にとどめを刺すため、工房に置いてあった銅像から錬金術を用いて黄金の巨大剣を錬成し、彼の命を絶った。工房に置いてあったはずの銅像が消えていることは調べがついています。最後は作った抜け穴から堂々と出て行き、何も無かったかのように錬金術で再びそれを閉じた。それ以外に、この犯罪を成立させるロジックは存在しない。そしてこんなことができるのは錬金術師であるあなただけだ」

　エミリアは今さら昼間あったはずの銅像が遺体発見時に無くなっていたことに気づいた。あの銅像を剣にした……おそらくそれは事実だろう。テレサに不利な状況証拠が次々と挙げられていく。

「さらに言うのであれば、あなたにはアリバイがない。前夜祭を途中で退場していたことは確認済みです。おそらくあなたは、この隙に工房への抜け穴を掘り進めていたのでしょう」

　クルツの言うことは理に適っている。証拠は何一つないが、状況的にもそれを否定する材料が存在しない。テレサもそれは気づいているようで、頭ごなしには彼の言葉を否定しない。

「アリバイに関しては、私も言葉がない。長旅で疲れていたから、前夜祭の途中で部屋へ戻って、それからずっと一人で眠っていたのだ。事件が起こって、無理矢理叩き起こされる直前までな」

「その言い訳は通用しませんよ、パラケルスス大佐」まるでテレサの言葉を待っていたかのようにクルツは食ってかかる。「あなたは眠っていたわけではない。もしも本当に長旅で疲れて眠っていたのだとしたら……何故あなたは事件発生時に軍服を着ていたのですか？」

　そうだ、何故こんな簡単なことにも気づかなかったのだ。テレサを起こしに行ったとき──彼女は当たり前のように軍服を着込んでいた。眠るつもりもなく、うとうとしていたエミリアならともかく、前夜祭を途中で抜けて、部屋で休んでいたはずのテレサがあんな深夜まで軍服を着ていたというのは、冷静に考えると不自然だ。

「つまりあなたは、知っていたのです。自分が深夜に叩き起こされるということを。何故か。それはあなたが真犯人だからに他ならない！」

　力強くクルツ警部は断言した。静まり返る室内。テレサは何も言わない。いや、何かを言う意味がないことを十二分に理解しているのだ。

「もちろん、物証はまだありません。抜け穴を作ったという仮定も、壁や床や天井からまだ変成痕が発見されていないので机上の空論と言えるかもしれません。しかし、そうする以外に工房へ侵入することが不可能であり、また現状では、フェルディナント三世の命を奪った黄金剣を錬成できるのがパラケルスス大佐ただ一人だけという事実がある以上、この判断がさほど早計ではないと、私は考えます」

　エミリアは──迷っていた。証拠など何一つとしてないが、クルツの言葉には力があった。論理的に考えてもテレサが犯人である可能性は高い。状況証拠は色々と揃っているのに、否定材料が一つもないのも大きい。

　テレサが犯人なのか、それとも……。答えは出ない。いくら考えても思考は堂々巡りを繰り返すばかりだ。

「テレサ・パラケルスス大佐。あなたをフェルディナント三世殺害容疑で逮捕します」

クルツが手錠を片手にテレサに迫る。彼女は何も言わない。

考えてみれば、たとえテレサが犯人だったとしても、エミリアには何の関わり合いもない。彼の任務はあくまでもテレサの内偵だ。彼女が人を殺そうが逮捕されようが、彼の関知すべき問題ではない。

確かに王国からすれば、錬金術師二名を失うことは大きな痛手だろうが、問題が大きすぎて逆にエミリアにどうこうできるものでもない。だから彼にできることは、当初の任務どおり、テレサの行く末を見届けたのち、一人で王都へ戻って事件のあらましをヘンリィ・ヴァーヴィル局長に伝えることくらいだ。

少なくともそれで彼の周りの諸問題は、概ね解消される。不当な北部任務から解放され、改めてヘンリィの下で働くことができるのだ。万事解決とまでは言わないものの、高望みしすぎない程度にはベストな展開だ。

彼の中の理性的な部分は傍観を決め込む。

そもそもエミリアは、テレサが嫌いだ。第一印象は最悪だったし、その後も嫌悪感を募らせるばかりで、昨夜も前夜祭会場では口論になりかけた。テレサがこのあとどうなろうが、正直知ったことではない。

だというのに――。

「ちょ、ちょっと待ってください！」

気がつくとエミリアは、テレサの腕に手錠を掛けようとするクルツを制していた。

その場にいた全員が驚いたような視線を向けてくる。それはテレサも同じだった。彼女は桁外れの美貌を驚きの色に染め、エミリアを見つめていた。

自分で自分が信じられなかった。何故声を掛けてしまったのか。何がしたかったのか。何一つわからない。今すぐに、「すみません何でもないです」と言って口を噤むべきだ。そんなことはわかりきっているのに、理性的な意思に反して口は勝手に動く。

「パラケルスス大佐は犯人ではありません」

「――何ですって？」クルツは片眉を吊り上げる。「シュヴァルツデルフィーネ少尉……それはどういう意味ですか？」

「えっと……その……」必死で思考を巡らせる。ここまで来たら後には引けない。覚悟を決めて答える。

「パラケルスス大佐にはアリバイがあります！　零時直前まで僕が一緒にいたのですから！」

よほど予想外だったのか、クルツは目を剝いて絶句する。それはこれまで常に余裕の表情を浮かべていた彼が初めて見せた、感情的な一面だった。その隙にエミリアは口から出任せを捲し立てる。

「前夜祭が終わってから、すぐに僕は大佐の部屋へ行きました。それから二時間弱、ずっと大佐と一緒にいました。零時直前までです。それから僕は自室へ戻りましたが……すぐにパーカー開発部長たちがやって来ました。ほんの数分後のことです。少なくとも大佐には博士を殺す時間はありません」

クルツは不愉快そうだった。

「……少尉。発言には注意してください。確かあなたは、前夜祭の後はずっと自室にいた、と証言していますね。パラケルスス大佐もずっと自室で一人だったと証言している。もしも今のあなたの言葉が事実なのだとしたら、何故そんな二人で示し合わせて嘘の証言をしたのですか？」

「――大佐は、僕を庇ってくれたのです」一つ嘘を吐いたらその嘘を守るために更なる嘘を重ねなければならない。エミリアは自分でも驚くほどスムーズに虚言を重ねる。

「実は……僕は大佐に悩みを相談していたのです。軍学校を卒業して、念願の情報局への入局を果たしたのに、実際与えられた任務は戦略上価値のない前線基地の開墾……。ずっとそのことで悩んでいて、だからそのことを思い切って大佐に相談したのです。人類の至宝とも言われる天才的な頭脳の持ち主であれば、何か解決策を授けてくれるのではないかと思って。そうしたら大佐はとても親身になって相談に乗ってくださいました。本当ならばこれは、誰にも知られることのない僕と大佐だけの秘密になるはずだったのですが……事件が起こって状況が変わってしまいました。だから大佐は、それぞれ部屋で一人でいたことにしようと、そう進言してくださったのです」

「……意味がわかりません。何故偽証するのがあなたを庇うことになるのですか？」

「いやですね、クルツ警部。ご存じないのですか？」エミリアはわざとらしく驚きを見せる。「軍規にあるのです。性別の異なる上官と密室で二人きりになってはならないと」

口を開き掛けてクルツは言葉を呑む。この切り返しは予想していなかったに違いない。

本来であればこれは、男性社会である軍部の中で女性軍人を守るための規則なのだが……異性としか定義されていない以上、規則は規則だ。

「大佐は僕が軍規違反を犯したことが明るみに出ないよう、手を打ってくださったのです。これ以上、情報局内での僕の立場が悪くならないように。しかし、その事実を隠したがために、無実であるパラケルスス大佐が逮捕されてしまうのだとしたら……耐えられません。僕は改めて事実を証言します。彼女にはアリバイがあります。軍服を着ていたのも直前まで僕と会っていたからであって、何も不自然なことはありません」

腕組みをしてしばらくエミリアを睨みつけていたクルツは、忌々しそうに口を開く。

「……少尉は真面目で聡明な方だと聞き及んでいたのですが、どうにもそれは買い被りだったようですね」

「本当に申し訳ありませんでした」エミリアは頭を下げる。

「……しかし、私はまだあなたの証言を信じていません。もしもあなたの証言が事実なのだとしたら、この事件が本当の不可能犯罪になってしまいます」クルツは強い語調で言う。

「今回の事件は錬金術師以外には絶対に不可能です。そして、偶然この場に世界に残り五名しか存在しないパラケルスス大佐以外の錬金術師が現れたとも考えにくい。ならばやはり犯人は大佐であり、少尉の証言はただの嘘っぱちだと考えたほうが現実的です。——もしあなたの証言が、彼女の色香に騙されただけの偽証なのであれば、今訂正してください。特別に偽証罪には問わないよう取り計らいます」

「紛れもない事実です」毅然としてエミリアは答える。無論、クルツの勘のほうが真実であり、自分の証言はただの嘘っぱちなのであるがそんなことはおくびにも出さない。

「それに……僕は今回の事件が錬金術師にのみ可能だったとは思えません」

「……どういう、意味ですか？」クルツは眉を寄せる。

エミリアは、これまで勢いのまま口から出任せを言っていたが、思いがけず口を衝いた言葉の、意外な正当性に驚きながら懸命に頭を回して言葉を絞り出す。

「この事件は、錬金術師だけではなく変成術師にも可能だからです」

「馬鹿な！」間髪を容れずクルツは吐き捨てる。「ならあの黄金の剣はどう説明するんですか！　あれは間違いなく銅像から錬成されたものです！」

「――警部には申し訳ないのですが、そこで根本的な誤解をしています」エミリアはあえて穏やかに告げる。「あれは銅像ではなく、もともと黄金の像だったのです」

「……は？」

「実は昨日のお昼に僕らが博士と面会したとき、先ほどの警部と同様、大佐もまたあの若いフェルディナント博士が本物だと信じられなかったのです。そしてそのとき博士は、自身が本物の錬金術師であることを証明するため、工房に置いてあった銅像を黄金像に錬金して見せたのです」

「まさか……！」

クルツは目に見えて狼狽える。それはそうだろう。もしもこれが事実なのだとしたら、彼の推理が根本から崩れることになる。

「そ、それを証明することができるのですか……？」

「――残念ながら。この事実を知っているのは、その場にいた僕と大佐、そして博士とアルラウネさんだけでしょう。しかし、それゆえに僕は大佐以外にも犯行可能な人間がいたと確信できるのです。黄金像から黄金の剣を作るのは、元素レベルの組成変更ではなく、あくまでも形状変更。つまり、錬金術の下位互換である変成術でも可能なのです。また、抜け穴を作ることも、博士の両腕やアルラウネさんを破壊することも、変成術における形状変更の範疇でしょう。変成痕は、錬金術だけでなく変成術においても残りますからね。

そう考えるとむしろ、まるで大佐に罪を着せるために色々な細工がなされたようにも思えてきます。銅像の件にしても、あのあと博士が前夜祭の会場で誰かに漏らした可能性ですら否定できませんし」

銅像が事前に黄金に変えられていたことを知っていた変成術師であれば、あえてそれを利用することで錬金術師にのみ犯行が可能であるように見せかけられるだろう。無論、何のためにそんなことをしたのかまではわからないが。

エミリアが提示したささやかな可能性に、クルツは歯噛みをする。ただの妄言と一笑に付すことができないでいるのだろう。少なくとも一考の余地はあると考えている証拠だ。

あと一押し、とエミリアが口を開きかけたそのとき、わずかに早く――。

「――しかし、エミリアの言葉はすべて嘘かもしれない」

黙って状況を窺っていた渦中のテレサが突然そんなことを言い出す。彼女に有利な発言をしていたエミリアのすべてを否定するような言葉に彼は動揺する。しかし、その言葉で我に返ったのか、クルツは少しだけ冷静さを取り戻した様子で眼鏡のブリッジを押し上げた。

「――その、とおりです。大佐のおっしゃるとおり、やはり犯人は大佐であり、少尉はあなたを庇うため嘘の証言をしているという可能性は依然として残っています。むしろこちらのほうが可能性は高いと私は見ています」

「だが……ただの偽証にしては筋が通りすぎている、とも見ている」試すようにテレサが言うとクルッは小さく頷いた。

テレサは不敵に笑う。

「ならば一つ折衷案を提示したい」

「……折衷案？」

「そうだ。この私が事件を解決してやろう」

テレサの言葉に一同は息を呑む。やはり一番大きな反応を示したのはクルッだった。

「ま、待ってください！　そんな勝手が許されるはずないでしょう！　あなたは容疑者の筆頭なのですよ！」

「しかし、この不可解な事件を真の意味で解決するには、私の頭脳が必要だと思わないかね？」妙に色っぽい流し目でテレサはクルッを見やる。「もし現場からこれ以上、変成痕が見つからなかったらどうする？　それこそこの私ですら実行不可能な、本当の密室殺人ということになってしまうのではないか？」

「それは……」クルッは言いよどむ。わずかながら、その可能性も危惧しているのだろう。

「私は自分が犯人ではないことを知っている。この大天才たる私に罪を着せようとした愚か者は、この手で見つけ出して相応の報いを受けさせてやる。だから私に事件を捜査させろ。そちらの邪魔はしないし、逃げ出したりもしない。女王陛下の信頼に誓おう」

「そ、そんな言葉を鵜呑みにするわけには……」

テレサはクルツからメルクリウスの面々に視線を移す。

「――錬金術師の行動を制限するような道具が何かあるのではないか？　例の地下のセキュリティはフェルディナント三世が考案したものだと聞いたが、きみらがやつを百パーセント信頼していたとは考えにくい。いざというときのため、錬金術師を逃がさないような何かを用意しているのだろう？」

デイヴィスは困惑した視線をパーカーへ向ける。パーカーは重々しく口を開いた。

「……確か、過去に開発部のほうで極秘裏に開発した枷があったような気がします。あまりにも非人道的だったので試作の段階で開発は中止されましたが……」

「非人道的？」テレサは首を傾げる。

「……ええ。本社から半径一キロメートル以上離れると……つまり、このトリスメギストスの外に出ると、爆発するんです。無理矢理外そうとしても同様に……。さらに《エーテル》にも反応するので、錬金術で細工をすることも不可能です。無論、普通に錬金術を行使する分には問題ないのですが……」

「いいね、それくらいじゃないと盛り上がらない」テレサは不敵に笑う。「警部、私にそれを着けてくれ。そうすれば文句はないだろう？」

「し、しかしですね……。これは私の一存で決定できる問題では……」

「なら、お偉方にお伺いを立ててくるといい。爆発する枷の件も含めてな。きっと了承してくれることだろう」

テレサは挑戦的な視線をクルツに向ける。不服そうではあったが、クルツは上層部と連絡を取るためにか一旦応接室を出て行く。

「それじゃあ、その枷とやらを用意してもらおうか。二つ」次いでテレサはパーカーに頼む。「忙しいところ申し訳ないが、これもきみたちの大切な錬金術師を殺したやつを捕まえるためだと思って協力してくれ」

パーカーはデイヴィスと顔を見合わせる。社長の小さな頷きを合図に、パーカーはドアの前に待機していた警官に許可を取り、小走りで応接室を出て行った。エミリアはテレサに近づいて小声で尋ねる。

「……なんで今二つ頼んだんです？」

「一つは私、一つはきみの分だろう」テレサは不機嫌そうに答える。

「え、いや、ちょっと待ってくださいよ」エミリアは焦る。「なんで僕まで。嫌ですよそんな危ないの」

「きみは私の捜査の助手なんだから死なばもろともだろう」テレサはため息を吐く。「いずれにせよ真犯人が挙げられずこのまま私が捕まったら、きみは犯人隠匿と偽証罪で投獄、最悪そのまま斬首だ。なら今ここで命を懸けるのも一緒だろう。死ぬ気で私に尽くせ。もう大人なんだから責任を持て」

「…………」

エミリアは黙り込む。テレサの言葉が重く彼の胸にのしかかった。今さらながらやっぱり嘘でした、と申し出ようかと迷い始めてきたところで意外にも早くクルツは戻ってきた。走ってきたのか少し息を切らせている。

「――上からの許可が下りました。パラケルスス大佐、特別にあなたの自由捜査を認めます」

その返事を予想していたように、テレサは微笑み返す。

「ご苦労。助かる」

「ただし条件があります」クルツはテレサを睨みつけて続ける。「まず一つ。自由捜査は今日一日だけです。真犯人がいるのであれば、今日中に私の前に突き出してください。タイムリミットは午前零時。それを過ぎたらあなたを犯人とします」

「きょ、今日中なんて無理でしょう！　あと半日と少ししかないんですよ！」

デイヴィスが心配そうな声を上げるが、クルツは静かに首を振る。

「マスコミを抑えておけるのがそのあたりまでなのです。今はフェルディナント博士の死というニュースはこのメルクリウス・カンパニィ本社内に留められています。しかし、数時間後の公開式は中止にせざるを得ないでしょうし、そこから少しずつ噂は広がっていくことでしょう。マスコミ各社にはすでに箝口令を敷いていますが、それにも限界があります」

「……博士の死が公表されたらどうなるんですか？」とデイヴィス。

「そのあたりのお話は二つめの条件にも絡んでくるのですが……」クルツは再びテレサに向き直る。「あなたが犯人となった場合、あなたは錬金術師殺害という最大級の禁忌を犯した罪により、明朝、アスタルト王城前大広場にて火炙りにされます」

　さすがにテレサの顔が歪む。周囲もどよめく。

「火炙りなんて野蛮な！」デイヴィスは悲鳴を上げる。「それに明朝なんて早すぎる！　せめてもう少し入念な捜査を――」

「そんな悠長なことをしている場合ではないんですよ」クルツは苛立たしげに語調を荒らげる。「今はまだ情報が拡散されていないので平穏なままですが、人類の至宝である錬金術師が殺され、ましてその犯行が別の錬金術師の手によって行われたなんて世界に知れ渡ったらどうでしょう。錬金術師の管理も満足にできない稚拙な国家として、批判の的になります。これは女王陛下という王国の基盤さえ揺るがしかねない一大事です。だから我が国は――一刻も早く諸外国に示さなければならない。この国は女王陛下が治める強い国であると」

「そのための火炙り……？」ウォーレス警備部長が声を震わせて呟く。

「そうです。錬金術師に好き勝手やらせているような弱い国だと思われるのはまずいのです。だから錬金術師でさえも普通の人間と同じように罪は裁く、そういう強い統治基盤のある国だと世界に知らしめるため、あえて大々的に処刑をしてアピールします。そうしてこの国は、錬金術師など当てにすることなく、この先もこれまでと同じように統治を行うのだと——諸外国に思わせる。それ以外に、我が国がこの世界で蹂躙(じゅうりん)されずに生き延びる術はない！」

強く、強く——クルツは言い切った。

静まり返る室内で、テレサの乾いた拍手の音だけが高く響く。

「——素晴らしい愛国心だ。良いだろう、その条件を呑もう。いや、初めからその条件を呑んで真犯人を捜し出す以外、私に生き延びる術はないわけだが」

「よ、よろしいのですか、大佐……？」デイヴィスは心配そうに声を掛ける。「何でしたら、我が社が総力を挙げてこんな野蛮で強引な決定に対して王国に抗議することも可能です。王国が戦争をしたいのであれば……このトリスメギストスはいつでも応じます。そのまま国家として独立することも、あるいは、街ごと他国へ亡命することも視野に入れましょう」

「それは心強いな」テレサは苦笑を浮かべる。「だが——問題ない。一日もあれば十分だ」

そのとき、先ほど応接室を出て行ったパーカーが戻ってきた。手には直径十五センチほどの金属製の枷を二つ持っている。

「……遅くなりました。なにぶん古いものなので探し出すのと動作確認に手間取りまして……しかし問題なく使用できることがわかりました。……本当にこれを使うのですか……？」

恐る恐る枷をテレサに差し出すパーカー。それを受け取ると、テレサはこんな状況だというのに爽やかな笑みを浮かべる。

「これがなければ自由に捜査できないのであれば、喜んで着けるさ。逃げ出す気など元々ないのだから影響はない」

そう言って、一切の躊躇なくその輪を途中の切れ込みで分離させて首にはめた。ぴ、と音が鳴る。どうやら動作を始めたようだ。続けてテレサはエミリアの首にも同じように金属の枷をはめる。エミリアはされるがままにじっとしていた。覚悟を決めるしかない。

それから、テレサは突然エミリアの肩を抱いて引き寄せる。

「そうと決まれば、私に残された時間は少ない！　さっそく捜査に取りかからせてもらう！　おっと、そのまえに作戦会議だな！　とりあえず一旦私の部屋に戻るぞ、エミリア！」

何故か少し嬉しそうに声を弾ませながら——テレサはエミリアを伴って応接室を出て行

った。

第4章　グノーシスの導き

1

「――この大馬鹿者が！」

作戦会議という名目でテレサの部屋に戻ると、開口一番に彼女はエミリアを怒鳴りつけた。あまりの大声に耳鳴りすら覚えながら、顔をしかめてテレサを見やる。珍しく彼女は頬を上気させ感情的になっていた。どうやら本気で怒っているらしい。何がそこまで彼女の逆鱗（げきりん）に触れたのかわからないが、これ以上逆撫でするのは良くないと思い、されるがままに襟首を摑み上げられる。

「何だってあんな嘘を吐いた！　もう少しできみも共犯者になるところだったんだぞ！　真面目一辺倒で規律大好きっ子だったはずのきみがどういう風の吹き回しだ！」

間近に顔を寄せてテレサは怒鳴る。彼女のほうが若干身長が高いので、エミリアは少しつま先立ちになる。首も絞まって苦しいが、それでも何とか答える。

「……別に規律大好きっ子を謳っていたわけでは」

「そもそもきみの任務の真の目的は、私を内偵し、軍人に相応しくないと言いがかりをつけて、軍務省から追い出すことのはずだ！」

「え、そうなのですか？」初めて聞く情報だった。

「――どこまでお人好しなのだきみは」テレサは天を仰ぐ。「ならきみにもわかりやすく説明してやる。元々、変成術の研究をしていた教務省、そしてその研究成果を卸していた総務省外局国家公安委員会警察庁と軍務省はそりが合わない。だから連中に先んじるため、軍務省は錬金術師を招き入れて、あえて当てつけのように特務機関《アルカヘスト》を設置した。だが、発足から一カ月で早くも軍務省は私をもてあまし始めた。周囲からもテレサ・パラケルススは何の成果も挙げないただ飯喰らいと批判が集まるばかりだ。しかし、錬金術研究とはそういうものだ。何十年と長い時間を掛けて思索を続け、ようやく一つの成果を得られるか否かというそういう存在だ。だから酒も飲むし女も囲う。ストレスのない日々こそが脳への最大の栄養なのだ。しかし、当然周囲の理解など得られるはずもない。挙げ句の果てには、当てつけをしたはずの総務省や教務省からも冷笑を浴びせられる始末。だが、女王陛下の覚えの良い私には誰も口出しができない。軍務省もほとほと困り果てたことだろう。そんな折、メルクリウスから錬金術師派遣の話が舞い込んできた。目的は明らかに王国への牽制だろうが、これを受ければ対外的にも《アルカヘスト》が仕事をしています、というアピールにもなる。多少業腹ではあるが背に腹は代えられないと軍務省はこれを了承した。そして周囲の批判に対応する形として軍務省から監視役を同行させることにした。それがきみだ」

早口で捲し立てながら、テレサはエミリアの額に人差し指を突きつける。

「だが、これを良しとしなかったやつがいた。ヘンリィ・ヴァーヴィルだ。やつはきみ以上の堅物で、おまけに神秘否定派の人間だ。私というふざけた人間が心底気に食わなかったのだろう。そこでこの機会を利用して私を軍部から追い出そうと画策した。各省庁や軍内部からも批判が集まる問題人物が、国の代表者として相応しくない行動をとったら、女王陛下の顔に泥を塗ったとして、私を放逐しやすくなる。ゆえに、彼が絶大な信頼を置き、かつ今現在不当な扱いを受けているきみがその監視役として選ばれた。目の上のたんこぶである私を追い出せれば軍務省としてもありがたいし、それを成功させたきみの評価は必然的に上がるから、きみもまた不当な扱いから解放される。あのタヌキおやじらしい巧妙な策だ。つまりきみは、そんな大人のつまらない政治に巻き込まれただけなのだ！」

さすがにエミリアは口を噤む。自分で思っていた以上の思惑が、何気ない任務の裏に隠されていたことにも驚いたが、何よりもそれを理解していながらエミリアの同行とメルクリウスへの派遣を了承していたテレサに驚いた。やはりこの錬金術師はとてつもなく頭が良い。そして好き勝手やっているように見えながらも、意外と裏では苦労している。エミリアはテレサ・パラケルススの評価を少しだけ改める。

感心するエミリアをよそに、テレサはますます熱くなっていく。

「私の逮捕処刑もその一環だろう。初めから連中は、私を吊るし上げるためにわざわざ本庁の人間をここに派遣したのだ。連中には事件の真相などどうでもいい。ただ対外的に都合が良いから、私の死を政治に利用しようとしただけにすぎない。元々王国の外交路線は、錬金術に依存しない健全な国家だ。錬金術師という統治上の特異的不確定要素は諸外国もてあましているだろうから、いずれ王国に追従する国も出てくるはず。そして王国は世界に先んじた国家となる……はずだったものを、きみの信じられない虚言でその予定を狂わせたのだ！　ようやく最初の質問に戻るが、どうしてあんな嘘を吐いた！」

「まあまあ」

「『まあまあ』じゃないが⁉　首に爆弾着けられて大変な状況なのに、何をきみはそんなに落ち着いておるのだ⁉　真性の馬鹿なのか⁉」

テレサは息を切らせてエミリアの肩を揺する。熱くなる人間を見ると逆に冷静になってしまうエミリアの悪癖が出てしまった。

両肩に載せられたテレサの手をやんわりと躱（かわ）してから、エミリアは答える。

「――だって、あの場でああ言ってなければ先生は逮捕されて早々に処刑されていたわけでしょう？　ならそれを回避できただけでも儲けものでしょう」

「結果論でものを言うな！　第一、私は逮捕されたところで身の潔白を証明する切り札を持っていたのだ！　だからあの警部に言いたい放題言わせていた！　だが、そんなとき突然きみがしゃしゃり出てきたのだ！　私は心底驚いた！　しかもそのせいできみは軍部から評価を下げられ、おまけに首に爆弾まで着けられた！　意味がわからない！　いったい何を考えているのだ！」

問われて考える。実は自分でもまだ答えが出ていない。何故あのときあんなことを言ってしまったのか。論理的に考えれば、テレサが犯人であると考えるのが一番自然だったし、クルツ警部の言い分にも説得力があった。だから、エミリアがとっさに嘘を吐いてまでテレサを庇ったことは、ただの自己満足に過ぎないのだろう。ならば、この一件でエミリアに得られたものとは何か。

「――僕は理不尽なことが嫌いなんです。軍学校にいたとき、僕は身に覚えのないスパイ容疑を掛けられ、つらい思いをしました。それ以来、一方的にどこかの誰かが得をして、その陰で無関係の人間が傷ついている――そんな理不尽が許せない。だから、あの時点であなたが犯人であると断定されてしまうのは間違っていることだと、理不尽なことだと、そう思ってしまったんです」

「……だから、嘘のアリバイをでっち上げて私を庇ったと？　真面目なきみが軍部に背いてまで行動するほど、それは大切なことなのか？」

「――はい」エミリアは力強く頷いた。「僕は軍人で、規則を重んじますが……自分にだけは嘘を吐きたくないんです。そのためならば……僕はいくらでも嘘を吐く」

はっきりとそう言い切る。自分の信念を守るためならば、周囲を欺くことなどどうということはないと。

テレサとしばらく見つめ合う。やがて彼女はエミリアから離れ、堰を切ったように人声で笑い出した。エミリアは戸惑うが、テレサは気にせず大層愉快げに、高らかに笑い続ける。仕舞いには目元に涙さえ浮かべ始め、それを雑に指で拭いながら彼女は息も絶え絶えに言う。

「……本当に面白いなきみは」

「面白いという評価は些か心外ではありますけど……。でも、やっぱりどうしても僕には先生が犯人だとは思えないんです。あまりにも容疑者が限定されすぎているというか……先生に罪を着せようとする誰かの意図が垣間見えるのも気持ちが悪いです」

「だが、そう思考誘導するため、あえて自分に疑いが向くよう私が仕組んだ可能性もある」

「それにしても先生ならもっと上手くやるはずです。大体、本当に先生が犯人なのであれば、もっと露悪的にやるでしょう？　特に昨日の前夜祭や今日の公開式の最中なんかが狙い目です。みんなが寝静まった深夜にこっそり密室の中で殺すなんて、先生らしくない」

「──褒めるなよ、照れるだろう」

「暗に露悪趣味の人格破綻者だと批判したつもりだったのですが」

「きみも大概私に対して遠慮というものがないな⁉　私は人類の至宝ぞ⁉」

「はいはい」

「『はいはい』じゃないが⁉」

あまり中身のない掛け合いをしている場合ではない。軽く咳払いをしてから、エミリアも文句を言う。

「第一、先生も先生です。せっかく僕が上手い具合に嘘を並べ立てて、クルツ警部を言いくるめようとしているのに、急に自分で事件を解決するなんて言い出すから……。そのせいで今は首に爆弾まで着けられてるんですよ？　破滅願望でもあるんですか？」

「馬鹿が……あのままきみが嘘を並べ立てたところで、警部はきみの証言など信憑性に欠けるといって早々に切り捨ててたぞ。きみの嘘はあまりにも上手すぎた。そして警部にとって都合が悪すぎた。嘘を吐くなら、相手に都合の良い情報も織り交ぜなければダメだ。だからあのタイミングで、あえて私がきみの発言の信憑性に疑いを掛け、その上でリスクまで背負って事件解決を買って出たからこそ、道が拓けたのだ。ああしていなければ、きみも私も今頃拘束されて処刑を待つばかりになっていたぞ。命の恩人として少しは感謝してほしいものだね！」

恩着せがましくそう言って、テレサは鼻を鳴らす。

「――とにかく。こうなった以上、我々はもはや運命共同体だ。真犯人を見つけ出して警察に突き出す以外に、生き延びる道はない」

「先生は何か犯人に繋がるようなことに気づいているのですか？　先ほど切り札を持っていると言っていましたけど」

「いや、今のところは皆目（かいもく）」テレサは渋面を浮かべた。「切り札も私の無実を証明するだけで、真犯人の特定には役に立たない。とにかく情報が絶対的に不足しているのは間違いない。まずは一度現場に戻って、調べ直してみようか」

「……そうですね。それしかなさそうです」エミリアは頷く。

正直、疲れすぎてふらふらするし、今すぐにでもベッドに潜り込んでそのまま泥のように眠りたい欲求はあったが、命が懸かった今の状況でそんな贅沢を言っている場合ではない。軍学校時代は、三日間不眠不休で野外訓練を行ったこともあるので、それに比べればまだまだ余裕だ。

一度自室へ戻って冷水で顔を洗ってから、テレサとともに再び地下へと向かう。良い機会だったのでずっと気になっていたことを尋ねてみる。

「ちなみに僕にだけは正直に教えてほしいのですが、昨夜は前夜祭を抜け出したあと、どこで何をしていたのですか？」

「……年頃のレディにプライベートなことを聞くのは失礼だぞ」

「その時間は僕と一緒にいたことになってるんですから、口裏を合わせておかないと」

しばらくテレサは渋っていたが、やがて観念したのか珍しく恥ずかしげに頬を染めてそっぽを向きながら答えた。

「……引きこもりすぎて体力がなくてな。昨日は移動に疲れて本当にずっと寝ていたのだ……ああ、くそっ！　だから言いたくなかったのに……！」

2

昇降機から地下に降り立つ。

初めて訪れたときは重苦しいまでの静寂に包まれていた地階も、今は人が溢れる賑やかな場になっていた。

フェルディナント三世考案の《賢者の石》錬成工程を模した三重のセキュリティも今は切られていて、エミリアたちは真っ直ぐに工房へ向かうことができた。そこら中にいる捜査員たちの視線が痛かったが、今はそれどころではない。

現場である工房では、クルツ警部が捜査の陣頭指揮を執っていた。

「……やはり来ましたか」クルツは心底嫌そうにエミリアたちを見やる。「上からの命令なのであなた方の自由捜査は認めますが、こちらの邪魔だけはしないようにお願いします」

「はいはい、了解」聞いているのかいないのか、テレサは気安げに手を振る。「あ、そういえば、トリスメギストスの変成術師ギルドに連絡して、この街に所属する変成術師のリストをもらっておいてくれ。重要な容疑者だ」

「……言われなくても今手配しています」

「そうか、仕事が早いな。じゃあ、頼んだぞ」

ぽん、とクルツの肩を叩き、テレサは部屋の奥に入っていく。エミリアもその背中を追う。

フェルディナント三世の遺体はもう片付けられていた。彼が縫い止められていた壁には、赤黒い染みと、その中心に穿(うが)たれた鋭い穴が残されているだけだった。昨夜の光景が脳裏にフラッシュバックし、エミリアは目を逸らす。床には凶器の大剣が転がっていた。遺体発見時と同様、それは黄金色に輝いている。警察の調査でも確か純金だと断定されていたはずだが……。

「――そういえば純金って柔らかいんじゃありませんでしたっけ？」エミリアはふと思っ

た疑問を口にする。「純金の剣なんかで本当に人なんか刺せるんでしょうか？」

「普通の純金なら爪で傷が付くくらいに柔らかいよ」テレサは壁に張り付いて何かの観察を続けながら片手間に答える。「熱処理すると倍くらいには固くなるけどな。まあ、武器として常用するならともかく、一回限りの使用なら問題はないだろう。大きさの割に質量もあるから、人を刺すのもそれほど苦ではないはずだ」

それからテレサは、こっちだ、とエミリアを招き寄せる。彼女は、フェルディナント三世が縫い止められていた壁の穴を指さす。

「見てみろ、かなり深く穿たれてる。きっとものすごい力で剣を突き立てたんだろうな。剣先も少しひしゃげてる。二十キロ弱もある両手剣を軽々と振り回し、壁に深々と突き立てる怪力……。犯人はゴリラ並みの腕力を持ってるな。なら、こんなでかい剣が凶器に使われた時点で私が犯人って線は消えるだろう。私は、頭脳は人智を超えているが、身体はただの美女だぞ」

テレサは腕を曲げて力こぶを見せようとするが、軍服の下の二の腕は平坦なままだった。おそらく胸元の都合で少し大きめの男性用軍服を着ているのだろうが、たまに袖から覗く手首などを見るにテレサはとても細身だ。二メートルを超える両手剣なんて、振り回すどころか持ち上げることもできないだろう。

「錬金術の力を使って剣を動かしたりはできないんですか？」

「錬金術はそんな都合の良い万能の力じゃないぞ」何故か視線を逸らしてテレサは答えるが、すぐに観念したようにため息を吐く。「……と、言いたいところだが実はできる。ここで隠してもどうせあとでバレるだろうから今のうちに教えておこう。錬金術や変成術で物質の状態を操作する際、必ず余剰エネルギィが発生する。で、そのエネルギィを推進力にして錬成物、変成物を射出すれば……まあ、こんな剣くらいなら十分な凶器になるだろうな。筋力はあまり関係ない」

じゃあどうして今、強引に自分を容疑者から外そうとしたのか、と問い質そうかとも思ったが、クルツがいたのでやめておく。どうせ嘘でも何でも自分が容疑者から外れるためなら何でもする気概だろうから。もっとも、エミリアも決して人ごとではないのだが。

「そういえば、警部。アルラウネはどうした？　フェルディナント三世と一緒に運び出したのか？」ふと思い出したようにテレサは尋ねる。

「……あちらです」テレサたちを後ろで監視していたクルツは不服そうに答える。「捜査の邪魔なので壁際に寄せておきました。機械人形ということですが、顔は人間そのものだったので、さすがに忍びなくて布を掛けてあります。そちらの捜査はもう終わっているのでご自由にどうぞ」

クルツが示した床の上には、白い布で覆われた塊が無造作に置かれていた。テレサは歩み寄って屈み込み、布をめくる。布の下からはあのとき見たのと同様の、バラバラにされたアルラウネが現れた。エミリアは顔をしかめる。

「……酷いですね」

「ああ、酷いな」テレサは頷く。「こんな美人にこんな惨いことをするなんて許せない。もらって帰ろうと思ってたのに」

この錬金術師の倫理観はよくわからない。あと、くれるはずがない。

エミリアはアルラウネを観察する。あのときは遠目だったのでよくわからなかったが、メイド服の上から胸のあたりに穴が空いているのが見えた。ちょうど彼女が服を脱いだ際、心臓のあたりで光っていた部分――。

「確か、胸の《エーテライト》が動力だったんですよね？　そこが壊されたのが致命傷だったのですかね？」

「うーん、たぶんそうかな」テレサは曖昧に答える。「アルラウネという存在を既存の概念として捉えづらいというのはあるけど……《エーテライト》を心臓、水や蒸気を血液、そしてそれらで《魂》の器である脳を駆動させている、と捉えるとそうなるだろうな。《エーテライト》を破壊されたから蒸気機関を利用できなくなって、脳の演算素子を維持できなくなった。結果《魂》が消失して彼女は死亡した――ひとまずそういう認識でいいだろう」

テレサの言う《魂》とは、錬金術的な意味の「人間だけが持つ叡智の根源」だ。それが失われたから、アルラウネは《死》を迎えたということか。

「例えばですけど、《エーテライト》を新しくして、身体のパーツをすべて元通りに戻したら、また動き出したりはしないでしょうか？」

「無理だろうね」テレサははっきりと否定する。「怪我で死んだ人間の傷口を綺麗に塞いで輸血をすれば生き返るんじゃないか、と言っているのと同じだぞ。アルラウネは、動力は蒸気だが、あくまで《魂》によって動いていた。人間と同じだ。一度《魂》を失ったらもう二度と動くことはないだろう。あるいは《第四神秘・魂の解明》を完全再現したフェルディナント三世であれば、一度失われた《魂》を呼び戻すことも可能なのかもしれないが……」

口惜しい様子でテレサは唇を結んだ。結局《第四神秘》の正体がわからない以上、現状の人類に為す術はないということか。黙禱(もくとう)を捧げるようにしばらく口を噤んでいたテレサだったが、十分調べ終わったのか再びアルラウネに白い布を被せて立ち上がる。

「さて、と」

テレサは目的もなさそうに工房内をうろつき始める。あまり金魚の糞よろしくテレサの後ろをついて回るのもどうかと思い、エミリアは視線だけで彼女を追う。

切れ長の目を細め、真剣な表情を浮かべるテレサ。腰まで届く黒髪をさらさらと揺らし、すらりと伸びる長い手足を自在に動かして颯爽(さっそう)と歩くその姿はとても絵になっている。ほかの捜査員たちも気にしないよう意識している様子ではあるが、どうしても目を奪われてしまうようで頻繁に作業が止まっている。やはり黙ってさえいれば、テレサ・パラケルスという錬金術師は規格外の美しさなのだと改めて思い知らされる。もちろん、本人には絶対にそんなことは言わないが。

「――どうしました？　あの錬金術師に見惚れていましたか？」背後にいたクルツ警部が話しかけてきた。

「まあ……そうですね」エミリアは未だにこの警部への対応を決めかねていたが、無理に敵対することもないだろうと思い素直に答える。「見た目だけは芸術的だと思います。反面、人間性は最悪ですが」

「そんな最悪な人にあなたは人生相談などしたのですか？」口元に小さな笑みを浮かべてクルツは言う。誘導尋問のつもりだろうが、その程度は想定内だ。

「人格はさておき、頭が良いのは確かですからね。その知恵や発想は信頼できます」

「なるほど……それで軍部に復讐する良いアイディアは浮かびましたか？」

「復讐なんて初めから考えていませんよ」エミリアは首を振る。「僕は初めから、正当な評価を望んでいるだけです」

「――あのとき黙ってさえいれば、あなたはその正当な評価を得られたはずです」急にクルツは声を落とす。「はっきり言って私には理解できない。何故あのとき大佐を庇ったのか」

　その声の真摯（しんし）な響きに、エミリアは戸惑う。おそらくこの本庁から来たフェリックス・クルツという男は、テレサの失脚を狙ってここまで来ている。そしてエミリアの事情も知っているのだろう。おそらくエミリアの偽証を確信レベルで疑っているはずだ。だからその上で、エミリアに尋ねているのだ。何故テレサを庇ったのかと。

「庇ったわけではなく、僕は真実を述べただけですよ」クルツの意図は理解しつつも、そう前置きをしてエミリアは答える。

「それに大佐以外の人間にも犯行が可能であったのは間違いありません。《上》の人間は、大佐を処刑できればそれで満足なのかもしれませんが、僕は真相を知りたいのです。あの時点での大佐逮捕はさすがに見切り発車が過ぎます。だから、ちゃんとした捜査をして犯人を特定してもらうためにも、僕があの状況で証言したことは間違っていなかったと思います」

　あなたはどうなのですか、と言外に含めてエミリアはクルツを見やる。意趣返しのような視線に、クルツは渋面を浮かべるが何も答えない。言いたいことはありそうだが、立場的に何も言えないというところか。

　思えばエミリアもずっとそうだった。警察と同じように軍人も国仕（づか）えだから、上からの命令は絶対に従わなければならない。だから理不尽な北部送りを言い渡されたときも、そこで慣れない開墾作業に従事しなければならなくなったときも、エミリアは黙って従った。上からの命令というのはつまり女王陛下の言葉と同じなのだ。この国で生きていく以上、従うほかに道がない。あるいはクルツもまた、今回のようなスマートではない汚れ仕事を押しつけられて不満なのかもしれない。

勝手な想像だが、少しだけこの神経質そうな警部の評価を改める。

それからゆっくりと室内を見回してみる。壁の血痕と足下の白い布、そしてたくさんの捜査員を除けば、昨日の昼間訪れたときと何も変わりがないように思える。部屋の奥のベッドも綺麗なままだ。使用するまえに主は殺されてしまったのだろう。反対側のワークスペースも以前と変わらず、工作機械が並んでいるだけで他には何も――。

(――あれ?)

何か違和感のようなものを覚え、エミリアはふらふらとワークスペースに近づきよく観察してみる。何かが足りないような気もするが、注意深く観察してみてもあのときとの違いはよくわからない。

作業台の上にはドライバやレンチ、ハンマ、ヤスリなどの工具に加えて、ネジや歯車が散乱している。そして作業台を取り囲むように旋盤やフライス盤、ボール盤、蒸気ハンマなどの工作機械が所狭しと並んでいた。ここだけ見れば錬金術師というよりは、職人の工房にも見える。

おそらくこの作業台の上で、アルラウネは生み出されたのだろう。大きさもちょうど彼女の身長と同じくらいだ。

三十年もの間、この工房に閉じこもってひたすらに研究を続けていた孤高の錬金術師フェルディナント三世。その果てに新たな神秘の扉を開き、彼は人間を模したホムンクルスを作製した。人恋しい、とこぼしていた彼はいったい何を思って、アルラウネという存在を生み出したのか——。

ワークスペースの様子から、一瞬だけ垣間見えた天才の精神に想いを馳せていると……。

「ぱっと見た感じ、壁や床、天井にも変成痕は残ってないな」

調べ物が終わったのか、テレサがエミリアの背後に立っていた。いつの間にかクルツもいる。テレサは残念そうに肩をすくめた。

「警察でも見つけられてないのか？」

「……そうですね、今のところ」クルツは彼女に半眼を向ける。「工房だけでなく、通路や隣の『白い部屋』も入念にチェックしていますが変成痕は見つかっていません。ですが、必ずどこかにあるはずです。いえ、ないはずがない」

「ふうん」クルツの確信を持った言葉をテレサは軽く聞き流す。「それよりも、いくつか気になったことがある」

「気になったこと？」エミリアは逸れかけていた意識を戻して首を傾げる。

「うん。どうやら完全な密室というわけじゃなさそうだ」テレサはゆっくりと室内を見渡す。「例えばダストシュートがある」

そう言ってテレサは、入口から見て左側の壁を親指で示す。壁には金属の板と取っ手が付いていた。近づいて取っ手を引くと金属板がぱかりと開き、空洞が見えた。ここから下へゴミを投げ捨てるようだ。

「……確かにどこかには繋がっているんでしょうけど」エミリアは呆れ声を出す。「こんな狭いんじゃ人の出入りは無理でしょう」

目測で空洞の口は幅二十センチ、高さ十五センチほど。当たり前だが、人が通れるようにはデザインされていない。大人としては小柄なアルラウネでさえ通れまい。そもそもフェルディナント三世を閉じ込める「檻」としての役割もあったこの工房に、人が通れるようなダストシュートなど作るはずもない。

「だが、外部に繋がっているのは間違いない」テレサは悪びれるでもなく平然と言う。「併設された風呂やトイレの水道管や下水管もまた、外部と繋がっているはずだ。それにどこかに空気の通り道もあるだろう。ゆえにこの部屋を『密室』と呼ぶことに、私は違和感を覚える。『擬似密室』くらいが正しい表現だな。警察はそういった箇所も、微に入り細を穿つように捜査してるのかな？」

「……そんな無駄な捜査に人員を割いている場合ではないでしょう。まだ調べなければならない場所がたくさんあるのですから」クルツは忌々しげにテレサの軽口を切り捨てる。

　自分の命が懸かっているというのにまだふざけた態度を取るテレサに、エミリアは苛立ちを覚える。だが、テレサはそんなことはお構いなしに飄々と続ける。

「ほかにも反射炉あたりが怪しい」

「反射炉？」エミリアは部屋の奥で一際異彩を放っている高さ二メートルほどのドームに視線を向ける。事件発生時には燃えていた火が覗き窓から窺えないので、おそらく今はもう火が落とされているのだろう。反射炉の上部からは排気用の管が伸びていた。

「まさか……あのダクトのことですか……？」

「そうだ」テレサは頷く。「あの先もまた間違いなく外部に繋がっているはずだ」

「はずだ、って……」

　エミリアは呆れながらクルツに目を向ける。クルツは鼻で軽く笑い飛ばした。

「直径十センチほどのあのダクトが外に繋がっているから何だと言うんですか。犯人は煙となってあの管から出て行ったとでも言うんですか？」

「可能性はある」テレサは自信ありげに頷く。「犯人が生きていたとは限らないがな」

「……どういうことです？」エミリアは首を傾げる。

「侵入の手法はひとまず捨て置く。例えば、犯人はフェルディナント三世とアルラウネ殺害後、燃えさかる反射炉の中に飛び込んだとしたらどうだろうか」

発言の意図が読めず眉をひそめるエミリアをよそに、テレサは淡々と続ける。

「すると犯人の身体は高温に加熱され、やがては骨まで燃えて灰になり、その後ダクトから煙として抜け出した、と」

「ま、待ってください。つまり、犯行後犯人は自殺したと……？」困惑した様子でクルッは尋ねる。

「論理的に考えればそういうことになるな」真顔でテレサは頷く。「少なくともそう考えれば現状と矛盾することはなくなる。というか、どこにも変成痕が見つからなかったとしたら、犯人は《赤の扉》か、ダストシュートか、反射炉のダクトのどこかから脱出したことになる。それが論理的帰結というものだ。そしてこの仮説は、少なくとも反射炉のダクトからの脱出を過不足なく説明している。非常に重要な見解だとは思わないか？」

捲し立てられてクルッは顔をしかめる。それでも警察の意地のようなものがあるのか、何とか言葉を捻り出す。

「……おっしゃる意味はわかります。しかし、その仮説はあまりにも……」

「非常識か？」テレサは超然と笑う。「被害者が錬金術師とホムンクルスで、おまけに犯行に変成術が利用されているのに常識も何もないだろう。少なくともこれで脱出という問題は一つ片付いた。あとは侵入方法さえ確定すれば万事解決だ」

それからテレサは、行くぞエミリア、と歩き出す。テレサに振り回されてばかりだが、今はそれ以外に道がない。

「急にどうしたんですか」昇降機に向かう通路を進みながらエミリアは尋ねる。

「現場はもう見終わった。ここにいたところで得られるものはないだろう」長い脚で大股に通路を進むテレサ。

「行くってどこへ行くつもりですか」脚の長さが違うのでエミリアは少し小走りについていく。「聞き込みですか？」

「いや」テレサは否定する。「そのまえに腹ごしらえだ。確か社内に食堂があったな。そこで朝飯を食べるぞ。今日は長丁場になりそうだからな。しっかりとエネルギィ補給しておかないと」

3

地獄のように熱い紅茶が死滅しかけていた脳細胞を不死鳥の如く蘇らせていく。

今すぐにでもぐずぐずに崩れ落ちてしまいそうだった全身の細胞が本来の形を取り戻していくのを感じて、エミリアは、ほう、とため息を吐いた。

食堂は幸い空いていた。時刻は午前八時をやや過ぎたところ。本来であれば今ごろ、九時からの《第四神秘》公開式のために人で溢れているのだろうが、突然の中止のせいで閑散としてしまっている。

　錬金術師の死はまだ伏せられているので、街はいつもどおり穏やかなようだが……その一報が知れ渡ったとき、彼の栄光でここまで発展してきたこの街はいったいどうなるのだろうか。少し気になる事柄ではあったが、それよりも自分が明日生きているかどうかという問題のほうがエミリアにとっては切実だったので、あまり余計なことは考えないようにする。

　紅茶を堪能してから、エミリアは朝食のバタートーストを齧る。ほのかな甘みが疲れた身体に染み渡るようで大層美味しく感じる。食欲が湧かなかったので軽めにしておいたが、トーストの一枚くらいであれば、結構あっさりと食べられてしまった。どうやら疲労の蓄積した身体はエネルギィを欲していたらしい。

　食後に熱い紅茶を再び啜ったところでようやく人心地がついた。

　向かいでは、テレサが大皿に盛られたソーセージ、ベーコン、目玉焼き、ポテトフライなどを黙々と頬張っている。見ただけで胸焼けしそうな、ボリューム満点の朝食だった。

　テレサのことは気にしないようにして、ようやく再起動した脳みそで少し事件を整理してみる。

　フェルディナント三世とアルラウネが殺された、《賢者の石》の製作工程に擬(なぞら)えられた三重密室殺人事件。

何故人類の至宝は殺されなければならなかったのか。何故わざわざ犯行に変成術を使用したのか。そもそも何故このタイミングで事件は起こったのか。

不明な要素は多々あるが、やはり最も難解なのは、どのようにして工房へ侵入したのか、そしてどのようにして痕跡も残さず工房から消え去ったのか、という点だろう。先ほどのテレサの推理のように、侵入経路と脱出経路が同じとも限らないので、それぞれ別の事象の問題だと考える必要がありそうだ。抜け穴を作って出入りした（そして塞いだ）というシンプルな解法が使えない現状では致し方ない。

脱出経路に関しては、先ほどの反射炉自殺説はあまりに現実的ではないにせよ有効に思える。少なくとも論理的には矛盾しないはず。問題は侵入経路だ。出るときは生きている必要がないのはわかったが、入るときはさすがに生きていなければならない。生きた状態であの工房内へ侵入するには、ダストシュートも反射炉も使えなさそうなので消去法で考えて、正面から……つまり《赤の扉》を利用するしかない。

だが、《赤の扉》を利用したと仮定した場合、同時に《白の扉》と《黒の扉》を攻略しなければならなくなる。《赤の扉》は、解錠にフェルディナント三世の許可か幹部二名の承認が必要、《白の扉》と《黒の扉》は、幹部以上ならば誰でも手をかざすだけで解錠できるが、《白の扉》の場合は、それに加えて警備員二名の目もあるので難度は格段に跳ね上がる。クルツ警部の話では、前夜祭後フェルディナント三世が工房へ戻ってから事件発生時まで、記録上も証言上も、すべての扉が開かれていないということだったが……このあたりはあとで関係者に確認を取ったほうが良さそうだ。

「――フェルディナント三世はいったい何をするつもりだったんだろうか」

エミリアが今後の方針を頭の中でまとめていると、唐突にテレサが独り言を呟いた。意識が逸れていたのですぐには対応できず、「なんですって？」と聞き返す。しかしテレサはその質問には答えず、まったく見当外れの言葉を返す。

「それにしても、さっきの警部殿の顔は傑作だったな」

「……さっきって、先生が反射炉の仮説を話したときのことですか？」

「うん」テレサは上機嫌にソーセージを頬張る。「鳩が豆鉄砲を云々というのは、きっとああいうのを言うんだろうな。意外と楽しめた」

「あまり言うと可哀想ですよ……。でも警部さんの気持ちもわかります。灰になって工房から逃げ出したなんて、僕ら凡人には思いつきもしませんから」

「なかなか気の利いたジョークだったろう？」テレサは得意げに胸を張る。

「……まあ、そうでしょうね」エミリアは呆れてため息を吐く。「あれを本気で言っていたら正気を疑うところでした」

「なんだ、気づいてたのか」テレサは面白くなさそうに唇を尖らせる。「つまらん。エミリアちゃんならもっと驚くと思ってたのに」

フェルディナント三世の工房にあった反射炉なら、一五〇〇度くらいまで温度を上げられるだろうが、それでも人骨をすべて灰にするほどの高熱というわけではない。だから、もしも本当に犯人が焼身自殺をしたのであれば、必ず燃え残った骨が反射炉の中に残ることになる。しかし、警察はきっとそんなものは発見していないだろう。

つまり初めから誰も反射炉に飛び込んでいないことがわかる。

それよりも気になるのは、何故あんな現実には不可能な仮説を口にしたのか、だ。

「現実に可能かどうかなど私にはどうでも良いのだ」テレサははっきりと、エミリアに言い含めるように断言する。「ただ警察が納得して、真犯人が私以外の誰かだ、と認識してくれさえすればそれでいい。そのためなら都合のいい虚構の百や二百、いくらでも用意してやる」

エミリアは返答に窮するが、テレサの言うことにも一理ある。目撃者がいない以上、実際に何が起こったのか、なんてことは誰にもわからない。あるのは後の人間の妥当で帰納的な理解だけだ。つまりある程度の論理的な整合性さえ保てれば、それは《真実》とされる。自分の命が懸かっている以上、テレサがその妥当な《真実》を量産しようとするのは当然だ。

「じゃ、じゃあまさか、工房への侵入経路のほうもすでに何か……？」

「なくはない」それが当然であるかのようにテレサは嘯く。「例えば、開発部長と警備部長の共犯説なら簡単に説明がつく」

「パーカーさんとウォーレスさん……？」いきなりわけのわからないことを言われてエミリアは面食らう。「会社の人間が博士を殺す理由はないでしょう。顧問錬金術師を失うというデメリットしかないんですから」

「動機などどうでもいい。ただ論理的に考えれば矛盾がない、というだけの話だ。幹部が二人いれば、すべての扉は問題なくクリアできる。強いて挙げるならば『白い部屋』の警備員二名がネックだが、連中もさすがに幹部二人には逆らえないだろうから、きっと命じられるままに連中を通してあとは何も見ていないふりをしたのだろう。セキュリティのログが残っていない問題も、警備部長ならばいくらでもデータの改ざんができるだろうからな。そもそも密室なんてものは初めから問題にすらならない」

「で、でも、なら変成術の問題はどうするんですか。あの二人のどちらかが変成術師だとでも言うんですか……？」

「なくはないが、あとで調べられたらすぐにバレるようなことはしないだろう」テレサはあっさり棄却する。「たぶんどこかから口の堅い変成術師をこっそりと連れてきて殺させたんだと思う。金ならいくらでもあるんだ。錬金術師殺しに協力しようと考える変成術師だって出てくるはずだ」

エミリアは言葉に詰まる。しかし、矛盾はないように思える。テレサを呼びつけたのも、初めから彼女に罪を着せるためだったと考えれば都合がいい。だが、もしそれが真実なのだとしたら、エミリアたちは敵陣のど真ん中で暢気(のんき)に食事をしていることになる。

「――でも、私はこの仮説があまり気に入っていない」

舌の根も乾かないうちにテレサは前言を易々(やすやす)と翻(ひるがえ)す。

「事件の関係者があまりにも多すぎる。当たり前だが、関係者が増えれば増えるほど真相が発覚する確率は上がるし、関係性の薄い人間、この場合警備員たちがどの程度まで口裏を合わせてくれるのか、というような不透明さが不安材料でしかない。それに外部の変成術師を共犯にするのもいただけない。下手をしたらこの先一生強請(ゆす)られかねないメルクリウス・カンパニィ最大のウィークポイントを、どこの馬の骨とも知れない変成術師に易々と与えるとは考えにくい」

「……つまりこの仮説は砂上の楼閣(ろうかく)であると？」

「有り体(てい)に言えばそうだな。それにあまりにも言い掛かりが酷すぎて、たとえ論理的には矛盾がなくとも、警察の納得が得られないだろう。ゆえに却下だ」

確かに、この仮説では警察はもちろん会社の人間からも納得してもらえないだろう。

「では、ほかに納得してもらえそうな仮説は？」

「今のところはまだ何とも。どうしても最大のネックがクリアできないのだ」

「最大のネック……。やはりあの三重密室ですか？」

「いや――あれはそれほど重要視していない」テレサはあっさりと否定する。「そもそもさっきも言ったが、完全な密室なんてものは存在しないんだ。中で事件が起っている以上、必ずどこかから誰かが入って出て行った。それだけは疑いようのない事実だ。だから、観測された事象に沿って仮説を立てていけば、いずれ真相に突き当たるだろう。今の関係者共犯説みたいにな。そのあたりはロジックでどうにでもなるのだ。問題は理外の部分だよ」

「理外の部分？」

「そう。今回の事件は、道理に適っていないことが多すぎる」フォークに刺した目玉焼きを一口に頬張ってから、テレサは人差し指を天に向ける。

「例えば、犯行にわざわざ変成術を利用した点がまったく理解できない。フェルディナント三世の殺害に変成した黄金剣を使用している以上、犯人は変成術師、あるいは錬金術師に限定されてしまう。そんなものは自明だ。では何故、犯人はそんな自らの首を絞めるようなことをしたのだろう？」

それはエミリアも疑問に思っていた。しかし、納得のいく答えが見えてこなかったのでずっと保留にしてきた問題だ。

「それに、そこまで犯人が限定されているのであれば、出入りも誰かが言ったように抜け穴を使えば良かったんだ。わざわざ塞ぐ必要すらない。なのに何故犯人は、それ以外の何らかの方法で脱出し、不可能犯罪のような演出をしたのだろう?」

犯行の方法から犯人像が特定されている以上、不可能犯罪の演出には意味がない。何故なら、『錬金術師・変成術師以外に犯行が不可能』という前提条件に対して一切の影響を与えないのだから。

本来であれば、不可能犯罪の演出とは、多くの場合自身が容疑者から外れるといった何らかのメリットがあって行われるものだ。だが今回の場合は犯人像を限定しただけだ。はっきり言って意味がわからない。

「おまけに犯行のタイミングもわからん。何も『今』じゃなくてもいいだろう。犯人が変成術師ならば、いつだって好きなときに抜け穴を作って工房へ侵入できるのだ。何もわざわざ《第四神秘》の公開式を翌日に控えた日を選ばなくてもいいだろう。注目が集まるほど犯行はやりにくくなるし、発覚したあとの反応も大きくなるから犯人も逃げにくくなる。つまり、メリットがない」

「――初めから、先生に罪を着せるつもりだった、とか……?」必死に頭を回してエミリアは答える。

「その線もなくはない」テレサは小さく頷く。「例えば、私の存在を疎(うと)ましく思っている政府が、私を陥(おとしい)れるためにすべてを仕組んだ、と考えれば比較的都合はいい。実際に私は明日の処刑が決まっているわけだからな」

政府陰謀論者が好みそうな暴論だが、論理的な矛盾はない。

「だが、それにしては少々偶然に頼りすぎているきらいがある。あくまでも犯行可能時刻に私のアリバイがなかったのは偶然にすぎない。例えば、私が前夜祭に最後まで参加して、社長あたりと意気投合し二次会三次会と参加していたら、逆に私は鉄壁のアリバイを持つことになってしまう。政府が関与しているのならばこの犯行は行き当たりばったりではなく、かなりまえから念入りに準備されていたはずだ。ならば、偶然の要素が大きすぎる今回みたいな事件にはしないだろう。もっと上手く私に罪を着せられるようにするはずだ」

「——そう、ですね」エミリアは同意する。

テレサの言葉は非常に論理的かつ明快であり、疑問を挟む余地がない。おそらく事前にたくさんの可能性を考慮し、その上で最も妥当な道筋で話を展開させているためだろう。

「でも……実際に起こってしまっている以上、犯人には何らかのメリット、あるいは理由があったのですよね？」

「うん、きっと思いもよらない理由があるのだろう。そしてこれは私の勘だが……その理由こそが真に犯人を特定するための重要なピースになるはずだ。——《神の智恵（グノーシス）》が、私をそう導くのだよ」

第5章　哲学者の卵

1

エミリアたちは一階受付で社長のデイヴィスと連絡を取り、少しだけ時間を取ってもらうことに成功した。彼は今、社長室で執務に勤(いそ)しんでいるらしい。会社の生命線とも言えるフェルディナント三世を失ってしまったのだから、きっと今ごろ大忙しだろう。それなのにわざわざ二人のために時間を取ってくれるのだから、ありがたいやら申し訳ないやら複雑な気持ちになってしまう。当のテレサはまったく気にしていない様子で鼻歌なぞ唄っている始末だったが。

昇降機で最上階まで上り、エミリアたちは社長室までやって来た。待っていた秘書と思しき女性に、テレサはいつもどおりの色目を使ってから社長室へと入る。

「すみません、本来はこちらから出向かなければならないのに」デイヴィスは疲れた顔で執務机から応接セットまで移動する。「さすがにこれほどのトラブルは初めてなもので……事後処理もままなりません」

「お忙しい中、お時間を割いてくださってありがとうございます」エミリアは申し訳なく思いながら頭を下げた。

「いいえ、お気になさらず」デイヴィスは微笑する。「事件解決のためなら、協力は惜しみません。お二人には是非、博士の無念を晴らしていただかなければなりませんからね」

「きみは、どうやら私が犯人ではないと思ってくれているようだね」テレサは首に着けられた金属を無造作に指でつつく。「さっきも味方をしてくれていたようだし」

さっき、というのは、首に爆弾を着けられ、今日中に真犯人を特定しなければ火炙りにされる、という話が出たときのことだろう。確かに、事件発覚から終始デイヴィスはテレサを疑う素振りを見せていない。本来ならば、会社の命綱であるフェルディナント三世を殺した容疑者の筆頭として糾弾してもおかしくない立場であるにもかかわらず、だ。

虚を衝かれたような表情を浮かべるが、すぐにデイヴィスは作ったような笑顔を貼り付けて答える。

「何故でしょうね、私にはどうしても大佐が犯人だとは思えないのです。フェルディナント博士という偉大な存在の近くにいたために、錬金術師の方への尊敬の念が人一倍強いのかもしれません。だから、人殺しなんて野蛮なことは絶対にしないと信じているのかも」

「ありがたい話だが、論理的ではないな」テレサはあっさりと切り捨てる。「現状、私が犯人である可能性は極めて高いし、警察もそう考えてるだろう」

「ですが、変成術師にも犯行は可能なのでしょう？　どちらかと言えば、錬金術師の方よりも、変成術師のほうが博士を殺害する動機があるような気がします」

「ふうん……面白い意見だな」

興味深そうに鼻を鳴らして、テレサは許可もなくソファに腰を下ろした。デイヴィスとエミリアも同じように応接セットに着く。

「少しきみの話を聞こうか。何故、変成術師のほうが、動機があると思ったのだ？」

「――才能への嫉妬です」デイヴィスはテレサを真っ直ぐ見つめて答える。

「錬金術も変成術も、生まれついての才能に由来する能力ではありますが、両者には決して超えられない圧倒的な才能の壁があります。変成術師は、《第六神秘・元素変換》の再現をどうあっても実現できない。だからこそ、変成術師は最終目標として錬金術師となることを掲げているのでしょうが……歴史的に見ても結果は芳しくありません」

変成術師が錬金術師になる、というのは、後天的に錬金術師が生まれるということだ。それはつまり、『錬金術師は同時に七名しか存在しない』という世界の法則を覆すことに他ならない。

もしもそれが実現したら、錬金術師至上主義の安定した現代社会は崩壊し、世界は混沌に包まれることだろう。

だが、少なくとも現状そうはなっていない。錬金術師となった変成術師が未だ確認されていないためだ。

「変成術の御三家とも呼ばれる、フリーメイソン家、ローゼンクロイツ家、ステラマティナ家が数百年をかけても《第六神秘》には至れませんでした。きっとどうあっても変成術は、錬金術という新たなステージへ上ることができないのでしょう。それほどまでに、錬金術師という才能は絶対的なものなのだと、私は思います」

「……つまり、その才能に嫉妬した変成術師ならば、錬金術師を殺害する動機を持ち得ると」

テレサの確認にデイヴィスは神妙に頷いた。

確かに筋は通っているように思える。

二千年まえ《神の子》は、この世界は、《大いなる一（プリマ・マテリア）》なる一つの《もの》からできていることを人類に示した。そして大気中の《第五元素》――《エーテル》と呼ばれる不可視のエネルギィを利用することで《大いなる一（プリマ・マテリア）》に干渉し、あらゆる物質の状態を自在にコントロールできることも表した。

それから人類は、《神の子》が示した《七つの神秘》を再現することで、《神》に至ることを目指し始めた。そして今から百年ほどまえ、世界で初めて《第六神秘・元素変換》の再現に成功したのは、変成術のことなど何も知らないただの子供だった。

このときようやく、人類は気づいたのだ。《神》に至ることができるのは、地道な努力を続ける凡才ではなく、圧倒的な才能を持つ唯一無二の天才なのだと。

そしてそれ以来、変成術は錬金術の下位互換となった。

だから、錬金術師という圧倒的な才能に嫉妬する変成術師がいたとしても、何も不思議ではない。エミリアはそういった感情を抱いたことがないのでよくわからなかったが……。

「特にフェルディナント博士は、世界で最も進んだ錬金術師でもあります。だから、あえて博士を狙ったのも、才能への嫉妬という理由の補強材料になると思うのです」

「しかし、才能に嫉妬するという意味なら、《七つの神秘》のうち《第五神秘》と《第四神秘》の二つを再現した圧倒的な才能に対して、まだ《第五神秘》すら実現できていない他の錬金術師が嫉妬をするということもあり得るのではないか？」

「まさか。超越者たる錬金術師の方が、そんなことを考えるはずがありません」デイヴィスは一笑に付す。「それもまた、あなたの無実を信じる理由の一つですね」

デイヴィスの言葉に、エミリアは違和感を抱く。論理的なようでいて、とても主観的な意見だ。本来このダスティン・デイヴィスという男は、とても冷静でロジカルな人間のはずだ。少しの間しか接していないが、言動の端々から知性が垣間見えるし、何より四十代という若さでこの巨大企業の社長に就任したのだから、やり手でないはずがない。

発言は一貫していて矛盾もないが、それゆえにどうしてもこの男を警戒してしまう。だが、テレサはあまり気にしていないようで、ディヴィスの言葉に、それもそうだ、と納得して頷いていた。

「ところで前夜祭終了から事件発生時まで、どこで何をしていたのか教えてほしい」

さすがに面と向かってアリバイを訊かれるとは思っていなかったのかディヴィスは渋面を浮かべるが、すぐに落ち着きを取り戻すと前髪を払って答える。

「前夜祭終了が確か午後十時過ぎでしたね。その後少しの間、来訪者の方とお話をしていました。皆さま各地の有力者ばかりですから、新任社長としては顔を繋いでおかなければなりません。それから、パーカー開発部長と翌日の段取りについて会議室で確認のミーティングをしました。三十分くらいでミーティングは終わりましたので、その後はこの社長室に戻って、雑務をこなしていました。昨日は少し来客が多かったこともあり、あまり仕事が進みませんでしたから。そして作業を進めていたら、パーカー開発部長からフェルディナント博士の死を知らされて、あとはずっと皆さまと一緒でしたね」

「社長室に戻った具体的な時間は？」

「確か午後十一時過ぎくらいだったかと」顎（あご）を摩（さす）りながら虚空を睨むディヴィス。「すでに秘書も帰らせていた時間だったので、それを証明することは難しいですが……。それでも、作業中に二、三回電話を取りましたね。相手方に関してはすでに警察の方にお話しして確認を取ってもらっています」

「――ふむ。嘘は吐いていなさそうだな」とても失礼な感想を述べてから、テレサは傍若無人に足を組む。「まあ、念のための確認だし仮にアリバイがなかったとしても特に問題はなかったが……さすが優秀だな。やはり関係者の中ではきみが一番白い」

「あ、ありがとうございます……」褒められているのかよくわからなかったが、それでもデイヴィスは礼を述べる。「しかし大佐は、メルクリウスの人間を疑っておられるのですか？」

「疑っているかいないかで言えば、私は私以外の全人類を疑っているぞ」悪びれることもなくテレサは言い放つ。「少なくとも錬金術師を殺す動機が一般人には欠片も存在しない以上、私怨であると考えるのが自然だし、そうなるとやはり相対的にメルクリウス関係者が怪しくなってくる」

確かに、人々の尊崇を集める錬金術師を殺めようと考える不逞の輩などそうそういないだろう。動機から攻めるのであれば、メルクリウス関係者が怪しいというのは当然の帰結だ。

「――その件で少し考えたのですが」デイヴィスは真剣な表情で声を落とす。「ひょっとしたら《異端狩り》という可能性はないのでしょうか……？」

その思いがけない言葉に、テレサはすっと目を細める。

——《異端狩り》。十五、六年ほどまえ社会問題にもなった、神秘否定派による集団変成術師狩りだ。元々はセフィラ教会の原理主義一派にすぎなかったのだが、ヘルメス・トリスメギストスを神格化しすぎたあまり、彼の者以外の神秘をすべて否定するようになり、やがて変成術師や変成術研究家に害を為すようになったらしい。全盛期には百名を超える変成術師が犠牲になったとも。

ところが、あるとき何の手違いか前代のセフィラ教会代表の錬金術師テオセベイア・ルベドを殺めてしまったことで教会を、さらには全世界を敵に回してしまい、それから徹底的に粛清され早々に根絶された……と言われている。

「——ずいぶんと懐かしい名だな」普段よりも声のトーンを低くしてテレサは応じる。「十六年まえの姫御子殺害事件以降、危険思想として世界から消えていったと聞いているが」

「……表向きには、そうですね」ディヴィスは神妙に頷く。「しかし、裏では細々と存在し続けていて、近年また動き始めているという情報があります」

「それは……街談巷説の類ではなく……？」真剣な顔でテレサは尋ねる。

「南のほうでこの春、変成術師の不審死があったそうです。結局はただの物盗りとして処理されてしまったようですが、《異端狩り》の過去があったので特にギルドでは警戒を高めています。トリスメギストスの変成術師ギルドとは繋がりがありますから、そういった裏の情報も私の元には届くのです」

「……なるほど。現状、模倣犯か残党の確信犯かは定かじゃないが、水面下でそういった不穏な因子が動いている可能性はある、ということだな」

「ええ。結局、姫御子殺害事件以降も主犯格は不明なままでしたし、十数年を経てまた同じ思想を持つ者たちが現れ始めたと考えても決して不思議は――」

「あ、あのっ！」

思わず大きな声でエミリアは会話に割り込んでしまった。驚いたように二人の視線がエミリアに集まる。エミリアは即座に自分の失敗を悟るが、すぐに頭を切り替えて言葉を返す。

「あ、す、すみません。ちょっと聞いたこともない話題だったので……。えっと、それでその主犯格の情報も社長の元に？」逸る鼓動を抑えながらエミリアは尋ねる。

「いえ、さすがにそこまでは。ですが、元々は《異端狩り》のターゲットは変成術師ではなく錬金術師だった、という説もあるくらいですし、今回の件もそうだったのではないでしょうか……？　そうでなければ、誰も得をしないこの状況でフェルディナント博士が殺された理由が説明できません」

ディヴィスは何かを訴えかけるようにテレサを見つめる。テレサはしばらく考え込んだが、結局首を横に振った。

「――元々錬金術師という存在は、敵対勢力から命を狙われやすく、それゆえに国の庇護下に入る者が多い。これは国という大きな組織を後ろ盾として身を守るためだな。フェルディナント三世は少々特殊だが……根本的な理由は同じだろう。だからそんな錬金術師を殺すには今回のようにかなりの無理を強いられることになるわけだが……この件に関して言えば、錬金術師を狙った《異端狩り》の犯行だとは考えにくい」

「な、何故です？」

「簡単なことだ」テレサは腕を組んでから当然のように言う。「わざわざ三重密室の中にいるフェルディナント三世を狙わなくても、狙いやすい私が同じビルの中にいたわけだからな。錬金術師を殺したいなら私を殺せば良いだけの話だろう？」

そうだ、狙いにくいこのタイミングで無理にフェルディナント三世を殺す必要性などまったくないのだ。特に今回は、もっと簡単で狙いやすいところにテレサがいたのだから、先にテレサを始末してしまえば良い。つまり、錬金術師を殺すための犯行なのではなく、ピンポイントでフェルディナント三世を狙った犯行ということになる。ならば《異端狩り》の線は消えるだろう。

「それに誰も得をしないと今言ったが、やはり犯人だけは得をしたのだ。あるいは、フェルディナント三世が生きていることによって生じる、将来的な不利益を天秤に掛けて彼の者を排した。そしてその動機は、我々の常識では計り知れない何かなのだ。だから、動機における損得は一旦無視したほうが賢明だろう」

テレサの言葉にデイヴィスは肩を落とす。彼の気持ちもわからないではない。自分の会社の生命線たるフェルディナント三世が殺されたのは、誰かの私怨ではなく《異端狩り》だったのだ、と考えたほうが諦めはつくし、人々の納得も得られやすいだろう。会社の人間が犯人だったなどということになれば、ただでさえ錬金術師という絶対的な存在を失って危険な状態の社内が、ますます混沌としてしまう。

「――だがまあ、《異端狩り》の情報はありがたい。もしも連中がまた動き出しているのだとしたら、私も警戒を強めなければならないからな。私の耳には入ってなかった情報なので助かった。感謝しよう」

テレサもまたエミリア同様の所感を持ったのか、珍しくデイヴィスにフォローを入れる。社長は何とも言えない表情で、どうも、とだけ答えた。さすがに素直に喜べる状況ではないのだろう。

「それよりも聞きたいことがあるんだが……」テレサは居住まいを正して尋ねる。「きみは当然、フェルディナント三世が《第四神秘》を使って若返ったことは知っていたのだろうが……いつその事実を知ったのだ？」

「そう……ですね」過去を振り返るようにデイヴィスは眉間に皺を寄せる。「一年ほどまえ……博士が実験に成功してすぐのときだと思います」

「実験、というのは《第四神秘》のことか？」

「ええ……ある日、パーカー開発部長に緊急で呼び出されまして……。何でも博士が世紀の実験に成功したというので、仕事を放り出して急いで彼と一緒に地下の工房へ向かいました。すると……工房に若返った博士とアルラウネさんがいたのです。そのとき私は心底驚きまして……不敬ながら疑ってしまいました。本当にフェルディナント博士なのか、と」

「気持ちはわかる。私もそうだった」テレサは苦笑する。

「そう尋ねたら博士は怒るどころか、悪戯をする子供のようないつもの自信に満ちた笑みを浮かべ、私のポケットに入っていた万年筆を目の前で黄金に変えてみせてくださいました。そこで私は……ようやくすべてを受け入れることができました。博士が《第四神秘》の再現に成功したのだ、と」

かつての衝撃的な体験を懐かしむように、デイヴィスは目を細めた。

「続けて、アルラウネさんのことも詳しく説明していただきました。蒸気と機械で動いていることを確認した上で、その後少しお話をさせていただいたら……彼女が《魂》を錬成されたホムンクルスなのだと、信じざるを得ませんでしたね。ただの機械人形に、あんなに自然でウィットに富んだ会話は絶対にできないでしょうから。若返りにホムンクルスの作製、と一度に二つの奇跡を再現するなんて、やはり博士は世界最高の天才です」

「——なるほど」テレサは記憶に刻み込むようにこめかみのあたりを指で叩く。「ちなみにアルラウネは最初からあんな感じだったのか？」

「そうですね。アルラウネさんは、今とほとんど変わっていないと思います。博士曰く、《魂の錬成》過程の操作で、ある程度の常識や記憶のようなものは初めから持たせられるそうです。もちろん、その後も人間と同じように学習していきます。もしこの技術が確立すれば、博士がアルラウネさんを助手として重宝したように、優秀な労働者をいくらでも量産できるのですが……」

現実には果たせなかった理想を思ってか、デイヴィスはため息を吐く。

「ふうん」

興味深そうに唸ってから、テレサはあっさりと話題を変える。

「そういえば、今日の公開式でフェルディナント三世が何をするつもりだったのか、知っていることを教えてほしい」

「公開式、ですか……？」

意外そうにデイヴィスは首を傾げる。エミリアも突然の話題転換に戸惑うが、そういえば先ほど食事のときテレサがそんなことを言っていたな、と思い出す。

「ずっと考えていたのだが……そもそもフェルディナント三世は、どうやって《第四神秘》の完全再現を世間に公表するつもりだったのだろうか。何やら準備をしていたようだが、《魂の解明》なんて一般人に説明したところで理解できないだろうし……。だから最初は、メルクリウスから王国への技術的な牽制なのかとも思ったが、どうやらフェルディナント三世の狙いは別にあったようだ。本当はいったい何をしようとしていたのだ？」

テレサの鋭い問い掛け。しかし、デイヴィスは申し訳なさそうに首を振った。

「――実は、詳細は私も聞かされていないのです」

「社長なのに？」テレサは眉間に皺を寄せる。

「お恥ずかしながら」デイヴィスは目を伏せる。「私は二年まえに先代から会社を引き継いだばかりでして、まだフェルディナント博士から十分な信頼を得られていなかったのです。先代の社長には色々と相談することもあったようですが、私にはまるで。ただ、《第四神秘》完全再現の公開式をやりたいから段取りは任せると」

「そんな一方的な命令に従ったのか？」

「公開式後に今後の《第四神秘》の取り扱いを相談する、と言われたので……」社長は形の良い眉を下げた。

「なるほど……それで言いなりか」テレサはため息を吐く。「では、今日やるはずだった公開式の詳細は誰も知らないのか？」

「そう……ですね」デイヴィスは顎に触れて考え込む。「もしかしたら、パーカー開発部長ならば具体的に何か知っているかもしれません。おそらく今の社員の中では、彼が最も博士の信頼を得ていたと思いますので」

「ふむ……探りを入れてみるか。開発部長は今どこに？」

「それが……警察から解放されたあと体調不良を訴えていたので、今日は休暇を与えました。無理もありません。やはり彼が最も博士と長い時間接していたわけですから……」

「自宅の場所はわかるか？」

「もちろんです」

デイヴィスは秘書を呼びつけ、住所録を持ってくるよう指示する。秘書は一度退室してから、再び社長室へ戻ってくる。手には分厚いファイルを抱えていた。デイヴィスはファイルを受け取りパラパラとめくる。

「ええと……南地区のほうですね。ここからだと歩きで三十分くらい掛かりますので、車を手配しましょう」デイヴィスは住所を写し書きした紙をテレサに渡して言う。

「いや、結構だ」彼の好意をテレサはにべもなく断る。「ちょうど街を見て回りたいと思っていたのだ。どうせ聞き込みもしないといけないしな」

「そう……ですか」デイヴィスは妙に残念そうだ。「では、ご用命の際はお気軽に近くの者にお申し付けください。大佐の調査に協力するよう、全社員に通達を出しておきますので」

「うむ、ご苦労」すこぶる偉そうにテレサは胸を張り、ソファから立ち上がる。「ついでと言っては何だが、警備部長が今どこにいるかわかるか？」

「ウォーレス警備部長でしたら、警備部のオフィスにいるはずです。六十五階ですね」

「そうか、助かる」

手短に礼を述べてテレサは歩き出す。エミリアもその背中について行くが途中で呼び止められる。

「あの、パラケルスス大佐！」

「なんだ？」足を止め、テレサは振り返る。「まだ何か？」

「その、お伝えすべきか悩んだのですが……」デイヴィスは妙に言いにくそうに表情を暗くする。「実は……お二人が着用している首の枷ですが、未完成品なので動作が不安定です。最悪の場合、このトリスメギストス内にいても何かの拍子に爆発してしまうかもしれません。もし、どうしても不安になったら遠慮なくお声かけください。私の責任で、お二人の枷を外しましょう」

「しかし、そんなことをしては警察や国の上層部の不興を買うだけでは？」エミリアは率直に尋ねる。

「そうでしょうね」デイヴィスは何故か自信に満ちた様子で頷いた。「しかし、パラケルスス大佐の命は、そんなものよりもよほど価値があります。たかだか国と対立するくらいで大佐を守れるのであれば、我々は喜んであなたの盾となりましょう」

「気持ちはありがたいが大丈夫だ」テレサは魅力的な提案を撥ねつける。「これでも国の未来を憂う軍人なのだ。国の情勢を不安定にさせてまで生き延びようとは思わんよ」

心にもないことを言って、テレサは再びデイヴィスに背を向けて歩き出す。

「――気が変わりましたら、いつでもお申し付けください」

社長室を出る直前、エミリアはもう一度だけ振り返った。

テレサの背中を見つめる、デイヴィスの顔に浮かんでいた微笑みが、エミリアには何故か意味深なものに思えてならなかった。

2

警備部のオフィスでは、警備部長アイザック・ウォーレスが巨大なダンベルを一心不乱に上げ下げしていた。スーツを脱ぎ、タンクトップ姿となったウォーレスは、はち切れんばかりの肉体を惜しげもなく晒している。

声を掛けるのも躊躇われたが、それより早くウォーレスはエミリアたちに気づいて両腕を止めた。

「パラケルスス大佐にシュヴァルツデルフィーネ少尉。これは、お恥ずかしいところをお見せしました！」

力強くそう言うが、ウォーレスの顔には疲労の色が見えた。昨夜までは、色黒で筋肉質で元気はつらつ、という感じだったが、今は年相応にくたびれた印象を受ける。

「身体を動かさないとどうにもモヤモヤしてしまって……。しかし、やはり考え事をするときは、筋トレに限りますね！　お二人も一緒にどうですか！」

「……いえ、僕は遠慮しておきます」エミリアは丁重に断る。「お疲れのところお邪魔してしまってすみません。ご迷惑でしたら、また改めますが」

「迷惑だなんてとんでもない！　お役に立てるのでしたら、いくらでも協力します！」

ウォーレスは快活に笑う。社長の命令で嫌々付き合わされている、という感じではない。このウォーレスという男は、所々言葉遣いが怪しかったり、公の場で同僚を「さん」付けで呼んでいたりと、些か社会人としての自覚に欠ける部分はあるが、真面目で誠実な印象が強く好感が持てる。良い機会なので尋ねてみた。

「失礼ですが、ウォーレスさんは大佐が犯人だとは考えていないのですか？」

「パラケルスス大佐が犯人？　まさか！」ウォーレスは笑い飛ばす。「そんなことをしても、大佐にメリットがないでしょう。メルクリウスは、アスタルト王国の貴重な財布です。そのフェルディナント博士を殺めるということは、その財布をドブに捨てるようなもの。その結果、国の財政が傾いたら、実利の少ない錬金術研究の予算など真っ先に削られるでしょう。そんな馬鹿なことを大佐がするはずがありません！　ならば、大佐とメルクリウスを貶めるために誰かが仕組んだと考えたほうが自然です！」

それは、今まで考えてこなかった方向からの指摘だったので、エミリアは少し驚く。錬金術師の存在で、メルクリウスが政治的に微妙な立ち位置であることは確かだが、それ以前に何よりもお金の問題は絶対的だ。フェルディナント三世のおかげで、国はメルクリウス・カンパニィから莫大な税金を受け取れているわけだから、現在安定しているそのシステムをむざむざ破壊するというのは、不可解だ。

「ただの筋肉バカかと思っていたが、意外と頭が回るではないか」テレサはどこか嬉しそうに口を挟む。「考え事をしていた、と先ほど言ったが、いったい何を考えていたのだ？」

あまりの言い草だったが、ウォーレスは特に気にした様子もなく苦笑して答える。

「実はずっと犯人がどうやって博士の工房に侵入したのかを考えていて……。理論上、侵入できるはずがないんですよね」

「例の三重密室だな」テレサが腕を組む。「ちょうどその話もしようと思っていたのだ。警備部のトップであるきみから見て、あの工房のセキュリティはどうだ？」

「どうもこうも、完璧ですよ」ウォーレスは自信満々に頷く。「第一の《黒の扉》、第二の《白の扉》、第三の《赤の扉》、それぞれ単独ですら部外者には攻略困難なのに、それが三つですからね。世界一の大泥棒でさえ、侵入は不可能です」

「だが、実際には侵入された」テレサは容赦なく現実を突きつける。

「そう、なんですよね……」ウォーレスは力なく肩を落とす。「本当に理解不能です。変成術で抜け穴を作って出入りする以外に、どうすればそんなことが可能なのか想像すらできません。それぞれの扉の認証記録も確認しましたが、前夜祭以降、博士とアルラウネさん以外で工房に近づいたのは我々のみです。理屈で言えば我々が犯人ということになりますが……」

当然、あのときフェルディナント三世の工房に入ったエミリアたちは犯人ではない。

エミリアは頭の中で話を整理する。

地下の昇降機を降りて、薄暗い通路を二十メートルほど進んで突き当たる《黒の扉》、そしてその先に広がる警備員が常時二名待機している『白い部屋』と奥の《白の扉》、さらにその先には五メートルほどの通路と《赤の扉》が立ち塞がっている。

事件前後にすべての扉を通ったのが、本当にエミリアたちだけなのだとしたら……犯人はいったいどうやって現場に出入りしたのだろうか。

「ちなみに『白い部屋』や《黒の扉》に続く通路に、外部へ繋がる道はないか？」テレサは顎に人差し指を当てて尋ねる。

「ありませんね」ウォーレスは即答する。「一応、『白い部屋』には警備員の休憩用の小部屋がありますし、そこにはトイレも併設されていますが、どちらも外部へは繋がっていません。ゆえにセキュリティは完璧なのです」

「まあ、あんな白い部屋に一日中突っ立っていたら気が狂うだろうから妥当だな」テレサは鼻を鳴らす。「ちなみにきみは、前夜祭終了から事件時までどこで何をしていた？」

「警察の方にもお話ししましたけど……。前夜祭のあとは、このオフィスに戻って部下数名と本日の警備プランの最終確認をしていました。零時の十五分まえくらいまで続いたかと思いますが具体的な時間は覚えていません。部下たちの名前と住所は警察に知らせてありますので、そろそろ確認が取れている頃だとは思います。その後、帰ろうと思っていたところこのオフィスで例の警報の知らせを受けた、という感じですね」

「犯行可能時間は長く見積もっても二十分弱か……ここから地下までの往復時間を含めれば犯行は無理そうだな」元からそれほど疑っていなかったのか、テレサはあっさりとそう言うと、目に入ったオフィスチェアにまた許可もなく腰を下ろして足を組む。

「それよりも聞きたいのは、あの緊急警報のことだ。結局何が原因で鳴ったのだ？」

「あれは……」そこで何故かウォーレスは言葉に詰まる。しかしすぐに覚悟を決めたように一度深いため息を吐いてから続ける。「あれは……おそらく剣のせいだと思います」

「剣？」エミリアは首を傾げる。

「……ええ。警察の方には、ただの警報装置だ、とだけ伝えていたのですが……お二人には正直にお話ししましょう。もうお気づきかとは思いますが、あの三重のセキュリティは博士の安全を守るというよりも、むしろ博士を社内に留めておくための『檻』としての役割が大きかったのです」

「それくらいはまあ……気づいていたが」テレサは曖昧に頷く。「おそらく元々は、フェルディナント三世が自分の安全を確保するために考案したセキュリティを、会社側が『檻』として利用していた、という感じなのだとは思うが、それが何か？」

「実は我々も早い段階で、錬金術師であればあの三重のセキュリティに関係なく床や壁に錬金術で穴を開ければ脱出できることに気づいていました」ウォーレスは追想するように目を細める。「博士の考案したセキュリティでは、博士を完全にあの工房の中に閉じ込めておくことができない。そこで例の警報装置を導入したのです」

「例の警報装置……つまり音で異常を知らせるセキュリティだな。結局、あの警報装置の作動条件は何なのだ？」

「壁、床、天井の物理破壊です」

ウォーレスの言葉に、テレサは嬉しそうに指を鳴らした。

「なるほど！　つまり、錬金術で壁などに穴を開けて逃げ出そうとした際の保険だったわけか！」

「——端的に言えばそうですね」ウォーレスはどこか申し訳なさそうに頷く。「たぶん、あの黄金の剣が壁に突き刺さったことで警報装置は作動したんだと思います。ただでさえ人類の至宝の私物化との批判が絶えませんからね……できるだけ火種になりそうなネタは表に出さないことにしていて、それで警察には黙っていました。でも結果的に警報装置として作動しているわけですし、嘘は言っていません」

気持ちはわからないでもなかったが、その我が身かわいさの自己保身にエミリアは少し苛立つ。

「……では何故、僕らにあんな嘘を吐いたのです？　錬金術の暴走がどうのと」

エミリアの棘のある言い方に、ウォーレスは冷や汗を拭いながら答えた。

「……もしも博士が本当に逃げ出したのだとしたら、錬金術でこちらを攻撃してくるかもしれません。そうなった場合、我々には太刀打ちできませんので……その……申し訳ないとは思いましたが、パラケルスス大佐のお力をお借りするしかないと……パーカーさんと相談しまして……」

都合の良い言い訳だ、とエミリアは不快に思う。良くない流れだと察したのか、ウォーレスはすぐに両手を振って言い繕う。

「も、もちろん、本当に錬金術の暴走の可能性も危惧していましたよ……！　錬金術が暴走して室内が破壊されれば当然、警報装置も作動しますから……」

「――なるほどね」エミリアと異なり、テレサは利用されたことにまるで怒りを感じていない様子で、顎に手を当てて独り言のように呟く。「しかし、そうなると抜け穴を作って出入りした仮説は、ますます疑わしくなってくるな。今の話だと、犯人が抜け穴を利用して工房に侵入した瞬間に警報が作動してしまうことになるから、目的のフェルディナント三世殺害を行うどころではないし、異変を察知したフェルディナント三世だって全力で応戦するだろうから、ますますやつを殺せない」

腕組みをして何度も頷いてから、テレサはウォーレスに向き直る。

「警報装置の作動条件は工房内だけか？」

「一応、《赤の扉》に続く通路も同様に範囲内です」再び冷や汗を拭いながらウォーレスは答える。「《赤の扉》の通路までは、博士がご自身の意思で移動可能ですので……」

「ちなみにこの警報装置のことは、フェルディナント三世は知っていたのか？」

「もちろんです。博士ほどの天才を謀るなど、我々凡人には不可能ですから。すべて許可をいただいて取り付けました」

ウォーレスの言葉をエミリアは頭の中で整理する。

彼の証言は大局に影響を与えないようで、意外と重要なもののように思える。

少なくとも犯人は侵入の際、変成術による抜け穴などは使用していないことがほぼ確定した。これまでは変成痕が見つかっていないだけであるいは、という可能性もゼロではなかったが、この証言によりそんな些細な希望さえ潰えたと言える。

そして警察にすら話していないのだから、この事実を知っているのはおそらく幹部以上の人間だけだろう。ここで重要なのは、あの警報が意図的に鳴らされたのか、あるいは偶然鳴ってしまったのか、ということだ。

　犯人が外部の人間なのだとしたら当然警報のことなど知るよしもないので、フェルディナント三世を殺害した瞬間、いきなり警報が作動してしまったことになる。おそらく犯人は慌てて現場から逃げ出したことだろう。

　逆に内部の、特に幹部クラスの人間が犯人だったとしたら、当然警報のことは知っていたはずなので、意図してあの警報は作動させられたということになる。つまり、犯人はフェルディナント三世の遺体を速やかに発見してほしかったのだろう。理由は……まだ何とも言えないが、単なるアリバイ工作のためだけではないはずだ。アリバイがほしいだけならば他にいくらでもやりようがあるのだから。

「そういえば気になってたんだが」突然テレサは話題を変える。「あの反射炉のダクトとダストシュートはどこに繋がってるんだ？」

「ダクトとダストシュートですか？」意外な言葉を聞いたようにウォーレスはおうむ返しする。「ええと……ダクトは、途中でほかの排気管と合流したあと処理機へ向かいます。中の空気はそこでいくつかの処理を経た後、大気中に放出されますね。ダストシュートはさらに地下にある廃棄物収集所に繋がっています。このビル全体で廃棄物をまとめていて、毎朝六時に収集車で北の廃棄物処理施設へ運ばれます」

「それは今日も？」

「もちろんです。収集スペースがあまり大きくないので、一日でも休むとゴミで溢れてしまいますから」

何気ないテレサの問い掛けだったが、エミリアは内心で首を傾げる。ダクトにせよダストシュートにせよ、工房からの脱出経路にはなりえないのだから質問自体に意味がないような気がしてしまう。

唐突にオフィスの電話が鳴った。失礼します、と断ってウォーレスが応じる。何か仕事の連絡だろうか、とも思ったが、途中でエミリアたちのほうにちらりと視線を向けたので、どうやら事件関係の連絡らしい。受話器を置いたウォーレスは改めてエミリアたちに向き直る。

「――今、警部さんから連絡で、この街の変成術師のリストができあがったそうです。受付に渡しておくのでお手すきのときに回収してください、とのことです」

「おお、それは良いタイミングだ」テレサは嬉しそうに椅子から立ち上がる。「警備員にも話を聞こうと思ったがそれは後回しだな。行くぞエミリア、我々の寿命は残り半日だ」

テレサは勝手に一人でさっさとオフィスを出て行ってしまう。仕方なくエミリアはウォーレスに頭を下げて礼を述べる。

「お忙しい中、ご協力ありがとうございました。正直にお話ししてくださったこと、感謝いたします」

「その……本当にお二人にはご迷惑をお掛けしてしまって……」ウォーレスは申し訳なさそうに縮こまる。

「……過ぎたことです」多少複雑な思いも抱きながらエミリアは苦笑する。「これだけの規模の会社で、従業員も世界に何千人といることでしょうから、会社のために錬金術師の確保を最優先に考えるのもやむを得ないことだと思います。あの状況では実際に危険もあったわけですし。いずれにせよ、すべての謎を解決すれば僕らは助かるのですから、あまりお気になさらず」

「おいエミリア、早くするのだ！」先に行ったテレサが何かを叫んでいる。

早く行かないとまた文句がうるさそうだ。それでは失礼します、と告げて、エミリアは小走りでテレサの背中を追った。

3

鬱々とした気持ちとは裏腹に、空は晴れやかに澄み切っていた。すでに天高く昇った春の太陽は、夏のように鋭い直射日光を地上に降り注いでいる。湖の上ということもあり湿度も高く、さすがに軍服は暑かった。エミリアもテレサも上着を脱いだシャツ姿でトリスメギストスの大通りを歩いて行く。

「おお、屋台も出ているな。良い機会だから昼はその辺で適当に食べよう」興味深そうに声を弾ませてテレサは言った。

「……僕はあまり食欲が湧かないです」多少げんなりしてエミリアは答える。

「何だ、エミリアちゃん。見かけどおりナイーブなやつだな。先のことなんて気にしたって仕方がないだろう。それに首のこれも最新オシャレアイテムだと思えば結構イケてるような気がしないでもないぞ」

首に取り付けられた金属製の枷を指さしてテレサは危機感なく笑う。神経の図太さに関してこの上官に勝てる気がしなかったので、適当にいなして話題を変える。

「……しかし、世界一の蒸気の街だと聞いていましたが、こうして見ると街並みは王都とそんなに変わらないですね」

「技術の進歩と文化の発展は必ずしも同等に進行するわけではない、ということかな」テレサは物知り顔で街並みを見渡す。「案外人間という生き物は保守的で、過ぎた進歩を疎むのかもしれない」

コンクリート製のメルクリウス・カンパニィ本社に対して、街には昔ながらの石造りの家々が多く見られる。道の舗装も主要道路以外は石畳だ。コストや加工のしやすさなどの点から言えば、間違いなくコンクリートのほうが優れているが、きっと住民はこの世界最先端の水上都市においても、地上同様の暮らしを求めたのだろう。

一度深く息を吸い、エミリアは思考をクリアにする。湿気を多く含んだ暖かな空気は、少しだけ気持ちを陽気にしてくれた。

「ギルドに所属する変成術師は三人いますが……誰から回りますか？」先ほど受付でもらった名前と住所が書かれた紙を見ながらエミリアは尋ねる。

「……そうだな」肩越しにエミリアの持つ紙を覗き込みながらテレサは答える。「私は好きなものは最後に取っておくタイプなのだ。だから、一人だけいる女性変成術師は最後にしよう。ほかはきみに任せる」

相変わらず欲望に忠実なテレサに呆れるが、最終的に全員回るのだから順番などどうでもいいか、と思い直して現在地から近そうな場所へ向かう。

大通りを外れて薄暗い路地をしばらく進んでいくと紙に書かれた住所の一つに到着した。小さな石造りの一軒家で、薄汚れた表札にはオスカー・ウィンチェスターと刻まれている。どうやらここが、リストに記載された変成術師の家のようだ。生え放題の雑草をかき分け、エミリアたちは玄関に辿り着く。エミリアがノッカーを叩く。最初は物音一つ聞こえてこなかったが三回目で人の気配を感じ、ようやくドアが開いた。

「……あぁ？　何じゃあんたらは……？」

現れたのは、無造作にひげを伸ばした六十代ほどの老人だった。頭頂部は見事に禿げ上がり、側頭部に残ったわずかな毛髪も真っ白だ。赤ら顔で小柄な老人からはアルコール臭が漂っており、エミリアは顔をしかめそうになるが何とか堪える。

「――突然の来訪を失礼いたします。我々は王立軍情報局の者です。変成術師のウィンチェスター氏でお間違いありませんか？」

さすがにこの場でテレサが錬金術師であることを知られるのはまずいと思い、エミリアはとっさに身分を曖昧にする。しかし、老人は訝しげな表情を向け酒臭い息で応じる。

「……如何にも儂が変成術師オスカー・ウィンチェスターじゃ。軍人さんが何の用じゃ？」

「実は、このトリスメギストスで変成術関連のちょっとした事件が起こりまして……その調査に王都から参りました」

エミリアは口から出任せを言うが、フェルディナント三世の死が表向きに伏せられている以上、他に上手い言い訳も思いつかない。

「つきましては、突然で申し訳ないのですが、お話を伺いたく――」

「まどろっこしい言い方はよせ、エミリア」話を遮り、テレサは思いの外真面目な顔つきで老人に向き直る。

「私は王立軍特務機関《アルカヘスト》の錬金術師テレサ・パラケルスス大佐だ。昨夜遅く、メルクリウス・カンパニィの錬金術師フェルディナント三世が何者かに殺害された。現場の状態から犯人は変成術師である可能性が高いことがわかっている。ゆえに昨夜どこで何をしていたのかを教えてもらおう」

単刀直入にすべてを明かしてしまったテレサにエミリアは目を見張る。しかし、それ以上に変成術師のほうが驚いたようで、彼は眼球が飛び出さんばかりにテレサを凝視した。

「フェルディナント様が……お亡くなりに……？」

「面識があったのか？」意外そうにテレサは尋ねる。

「……ああ、一度だけな」ウィンチェスターはとても悲しそうに目を伏せた。それから酔いに緩んでいた表情を引き締めて続ける。「とにかく中へ入ってくれ。ここだと誰に聞かれるかわからん」

老人に言われるまま、彼の家にお邪魔する。

室内は、テレサのラボ以上に散らかっていた。書物や実験器具だけでなく、ゴミや酒瓶も散乱していて、汚臭と腐臭とアルコールの臭いが入り交じった何とも言えない空気で満ちていた。思わず顔をしかめるエミリアだったが、テレサは特に気にした様子もなく、興味深そうに薄暗い室内を見回していた。

ウィンチェスターは唯一あった安楽椅子に腰を沈め、訥々(とつとつ)と語り出す。

「もう……二十年以上まえのことになるか。メルクリウス・カンパニィが主催したパーティに、ギルドを代表する変成術師として参加したことがあってな……。その頃、儂は変成術研究で名を馳せていたが、壁に突き当たっておってな。言うなればスランプというやつじゃった。そんな折、フェルディナント様とお話をさせていただいて、儂は衝撃を受けた」

在りし日の栄光を想起するように、老人は悟りきったような柔らかな表情で言う。

「——ああ、これが本物の天才なのか、とな‌。儂のような愚才の悩みなど、本当に取るに足らないものなのだと、思い知らされた。フェルディナント様は、儂のような非才の変成術師のことも見下すようなことはせず、真摯に儂の研究上の悩みに耳を傾け、的確なアドバイスまでくださった……。このときの儂の気持ちがおぬしらに想像できるか……？」

急に問われ、困惑しながらもエミリアは首を振る。代わりにテレサが腕組みをしながら答えた。

「……そうだな。きっと神を見たような心持ちだったろうな」

「——然り」ウィンチェスターは力強く頷く。「まさしく儂は、あの瞬間、神を見た。人智の及ばぬ神の叡智——その体現者たるフェルディナント様はまさしく神そのものだった。それ以来、自分とそう歳の変わらない天才に……儂はすっかり心酔してしまった」

おそらくそれは心酔を超えた崇拝の域だったのだろう。老人はこの世の終わりのように悲しい顔をする。

「……それゆえに、フェルディナント様が亡くなられたというのは……絶望でしかない。あんな偉大な方を……いったい何故……」

「心中お察しする」珍しくテレサが同情的に言う。「その理由も含めて、我々は真相を探っている。もし本当にフェルディナント三世の死を悼むのであれば是非協力してほしい」

「もちろんじゃ。儂にできることならば何でもしよう」意気揚々と頷くが、すぐに老人は項垂れる。「……しかし、儂は昨日も早くから一人、この小屋で酒を呷り眠っていただけじゃ。いったい儂に何が協力できるというのか……」

テレサはウィンチェスターの肩に手を添えて上体を起こさせ、その目を覗き込んで尋ねる。

「例えば、ここ最近で不穏な噂を耳にしなかったか？　フェルディナント三世に関すること、あるいはメルクリウスに関することでもいい」

「生憎と儂は一人籠もって研究するタイプでな……そういった人付き合いはほとんどなかった。もちろん、街にはフェルディナント様やメルクリウスを悪く言う者もおるようじゃが、あくまで陰口や風説の類……。協力できそうなことは何も……」

「ふむ。ではご老人は、この件には一切の関わりがないわけだな？」

真顔で、自分の倍以上も生きている老人の本質を見抜くようにテレサは尋ねる。

「――ああ、神に誓って」力強く、老人は言い放つ。

しばらく鋭い視線で見つめ合っていた二人だったが、やがてテレサは表情を和らげウィンチェスターから離れた。

「――なるほど、嘘は言っていないようだ。お休みのところ邪魔をしてすまなかったな。我々はもう退散しよう」

返事も待たずにテレサは踵を返して歩き出す。相変わらず身勝手すぎる。

「――ま、待て！」

しかし、そこで老人に呼び止められた。テレサは足を止めて首だけで振り返った。

「錬金術師殿は……本当にフェルディナント様を殺めた不届き者を見つけ出すつもりか……？」

「当然だ。そうしなければ、すべての罪を着せられて私は処刑されてしまうからな」

「そ、そうか……ならば陰ながら応援申し上げる。絶対に、フェルディナント様の無念を晴らしてほしい……！」

ウィンチェスターの切なる願いに、テレサは力強く応える。

「ああ、約束しよう」

「それと街を回って情報を集めるのなら、貧民街には近づかないことをお勧めする。あそこにはメルクリウスへの憎悪を滾(たぎ)らせた浮浪者が多いのでな」

「貧民街とはどのあたりだ？」テレサは尋ねる。

「北に廃棄物処理施設がある。その周辺は悪臭が漂って人があまり近づかないので、浮浪者たちの溜まり場になっておるのだ。物盗りも多い。気をつけてほしい」

「そうか。重ね重ね感謝する」礼を述べてから、テレサは珍しく穏やかな笑みを向ける。

「しかしご老人。お話を伺うに、隠居を決め込むにはまだまだ早そうだ。フェルディナント三世の研究を継ぐつもりで、これからもご自身の研究に励むが良い。あるいはあなたならば、変成術の悲願である《第六神秘》に到達できるかもしれないのだからな」

テレサは再び歩き出して家を出る。

「……良かったんですか？　あの人の言うことを真に受けて」家を出たところで、テレサを見上げながらエミリアは尋ねる。

「別にすべてを真に受けたわけじゃないさ」テレサは目を細めて言う。「ただフェルディナント三世への尊崇は間違いなく本物だ。少なくとも彼が犯人という可能性は低いだろうな」

それだけ言うと、上着を腕に引っかけたまま両手をズボンのポケットに突っ込んでさっさと歩いて行く。テレサのほうが脚が長いので、エミリアはついていくために少し早歩きになるが、それでも文句の一つも漏らさずに歩を進める。

しばらく無言で歩いていた二人だったが、不意にテレサが口を開いた。

「――ときにエミリア」

「なんです？」

「きみも確か、変成術に造詣が深いんだったな」

「造詣が深い、というほどではないですけど……まあ、一般人より多少知識がある程度です」

「でも、変成術を実際に行使することはできないと」

「はい」

「それはいったいどういう心境なのだろうか……？」

いつもの人を見下したような口調ではなく、どこかエミリアを慮るような口調でテレサは続ける。

「煽っているわけでも馬鹿にしているわけでもなく、ただ……純粋に疑問なのだ。錬金術師の目標は《七つの神秘》の再現により神に近づくこと。そして変成術師の目標は、《第六神秘・元素変換》を実現し、錬金術師となることだ。そのためにそれぞれ錬金術や変成術を学んでいく。だが錬金術にせよ変成術にせよ、生まれついての才能に左右される技術だ。《エーテル》を感知する才能のない人間には、どうあっても行使することができない。そんなことは初めからわかりきっていたはずだ。それなのに……どうしてきみは変成術を学ぼうと思ったのだ？　きみはどれだけ努力したところで、何者にもなることはできないはずなのに……何故、変成術を学んだのだ？　私にはそれがわからない」

「――――」

意外な質問だった。

何故、変成術を学ぼうと思ったのか――それはエミリアの本質に近い問い掛けだ。

適当なことを言ってはぐらかそうかとも思ったが、真摯な問い掛けには相応の返答をすべきかなと思い直し、エミリアは苦笑を浮かべて答える。

「――母が、変成術師だったんです。それも結構名の通った。だから、僕も将来を期待されて小さい頃から変成術を教わったんです。でも、才能がなかった。母や周囲の期待に応えられなくて、それで申し訳なく思っていたとき――母は急に事故で亡くなりました。お別れを言う間もなくて……ショックでした。だから天国の母のことを知るために、僕は変成術を学んでいるんだと思います。才能とか関係なく、ね」

しばしの沈黙。意識の奥では様々な想いが去来していく。白い水鳥が群れをなして頭上を通り過ぎた。刹那の間、影が陽光を遮る。

言ってから、湿っぽくなってしまったことを自覚してエミリアは慌てて取り繕う。

「すみません、こんな話つまらなかったですよね。うん、要するに僕が変成術を学んだのはそういう懐旧というか、恥ずかしい後ろ向きな理由からです」

「……恥ずかしくなんか……ない……」

返ってきた妙に籠もった声。エミリアは不思議に思い視線を戻す。すると、これまで傲岸不遜で怖いものなど何もないというふうに振る舞ってきたテレサが、その漆黒の双眸からぼろぼろと大粒の涙をこぼしていた。

「え……その……えぇ……？」

さすがに意味不明すぎてエミリアは動揺する。目の前の錬金術師は、嗚咽を隠さず涙声で言う。

「は、恥じることなど何もない……きみは立派な……変成術師だ……！」

「……いや、ですから僕は変成術が使えないと」

「今ようやく気づいた……変成術師とは変成術の行使云々ではなく心の在り方なのだ……！　偉大なる変成術師であった亡き母上を想い、その遺志を継ごうと変成術を学ぶきみはもう……立派な変成術師なのだ……！　胸を……胸を張れ……！」

良いことを言っているふうではあるが、意味がわからない。

相手が感情的になればなるほど逆に冷静になっていくという厄介な性質の持ち主であるエミリアは、自分でも驚くほど落ち着いて言葉を返す。

「ただの詭弁ですよね？　変成術が使えなきゃ変成術師とは言えないと思いますけど」

「何をそんなに落ち着いておるのだ!?　せっかく私が感動しているのに水を差すなよ！」

「勝手に人の昔話で感動しないでください、迷惑です」

「きみは血も涙もない悪魔なのか!?」

思い返してみれば、軍学校時代から同期には冷たいとか、人の心がないとか、暗黒人間とか酷いことを言われてきた気がする。今改めてテレサにそのことを指摘され、エミリアは少しだけ反省した。

4

次なる変成術師はローガン・ブラウンという中年男性だった。気難しそうな太い眉と四角い顔に、分厚い眼鏡が特徴的な仏頂面（ぶっちょうづら）の男だった。エミリアたちの来訪を明らかに快く思っていない様子だったが、フェルディナント三世の死を告げると、途端に興味を持った様子で家の中へ招き入れてくれた。

先ほどのウィンチェスター老人とは異なり、身だしなみも整えられているし、家も立派な煉瓦造りで裕福そうな印象を受ける。家に入ると妻と思しき中年の女性が、突然の来訪にもかかわらず丁寧にエミリアたちをもてなしてくれた。彼らはそのままリビングに通される。調度品も質の高さが窺えたが上品にまとめられていて好感が持てる。

「さて、玄関では話しにくいことも多いだろうが、ここならば誰に気兼ねする必要もあるまい。少し詳細な話をお聞かせいただこうか」

一人がけのソファに深々と腰を下ろし、パイプをくゆらせながらローガン・ブラウンはエミリアたちを見やる。エミリアとテレサは向かいの二人がけソファに腰を下ろしてから、主にエミリアが簡単に事件のあらましを説明していく。途中でブラウンの妻が紅茶とビスケットを運んできてくれたので、エミリアが説明している間、テレサは子供のように上機嫌にビスケットを頬張っていた。

ところどころ機密事項に触れそうなところは伏せつつ、錬金術師であるテレサの容疑を晴らさなければならず、そのために捜査をしている、とエミリアは結ぶ。

「なるほど。実に興味深いな」紫煙を虚空に吹き上げながら、ブラウンは意味深に笑った。「しかし、その様子だとメルクリウスからは何も聞かされていないようだな。この私が一年まえまでメルクリウスの顧問変成術師をしていた件は」

「……初耳です」エミリアは驚く。「あなたはメルクリウスで何をやっていたのですか？」

「本当は辞めるときに、社内で携わったすべてのことを口外しないという誓約書にサインもさせられたんだがね、偉大なる錬金術師殿の殺人事件という非常事態ならばやむを得まい」

何故か上機嫌にブラウンはパイプを吹かす。

「私は元々、ギルドに登録されたこの街の変成術師の一人だったんだがね。十年くらいまえになるだろうか。突然、メルクリウス側から変成術関連研究の顧問をしてほしいと言われてね。それで外部の協力者となったのだ」

「変成術関連研究……？　錬金術師のフェルディナント三世がいるのに？」

「彼の高名な錬金術師殿は、自分の研究に執着するばかりで、その他の雑務にはまるで手をつけなかったらしい。そこでこの私に白羽の矢が立った。こう見えても私は御三家の一つ、フリーメイソン家の遠縁に当たる優秀な血筋なのだ」

自慢げにブラウンはエミリアとテレサを交互に見やる。

この男の意図が読めない。聞いてもいない秘密の情報を、何故こうも簡単に教えてくれるのか。

緊張を強めるエミリアだったが、すぐにブラウンは鼻から息を漏らす。

「そう構えなくてもいい。どちらかというと私はメルクリウスに嫌がらせをしたいのだ。私が知っている限りのことを話してやろう」

「……嫌がらせ？」エミリアは眉をひそめる。

「一年まえ、突然一方的に契約を打ち切られてね。たぶん、私より都合の良い協力者でも見つけたのだろう。まあ、そのときは違約金をたんまりとふんだくってやったが、とにかく基本的に私はあの会社が――錬金術師が嫌いなのだよ」

意地悪く笑いながら、ブラウンは紅茶を啜る。

「ああ、そうそう。きみたちが今首に着けている枷の基本設計をしたのも私だ。錬金術師だろうが誰だろうが、絶対に正規の手順以外では外せないよう、完璧に設計した。無理に外そうとすれば爆発するし、遠隔操作で感電させて身体の自由を奪うこともできるのだぞ」

意味深な視線でブラウンはテレサを見やる。錬金術師が嫌いなのであれば、テレサが首に彼お手製の爆弾を着けている現状は好ましいものなのだろう。しかし――。

「そうか！　ありがとう！」

何故かテレサは、脈絡なく上機嫌になりブラウンの手を両手で握る。ブラウンは、突然のことに毒気を抜かれたような顔をする。

「きみがこの枷を作ってくれたおかげで、こうして私は自由行動を許されているのだ！　この枷がなければ今頃私は牢屋の中だったかもしれない！　言うなればきみは命の恩人だ！　ありがとう！」

あまりにも予想外の反応だったのか、ブラウンは困ったようにエミリアに視線を向けた。この状況で助けを求められても正直困るので小さく首を振っておく。

極めて偏った見方ではあるが、この枷のおかげで、彼らは今生き長らえていると捉えられないこともない。少なくともテレサは、本気でこの枷を危機とは捉えていないのだろう。

悪意と敵意を剝き出しにした相手に、何故か好意的な対応を取られてしまったことに困惑した様子のブラウンだったが、不意に何かを振り切ったように口の端を吊り上げて笑った。

「——錬金術師というのは存外面白いものなのだな。実物には初めて会ったがなかなかどうして興味深い。これまで勝手に才能に溺れたいけ好かない連中だと思っていたが、これは考えを改めなければならないな」

「フェルディナント博士に会ったことはないのですか？」エミリアは二人に割り込む。

「ないな」逡巡もなくブラウンは断言する。「昔はフェルディナント三世も、メルクリウスの主催するパーティに参加して顔を売っていたようだが、ここ十年ばかりはそういった表向きな活動もせず、穴蔵に閉じこもって研究ばかりしていたらしい。私が雇われたのもちょうどその時期だから、関係者と言えど会う機会などない」

無論、こちらも興味がなかったのだがね、とブラウンは嘯く。

ウィンチェスター老人は二十年ほどまえにフェルディナント三世と会ったことがあると言っていた。つまりその後、十年を経てきっぱりと外部との接触を断ったことになる。何か心境の変化があったのだろうか……エミリアには想像もつかない。

「それに良くない噂も内外から色々と聞いているからな。正直、フェルディナント三世が殺されたとしてもそれほど意外には思わない」

何気ない言葉だったが、それは今まで聞いてきたフェルディナント三世の評価と明らかに一線を画すものだったので少し戸惑う。

「何か、どこかの誰かから恨みを買っているという噂があったのですか？」

「いくらでもあるぞ」ブラウンは紅茶で口を潤して続ける。「昔は人格者として知られていたこともあったようだがな、近年は錬金術研究のためなら何でもする狂気の錬金術師として知られ、あまり良い噂は聞かなくなった」

それはエミリアが思ってもいなかった評価だった。実際にフェルディナント三世と顔を合わせたエミリアは、常軌を逸しているが理知的で紳士的な人間だったと彼を評価している。

「……具体的にはどのような噂が？」

「そうだな」口元に手を触れてブラウンは記憶を探るように虚空を睨みつける。「会社の予算を大量に食い潰しているとか、今や社長でさえやつの言いなりでもはや会社を私物化しているとか、色々と良くない噂は耳にするが……一番はやはり人体実験だな」

「人体実験……？」

「ああ、何でも《第四神秘・魂の解明》のために、浮浪者を工房に集めて人体実験をしていたらしい」

エミリアは驚いて言葉に詰まる。

「それはあくまでも噂なのですよね……？」

「いや、私は見たことがないが、工房に浮浪者が連れて行かれるのを見た者もいるし、実際に行って帰ってきた者もいる。行った者も、何らかの薬物を投与されたせいで記憶が曖昧になり、中で何をされたのかわからないらしい。そのまま帰ってこなかった者もいるとか」

「それはもう事件じゃないですか……！」

人体実験など断じて許されるものではない。

「だが、証拠がない」ブラウンは不愉快そうに鼻を鳴らす。「帰ってこなかった者のことなどもはや誰にもわからないし、そもそも貧民街の連中は戸籍だって怪しいもんだ。誰かをさらってあのコンクリートの城の地下で切り刻んでも、住民は気にもしない。メルクリウス・カンパニィというのは、そういう魔法の装置なんだよ」

「…………」

エミリアは黙り込む。これまで友好的に接してくれたメルクリウス・カンパニィが、実は倫理観の欠如した企業であるという可能性を否定できなかったから。あれだけの大企業なのだから表には出せないことの一つや二つあるだろうが、人体実験とは……さすがに想定外だ。だが《第四神秘》の解明には、実際の《魂》を解析するのが一番の近道であることは明らかだ。もしたくさんの犠牲の下で、《第四神秘》が再現されたのだとしたら……フェルディナント三世の功績を褒め称え、アルラウネを絶賛していたテレサはどう想うのだろうか。

テレサの様子を窺うが、感情的になっていることもなくいつもどおりだった。やはり錬金術師にとって凡百な人間の命など取るに足らないものなのだろうか。

「――しかし、些か信じがたいな」テレサが呟く。「会社ぐるみでそんな重大な事実を隠蔽していたのだとしたら、さすがに警察や軍が動くと思うが」

「会社ぐるみではないよ」ブラウンはその疑問を予想していたように答える。「表向きには、メルクリウスはクリーンな会社だ。この街の住民の大半がそう思っている。きっとフェルディナント三世が個人的にやっているだけで社長あたりは知らないのだろう。やつに近い人間、たぶん開発部長が被験者の斡旋をしているのだと思う」

もしそれが事実なのであればこの上なく卑劣な行いだ。エミリアは憤る。

「で、でも、仮にそうだとしても実際に犠牲者が出ているのであれば、貧民街の方が声を上げてその悪事をもっと広く公開すれば……」

「そんなことをしたらこの街に住んでいられなくなるだろう。貧民街の連中は、余所を追い出されてこの新興都市に流れ着いたような者ばかりだ。それゆえに彼らは自分たちの居場所が奪われることを極端に恐れる。メルクリウスに目を付けられてこの街を追い出されたらもう次の居場所などないのだから。そんな不利益を被るくらいならば多少の不満には目を瞑るだろう。人間は必ずしも合理的に生きているわけではないのだ。若い軍人のきみにはわからないかもしれないがね」

批判するような、諭すような何とも言えない口調で変成術師はそう言った。エミリアは反論できない。

「あまり私の部下をいじめないでやってくれ。いい歳をして恋人の一人もいない真面目ちゃんなのだ」

テレサはまったく意識していないのだろうが、酷い言い草だった。それでもピリついていた空気が弛緩(しかん)したので、少しだけ彼女に感謝をする。

「確かになかなか面白い情報ではあったが、事件解決にはあまり役立ちそうにないな」テレサは、ブラウンを見据えて改めて尋ねる。「ちなみにきみは昨日の晩、どこで何をしていた？」

「アリバイ、というやつだな」ブラウンはまた楽しそうに笑う。「昨夜はここで妻と二人きりだった。確か家族は証人にならないらしいな。つまり残念ながら私にはアリバイがないことになる」

「ではきみは、フェルディナント三世を殺してやりたいほど憎んでいたか？」

「――まさか」ため息交じりにブラウンは答えた。「はっきり言って興味もない。錬金術師と変成術師はまったく別の生き物だよ。きみも例外ではないが、錬金術師がどこで何をしようが、私に実害がない限り私の知ったことではない。たとえきみがフェルディナント三世殺害容疑で処刑されようが、あるいはこの街から逃げ出そうとして爆死しようが、ね」

ぷかりと、ブラウンは煙を吐いてまた嫌らしく笑った。

5

昼下がりの大通りは、出店が立ち並びなかなかに盛況だった。大通りへの車両の進入を制限して、歩行者のために開放しているようだ。

天気の良さも相まって、家族連れで楽しげに出店を回っている人々も多い。元々今日は休日であったし、おまけにフェルディナント三世による《第四神秘》公開式のために予定を空けていた人も多かったようで、方々で中止を惜しむ声が聞こえてくる。

今のところは上手いこと情報が隠匿されているようだが、フェルディナント三世の死という特大ゴシップが果たしていつまで隠しおおせるかはわからない。できれば市民が騒ぎ出すまえに事件を解決してしまいたいものだが……。

ちらりと傍らのテレサを見やると、彼女は美味しそうに出店で買った骨付きもも肉のローストチキンに齧りついていた。その顔は幸せに満ちており、とても明朝の処刑が決まっている人とは思えない。あるいは、残された数少ない時間を目一杯謳歌（おうか）しているだけなのかもしれないが……ことテレサ・パラケルススという女性に関して言えば、そんな殊勝な気持ちでいる可能性は限りなくゼロに近い。

　きっと単純にローストチキンが美味しいだけなのだろう。いい歳をして感情表現が激しすぎる。

「どうした、エミリアちゃん！　食べないのか？　なかなか良い肉だぞ！」

「……いえ、僕は遠慮しておきます」

　テレサの手に掲げられた巨大な骨付き肉を見て、胃もたれさえ感じながらエミリアはレモネードの瓶を傾ける。爽やかな炭酸が喉を通り抜ける瞬間に、ささやかな涼を運んでくれる。相変わらず食欲はあまり湧かなかったので、これくらいがちょうど良い。

「それにしてもよく食べますね。朝あれだけ食べて、さっきブラウンさんのところで大量にビスケットを食べたはずなのに……」

　一見してテレサは女性としては高身長だが、線が細く痩せているので、あまり健啖家（けんたんか）には見えない。

「私は脳細胞が常に莫大なエネルギィを消費しているので、たくさん食べないとダメなのだ！」テレサは肉片を咀嚼（そしゃく）しながら答える。「私から言わせてもらえば、エミリアちゃんが逆に食べなさすぎだぞ！　年頃の男の子なんだから、もっと食べ物にも女の子にもがつがつしろよ！」

「……巨大なお世話です」エミリアはいい加減うんざりしながら適当に受け流す。軍学校時代から同期に同じネタでからかわれ続けているので飽き飽きしている。

「それよりも……ブラウンさんのお話ですが、どう思いました？」

「うん？」すっかり肉に思考を奪われていたのかテレサは間の抜けた返事をする。「ああ、さっきのね。どうもこうも特には……あとで開発部長のところに話聞きに行くからそのとき確認すればいいかな、ぐらいだな。顧問変成術師云々というのは興味深かったが」

「……気にならないんですか？」意を決してエミリアは尋ねる。

「人体実験の話か？　事件ともトリックとも関わりなさそうだし、正直興味がない。まあ、品がないな、とは思うが」

その反応は淡泊で少しだけ不満ではあったが、少なくとも人体実験を品がない、と感じるくらいにはテレサも常識人であったらしい。エミリアは内心で胸をなで下ろす。

早々にローストチキンを平らげたテレサはまたフラフラと出店を物色しにいく。いちいちついて回るのもどうかと思い、エミリアは近くのベンチに腰を下ろして休むことにした。背もたれに身体を預けて天を仰ぐ。

のどかな時間だった。賑やかな喧噪と暑すぎない程度の陽気、そしてどこか懐かしい久しぶりのレモネードが張り詰めていた意識を少しだけ弛緩させる。あまりにも非日常的なことが続いていたのですっかり忘れかけていたが、本来あるべき日常の姿がそこにはあった。

束の間、穏やかな気持ちでエミリアは人々を見やる。そこでふと、視界の隅に泣いている小さな子供の姿が映る。五歳前後の男の子で、道の端に座り込み、しゃくり上げるように泣いていた。エミリアは立ち上がって男の子に近づいていく。しかし、彼が声を掛けるよりも早く、通りかかった若い女性が男の子に声を掛けた。

「どうかしましたか？」

女性は屈み込んで目線を合わせる。男の子は女性に気づくと、途切れ途切れに答えた。

「……こわれちゃったの」

男の子は、片手に大切そうに握っていたものを差し出した。小さな木製の人形のようだった。見ると腕の部分が折れている。もしかしたら、落としたか何かして壊れてしまったのかもしれない。

女性はすぐに事情を察したらしく、男の子に優しく微笑みかけた。

「なるほど、大切な人形が壊れてしまったのですね」

男の子はこくりと頷く。

「でも、大丈夫ですよ。これくらいならお姉さんが直せますので」

女性は壊れた人形に手をかざす。すると、何もないところから光が溢れた。

エミリアは息を呑む。それは明らかに超常の現象だった。不思議そうに首を傾げる少年。

やがて光が収まっていく。ふう、と女性は一つため息を吐く。

いつの間にか、少年の手の上の壊れていたはずの人形は、まるで何事もなかったかのように腕をくっつけていた。

「わあ！」少年は歓声を上げて、きらきらした目で女性を見上げる。「お姉ちゃん、ありがとう！」

「いいえ、お気になさらず」女性は柔らかく微笑んで少年の頭を撫でた。「ですが、たとえどれだけ大切にしていても、『物』はいつか必ず壊れてしまいますわ。悲しいかもしれませんが、それが現実です。ですのでこれからは、悔いの残らないようにその子を大切にしてあげてくださいませ」

少しだけ子供には難しい言い回し。それでも少年は、うん！　と力強く返事をすると人波の中へ走っていってしまった。

それから女性は、ようやく立ち尽くしていたエミリアに気づいた。慌てたように周囲を見回してから、自分に注目しているのがエミリアだけであることを確認したのか、早足に彼の元までやってくる。

「……ひょっとして今のご覧になっていました？」

「えっと……ええ、まあ」

急に女性に近寄られて、しどろもどろになりながらエミリアは頷く。

女性は、年の頃は二十代前半くらい。やや垂れ目で柔和な印象の美女だった。肩に掛かるくらいの波打った栗色の髪は大人びて見えるが、顔立ちはまだあどけなさを残している。テレサとはまったく異なるタイプの美人だ。

　ほのかに甘い香りを感じてしまうほどの至近距離。女性慣れしていないエミリアはそれだけで動揺してしまうが、悟られないよう女性に尋ねる。

「その、失礼ですが今のは、変成術、ですか……？」

　女性は何と答えるべきか一瞬の迷いを見せるが、すぐに観念したように苦笑した。

「……ええ。わたくし、変成術師なんですの。レイラ・トライアンフと申します」

　その女性――レイラの言葉にエミリアは驚く。それはクルツ警部から受け取ったリストに残された、最後の変成術師の名前だったから。

「一応、この街のギルドに登録されている正式な変成術師です。といっても、先月派遣されてきたばかりなのですけども」

　レイラはエミリアの手を両手で握り、密着させるように身体を寄せる。

「ですが、許可なく勝手に変成術を使ってしまったのは内緒にしておいてくださいませ」

「う……あ……はい、わかりました……」

　潤んだ双眸で至近距離から見つめられてしまったらもう頷くほかない。

　通常、変成術の使用許可はギルドが管理している。これは変成術の乱用により他業種の仕事を奪うことを懸念した措置だ。ゆえに変成術師はギルドに登録し、そこから仕事を回してもらっている。変成術の無断使用は一般的に罪に問われることもあるのだが……まあ、今回は目くじらを立てるようなことでもないだろう、と自分の安直な決定に言い訳をする。

どうにかして彼女の手から逃れて距離を取り、改めて名乗る。

「――すみません、名乗り遅れましたが、僕はエミリア・シュヴァルツデルフィーネといいます。王立軍人で、実はあなたを探していました」

「軍人さんが……わたくしを？」訝しげな表情を浮かべるレイラ。確かに突然そんなことを言われたら警戒するのも当然だろう。

「少し込み入ったお話になるのですが……」

そうして、エミリアが説明しかけたところで――。

「あーっ！　エミリアちゃんが女の子ナンパしてる！　しかもものすごい美人じゃないか！　ずるい！　いったいどういう風の吹き回しなのだ！」

「…………」

突如空気を読めない厄介なのが割り込んできた。

振り返るまでもなくわかる。心底辟易するエミリアをよそに、声の主――テレサはいつもより一等美声でレイラに話しかける。

「やあ、初めまして美しいお嬢さん。私の部下が幼稚な声かけをして申し訳ない。お詫びと言っては何だが、このあと二人きりで食事でもどうだろうか？　そんな冴えないボウヤではなく、この私と優雅で大人な時間を過ごそうじゃないか」

「いや、あなたそんなことしてる場合じゃないでしょうが。あとトライアンフさんも真に受けないでください。その人はとても悪質な人間です」

すかさずテレサに突っ込みつつ、頬を上気させてテレサを見つめるレイラに忠告を入れる。本当にテレサは見た目がずば抜けて良い分、たちが悪い。

エミリアはテレサに、彼女がこれから会う予定だった最後の変成術師であることを説明する。できすぎな状況に最初はテレサも訝しんでいたが、最終的にはレイラの美貌によりすべてを受け入れたようだった。根は単純らしい。

一旦三人は、ベンチに腰を下ろして今度はレイラに事情を説明する。今までの変成術師に対してはエミリアが色々と必要な説明をしていたが、今回に限りテレサは、レイラの肩に腕さえ回しながら懇切丁寧かつ情感たっぷりに事情を説明した。レイラもまんざらではない様子で、尊敬と親愛の念を込めた双眸でテレサを見上げて話を聞いていた。端から見れば愛を語らっているカップルにしか見えないだろう。実際には殺人事件の話をしているのだが。

しかし、ブラウンのように錬金術師を一方的に嫌っている変成術師もいれば、ウィンチェスター老人やレイラのように好意的な変成術師もいるというのは興味深い。一般的に、錬金術師は人々の尊敬や好意を集めやすいのだが、なかでも変成術関係者は意見が分かれやすいようだ。ちなみにエミリアは前者だ。

すべての説明を聞き終えたレイラは、ほう、と恍惚の息を吐く。

「──わかりましたわ。テレサ様の無実を晴らすため、わたくしも協力いたします」

「ありがとう、愛しのレイラ。きみのその言葉だけで私は天にも昇る心持ちだ」

妙な方向に話が進んでいるような気がしなくもないが、いずれにせよこの街の変成術師であるレイラの協力的な態度はありがたい。早速テレサは本題に入る。

「しかし、きみはギルドから先月この街に派遣されてきたと言ったね？　あまりこの街の事情には詳しくないのかい？」

「そう……ですわね、申し訳ございません」レイラは残念そうに肩を落とす。「もとはエテメンアンキのギルドに所属していたのですが、トリスメギストスの変成術師の方が一人、高齢で隠居されるということで急遽この春から、こちらでお世話になっておりますの」

「では、フェルディナント三世にも会ったことはない……？」エミリアが尋ねると、レイラは小さく頷いた。

「……ええ。《第四神秘》の再現に成功した、とは噂程度に聞き及んでいたので、今日の公開式を楽しみにしていたくらいですね。でもまさか、そんな大変なことになっていたなんて……」悲しそうにレイラは目を伏せる。

「ちなみに一応の確認なので気を悪くしないでいただきたいのですが……昨夜は何をして

いました？」

「昨夜は……今日のために早めにベッドに入りましたわ。その……独り身で恋人もいないので、それを証明することはできませんが……」恥ずかしそうに身体を縮めてレイラは呟く。

「おい、エミリア！　女性のプライベートを探るなんて失礼だろう！」わざとらしく激昂してからレイラに向き直り、テレサは作った美声で囁（ささや）く。

「私の愚鈍な部下が失礼した。きみを疑っているわけではなく、あくまでも形式上のことなのでどうか許してほしい。それにしても……こんなに若くて美しいきみを放っておくなんて、この街の男どもは見る目がないな」

「人をダシにして好感度を上げようとするのはやめてください」

褒められて頬に手を当てていたレイラだったが、多少落ち着いたのか話題を戻す。

「――しかし、本当に不思議な事件ですわね。何もかもが不可解で、まるで悪い夢でも見ているようですわ」

悪い夢、というのは言い得て妙だ。確かに事件全体があまりにも非現実的すぎる。テレサは大仰に頷いて同意を示す。

「まったくそのとおりだ。しかし、取っ掛かりがまるでないわけでもない。――エミリア、何だかわかるか？」

意味深な視線でエミリアを見やる。きっとまたエミリアをダシにしようと画策しているのだろう。いいように使われるのは面白くなかったが、取っ掛かりなどまるで思いつかなかったので正直にエミリアは首を振る。

「なんだ、気づいていなかったのか」

勝ち誇ったように鼻を鳴らしてからテレサは告げる。

「部屋の奥にワークスペースがあっただろう？　最初はそこに布が掛けられた何かが置いてあったが……事件後にはそれが無くなっていた」

言われてみればそんなものがあったような気もするが、細かいところまではさすがに覚えていない。

「無くなっていたって……どういうことです？」

「そりゃあ、犯人が持ち去ったからだろう」

当たり前のようにテレサは言う。しかし、エミリアは突然の新事実に目を剝く。

「持ち去ったって、なんでそんな大事なことを黙っていたんですか！」

「がなるなよ……」テレサは面倒くさそうに片手を振る。「それに別に隠していたわけじゃない。言う必要がなかっただけだ」

「言う必要がなかった……？」

「だって、そうだろう？　何かが犯人によって持ち去られている。しかし、それが『何』

なのかは布が掛かっていたから私にもわからない。きみも同じだろう。そして現場を後からしか見ていない警察やらには『何か』があったという事実さえ疑わしく感じることだろう。今さら私の疑いを高めるような無駄をする意味はない。あとで開発部長に確認くらいは取るつもりだったが」

どうやらテレサは、エミリアが考えてもいない先のことまで検討していたらしい。危機感もなく暢気に暴食しているだけだと思っていたことを、エミリアは少し反省する。

「……その、『何か』が事件解決の取っ掛かりになる、ということですの？」様子を窺っていたレイラが可愛らしく小首を傾げる。

「ああ、そのとおりだ」テレサは上機嫌に頷く。「何かが持ち去られた、これは絶対的な事実だ。では何故、それを持ち去ったのか。重要なのはその理由だ。現場に残っていると何らかの不利益が発生するからか、あるいはそれ自体にとてつもない価値があるか……」

「錬金術的な価値ということですか？」エミリアは腕組みをして考える。「例えば、《第四神秘》に連なる何かとか……？」

「《第五神秘・エーテル物質化》に関する何かでも莫大な価値があるだろうね」テレサは平然と答える。「あるいは、新型蒸気機関の設計図なんてのも十二分に考えられる。あの工房には、黄金の剣よりも価値の高いものが多すぎるのだ。ゆえに、それが何なのかを絞り込むのは難しい。だが、持ち去られた理由ならばある程度の考察が可能だろう」

「それは……具体的に何か案があるんですか？」

「具体的にはまだない」テレサは肩をすくめた。「だが、フェルディナント三世を殺害し、おまけに緊急警報まで作動して、すぐにでも逃げ出さなければならない状況でなおも持ち去った、という事実は大きい。あるいは、それを持ち去ることこそがフェルディナント三世殺害の動機に繋がる可能性まである」

「ど、動機に繋がるのならやはりそれはとても大切なことで、早く警察の方にもお話ししたほうがよろしいのでは……？」恐る恐るレイラは言う。しかし、テレサは首を横に振る。

「だが、すべて私の記憶の中だけのことだし、さっきも言ったように結局それが何かわからない以上は、警察に話したところで今の状況に変化があるとは思えない。そしてその正体をもう長いこと検討しているが一向にわからない」

「……つまり、まとめると何かが持ち去られた、という事実はあるものの、大した取っ掛かりにはならない、ということですね？」

少し意地の悪いエミリアの問いに、テレサは珍しく顔を引きつらせる。

「ま……まあ、そう言えないこともない……かな……。だが、試行錯誤は錬金術の基本だぞ！　とにかく色々な試料を『哲学者の卵』と呼ばれるフラスコの中に入れて混ぜるのだ！　たとえ失敗しても、『失敗した』という結果が得られるから、それだけで前には進んでおるのだ！」

言い訳がましいが結局進展はないらしい。エミリアは内心でため息を吐く。時間ばかりが消費されて、事態は停滞したままだ。

何となく重苦しい沈黙が満ちる。空気を変えようと思ったのか、テレサは話題を変える。

「そ、そういえば、そもそもどうしてエミリアちゃんとレイラは出会ったのだ？　まさか本当にエミリアちゃんがナンパしたわけでもあるまい？」

エミリアとレイラは一度顔を見合わせ、それからとある少年の笑顔を思い出し、自然と笑みをこぼす。エミリアは簡単に事情をテレサに説明する。

「ふうん、泣いてる子供に腕の折れた人形ねえ……」テレサは興味深そうに反復する。

「くそう、あのときカップケーキの出店に気を取られていなければ、エミリアちゃんよりも先にレイラと出会えていたわけか……。我ながら燃費の悪すぎる黄金色の脳細胞が憎い！」

「単純にご自分の旺盛な食欲を恨むべきでは……？」

「ええい、小うるさいやつめ！」テレサは小バエでも追い払うように手を振る。「それにしても、人形を壊してしまった男の子は幸運だったな。偶然にも近くに人形を直せる人間が二人もいたわけだから」

「二人？　トライアンフさん以外にも誰かいたんですか？」

「……きみは私をいったい何だと思っておるのだ」テレサが呆れたようにため息を吐く。

「壊れた人形の腕くらい、私の錬金術で――」

そこまで言って。

何故かテレサは停止した。

「……先生?」

不審に思い声を掛けてみるが、瞬き一つせずテレサは静止している。

まるで悪い魔女に突然時を止められたかのような、あまりにも不自然な挙動。エミリアはレイラに顔を向けるが、彼女もまた心配そうに眉を寄せてテレサを見つめていた。

テレサの奇行など今に始まったことではないのだが、今のはこれまでと比較しても明らかに種類の異なるもののような気がする。喩えるのであれば――そう。突然、人間ではない《ナニカ》になってしまったような――。

「――なんで」

焦点の定まらない目で虚空を見つめたまま、テレサがぽつりと呟いた。

「先生、大丈夫ですか……?」いよいよ本格的に心配になりエミリアはテレサの手に触れる。

しかしテレサは反応せず、蒸気機械の自動音声のようにわけのわからないことを淡々と呟く。

「――だから……これは当然の帰結として……ああ、そうだ……何てことだ……!」

いつの間にかテレサの額には玉のような汗が浮かんでいた。そのうちの一滴がつい、と頬を伝わり、顎から落ちていく。テレサの手に触れていたエミリアの手に落ちる。不意の冷たさに筋肉が収縮して意識せず、ぎゅっ、とテレサの手を握る。

そのとき近くの排水口のような穴から勢いよく蒸気が噴き上がった。どうやら街を湖に浮かせている蒸気エンジンの排気口のようだ。

「――――あ？」

その音と衝撃で、テレサは我に返る。寝起きのような緩慢な動作で、彼女は視線を下ろす。何故自分が今エミリアに手を握られているのかもよくわかっていない様子だ。

「……エミリア」喉が締まったような掠れ声でテレサが呟く。

「先生、大丈夫ですか……!?」エミリアは慌てて反応する。

「あー……」頭が回っていないのか意味もない発語をしてから、テレサは空いているほうの手で無造作に頭を掻く。

「その、突然そんな情熱的に手を握られると……照れる。いくら私が理性を飛ばすほどの超絶美女であったとしても……せめて時と場所を選んでだな……」

「あ、いや、これは、その……！」急いでエミリアは手を放す。「先生が急におかしくなったので心配してつい……！」

「おかしくなんてない。私は……いつもどおりだ」

「まあ確かに、いつも頭おかしいですけど……」

「たぶんきみは世界で一番、錬金術師の扱いが雑な人間だぞ！」

言うや否や、テレサは勢いよく立ち上がる。

「よし、それじゃあ開発部長のところに話を聞きに行くぞ！」

「ちょ、ちょっと先生。急にどうしたんですか……。それより身体のほうは大丈夫なんですか……？」心配になりエミリアは尋ねる。

「私は元気だぞ。ここ数日で一番爽やかな気分かもしれないくらいだ」テレサは上機嫌に笑う。

「いったい何があったんですか？　急に動かなくなりましたけど……」

「ああ、あれな……」テレサは何事もないように答える。「ちょっと、真相が見えただけだ」

「真相？　事件の真相がですか？」

「具体的なことは何もわからん！」堂々とテレサは断言した。「だが、少しだけマシなアイディアを思いついた、気がする！　とにかく時間もないのだ！　さっさと情報収集に戻るぞ！」

一方的にそう言うと、テレサはさっさと歩いて行ってしまう。仕方なくエミリアは再びその背中を追う。そういえば、レイラはこれからどうするのだろう、と振り返ってみる。

レイラは頬を上気させながら、何かを決意したように両拳を握って言った。

「わたくしも行きます！　よくわかりませんが、テレサ様のお役に立ちたいので！」

6

メルクリウス・カンパニィ開発部長ジェイムズ・パーカーの家は、トリスメギストス南地区の高級住宅エリアの中にぽつんと佇む一軒家だった。大企業の幹部なのだからどれほどの豪邸かと気を揉んだわりには、慎ましやかな佇まいだ。先ほどのブラウン邸のほうがまだ大きいように思える。資料によるとパーカーは独身で一人暮らしのようだし、倹約家なのかもしれない。

一見してメイドなどを雇っているようにも見えず、具合が悪くて会社を休んでいるのであれば、きっと一人で眠っていることだろう。体調が優れないところ申し訳なくも思うが、エミリアたちも命懸けなので他人のことを慮っている余裕はない。

エミリアとテレサとレイラの三人は並んで家の前に立っていたが、代表して早速エミリアが玄関のノッカーを叩く。

しばらく待ってみたが反応がない。今は外出してしまっているのだろうか。

「――どうしましょうか、先生。時間を改めてみます？」エミリアは隣のテレサを見上げる。

「うーん、下手に動いて入れ違いになっても時間の無駄だからな。とりあえず少し待ってみようか。それにまだ留守とは限らないし……」

テレサは不躾にも家主の許可なくドアノブを捻る。すると何の抵抗もなくドアが開いてしまった。

さすがに予想外だったのかテレサも一瞬だけ困惑した表情を浮かべたが、すぐに躊躇いを捨てると思い切りドアを開け放つ。

「ちょ、ちょっと先生！　さすがに不法侵入はまずいですよ！」

慌ててエミリアは止めるが、テレサは取り合わない。

「もしかしたら、体調不良のパーカー氏が中で倒れているかもしれないだろう。これは不法侵入ではない。人命を優先したとても尊い行動だ！」

「詭弁ですよね⁉」半ば悲鳴のような声を上げつつも、エミリアは仕方なくテレサを止めるべくついて行く。レイラもその後に続く。

やがて廊下を進んだ先のドアの前で、テレサが足を止めた。決して広くはない廊下だ。エミリアはテレサの背中にぶつかって止まる。

「急に何を――」

そこまで言って、エミリアも異変に気づいた。目の前の部屋から漂ってくる血の臭いに。

強烈な吐き気を覚えるが、それでも何とか強引に腹の奥底に押し込める。

「せ、先生……っ！」

「……ああ、わかってる」テレサは珍しく真面目な横顔で応じる。「もしも何かあったら、私が応戦するから二人は急いで逃げろ」

そう言って、彼女は目の前のドアをそっと開く。どうやらその先はリビングになっているようだ。中央に大きめの安楽椅子が置かれている。

その上で——ジェイムズ・パーカーが死んでいた。

「——ひっ！」

レイラが悲鳴を呑み込み、エミリアの胸に顔を埋めてきた。エミリアも顔を背けたかったが、それでも必死に状況を観察する。

左胸にナイフが深々と突き刺さり、根元が真っ赤に染まっていた。目を見開き、大口を開けて舌を出したその顔は、記憶の中の、気弱そうな初老の男とイメージが繋がらない。

テレサが一歩、その人物に歩み寄る。見開かれた彼の瞳をじっと見つめてから、首元に触れる。それからゆっくりとエミリアたちを振り返って言った。

「——エミリア。警察に連絡を」

第6章　最後のローゼンクロイツ

1

　エミリアたちが警察から解放されたとき、すでに日は暮れていた。

　あれだけ暖かかったはずなのに、今は霧も出てきて肌寒さすら感じる。エミリアは軍服の襟元をかき合わせた。

　隣に立つテレサは、ポケットに手を突っ込み、眠そうな顔であくびをしていた。相変わらず緊張感に欠ける人だ、と呆れるのを通り越して感心する。そして傍らのレイラは、不安そうに俯いていた。

　彼らがジェイムズ・パーカーの遺体を発見し、警察へ連絡を入れるとすぐに警察隊がやって来た。エミリアたちは一旦、トリスメギストス署へと連れて行かれ、そこで簡単な調書を取られた後、本隊の到着まで待機しているように厳命された。自分たちにはそんな時間の余裕はない、とエミリアは強く抗議したが受け入れてもらえなかった。さすがのテレサもこの状況にはご立腹だろうとヒヤヒヤしていたら、錬金術師は医務室のベッドで熟睡していると伝えられた。こんな状況でもあくまでテレサはマイペースらしい。エミリアも実際のところ精神的にも肉体的にも限界だったので、医務室で休ませてもらうことにした。

三時間ほど休んだところで、トリスメギストス署へクルッツ警部が現れ、今回は一人ずつ順番に取り調べが行われた。疲れた様子のクルッツから、エミリアは事件の詳細を聞く。

ジェイムズ・パーカーの死因は刺殺で、凶器は心臓に突き立てられていた鉄製のナイフ。これは変成術で作られたものではなく、どこにでも売られているものらしい。先のフェルディナント三世の事件と比較したら驚くほど普通の事件だった。まったく関係のない強盗による犯行、という線も考えられなくはなかったが、金目の物は残されているようなので、その可能性は限りなく低そうだ。

パーカーは発見された時点で、死後二、三時間が経過していたらしい。時間的にはエミリアたちがメルクリウス本社を出てすぐに向かったと考えれば、彼らにも犯行が可能なようだった。

当然のようにクルッツはエミリアたちの犯行と疑っていた。エミリアも、その間は街の変成術師たちの元を回っていたと説明したが、誰にも会わずに歩いているだけの時間が結構あったこともあり、その時間に犯行が絶対に不可能であると立証できない以上、アリバイにはならないと言い捨てられてしまった。ちなみに警察は、フェルディナント三世殺害がテレサによる犯行だと立証するのに夢中であったため、街の変成術師たちの取り調べは後回しにしていたらしい。

結局、取り調べを続けてもそれ以上の情報は出てこないだろうということで、エミリアたちは解放された。

最後に、「真犯人は捕まりそうですか？」とクルツに皮肉を言われてしまったが、エミリアは何も答えられず目を背けただけだった。

トリスメギストス署を出たのは午後六時になろうというところだった。禍時(まがとき)の街は妙に寒々しく感じる。人通りも少なくなってきているようで、何か行動を起こすのであれば早めに動かなければならない。

蒸気自動車の行き交う大通りの前で、信号が変わるのを待つ。

「面倒事に巻き込んですまなかったね、レイラ」テレサは優しげな口調で語りかける。

「日も暮れてきた。きみはもう帰ったほうがいい」

「いいえ、お気になさらずに」レイラはたおやかに微笑む。「わたくしも警察の取り調べという貴重な体験をさせていただきましたわ。亡くなられた方は気の毒だと思いますが……。それよりもわたくしはまだテレサ様のお役に立てておりません。よろしければもう少し調査に協力させてくださいませ」

「なんて健気な良い子なんだ……！」

大げさに喜び、テレサはレイラを抱きしめる。レイラも嬉しそうに目を細めている。

信号が青に変わったタイミングで、エミリアはわざとらしく咳払いをして割り込む。

「そんな暢気にしている場合ではなくてですね……」

「あら、エミリア様、焼きもちですか？」

レイラはエミリアを上目遣いで見やり、今度はテレサから離れてエミリアの腕を取る。

そしてエミリアの手にそっと指を絡ませて彼女は囁く。

「エミリア様のことも、テレサ様と同じくらい好きですわ」

にっこりと花のように微笑んでから、エミリアを離れテレサの元へと戻っていく。

エミリアの心臓はまだドキドキしていた。頭では、レイラの応対がただの社交辞令の類であると理解しているのだが、それでも女性慣れしていないエミリアには刺激が強い。

特にレイラのコミュニケーションは、距離の詰め方が独特なので何かされるたびにいちいちドギマギしてしまう。

緊張を気取られてテレサにからかわれないよう細心の注意を払って、話を戻す。

「……それで、先生。このあとはどうするつもりなんですか？」

エミリアにも優しいレイラに多少不満げながらも、テレサは答える。

「北にある廃棄物処理施設に行く」

「廃棄物処理施設？」エミリアは首を傾げる。「そんなところ行ってどうするんです？　それよりもまだちゃんと話を聞いていない人のところへ行ったほうが……」

「いや、そのまえに人体実験の件を明らかにするのが先だろう。開発部長に話を聞こうと思ったがそれも不可能になったから、残るはもう廃棄物処理施設に頼るしかない」

「人体実験の件が……どうして廃棄物処理施設に繋がるんです？」

「……少しは頭を使えよ、エミリアちゃん」テレサは心底面倒くさそうに口を曲げる。

「あの美人の奥方がいる変成術師の口ぶりからも、浮浪者が工房に招き入れられていた、というのは事実である可能性が高い。そして帰ってこなかった者がいる、というのもおそらく事実だ。きっと人体実験の最中に命を落としたのだろう。その場合、遺体の処理をどうするか考えたら、反射炉で燃やして骨はダストシュートから捨てるほかあるまい？　さすがに遺体処理まで会社ぐるみで隠していたとは考えにくいからな」

「——そうか。もしかしたら、廃棄物処理施設の人が何か見てるかもしれないんですね」

「そういうことだ。だから急ぐぞ。処理施設の付近は治安も悪いらしいし、これ以上の面倒事は勘弁だ」

　安全のためを思ってなのか、レイラの手を引いてテレサはさっさと歩いて行く。

　幸いなことに警察署から廃棄物処理施設まではそれほど距離がなかったので二十分ほど

で到着した。

老変成術師ウィンチェスターの言っていたとおり、周辺には悪臭が漂い、他の場所とは明らかに雰囲気が異なっていた。通りには街灯も立っているが、周囲に立ち並ぶ廃墟には明かりの一つも灯っていない。治安が良くないというのは本当のようだ。

目的の処理施設は、白く無機質な建物だった。回収車がそのまま出入りできるようにか、正面に大型の入口らしきものが設置されている。今はシャッタが閉じられているので中を窺い知ることはできない。複数ある煙突からは、今も蒸気とは異なる白い煙が上がっていた。

周囲を警戒しながら、正面に見える小さめの入口のほうへ向かう。防犯のためか厳重に出入口は封鎖されていたので、設置されていたインターホンでコンタクトを取る。

デイヴィス社長からの協力要請を聞いていたらしく、施設長のでっぷりとした中年男性は快くテレサたちを中へ迎え入れてくれた。どうやらこの街の公的な施設はすべてメルクリウスの息が掛かっているらしい。

事務室のようなところに通された三人は薄い紅茶を出され、ソファに座り施設長と向かい合った。いきなり錬金術師と変成術師と軍人に押し掛けられては心中穏やかではないだろうと思い、率先してエミリアが口火を切る。

「お忙しい中お時間をいただきましてありがとうございます。いくつか確認したいことがございまして……それさえ済めば早々に退散いたしますので」

「はあ……それはそれは……私に答えられることでしたら何でも……」

施設長は頭髪の薄くなった頭をハンカチで拭う。彼はまだフェルディナント三世の死を知らないようで、単に軍人が施設の訪問に来たと考えているようだ。動揺もするだろう、とエミリアは同情する。

「率直にお話ししますが、我々はメルクリウス・カンパニィの犯罪について調べています」

「メルクリウスの……犯罪……？」

「ええ」余裕があるように頷いて、エミリアは虚実織り交ぜて語っていく。「実は軍部に匿名の情報提供がありましてね。何でもメルクリウス・カンパニィで密かに人体実験のようなことが行われているとか」

施設長はびくりと身体を震わせる。

「ま、まさか！　天下のメルクリウスでそんな犯罪行為があるはずないでしょう！」

「まあ、落ち着いてください」

声を上擦らせる施設長に、エミリアは努めて冷静な口調で続ける。

「とにかく我々は調査を進めているのですが……例えば、メルクリウスからの廃棄物で何かあってはならないものを見たりしていたら、正直にお話ししていただきたいのです」

「そ、そんなものは何も知りません……！　この施設には何もありませんので、どうぞお引き取りを……！」

　明らかに動揺しながら施設長は大量に流れ出る汗を拭う。どう見ても嘘が吐けるタイプの人間ではない。きっととても真面目で大人しい人なのだろう。あまり責め立てるのも可哀想だったが、そんなことを言っている余裕もないので、彼の良心を揺さぶる方向に切り替える。

「あなたがメルクリウス・カンパニィに忠誠を誓っていることは理解しています。メルクリウスは世界を代表する素晴らしいエネルギィ会社です。我が国に多大な税収をもたらしてくれる存在でもあります。そんな会社の不祥事が明るみに出たとしたら……影響は甚大です。エネルギィの安定供給こそが最も重要な社会基盤であることはおわかりかと思いますが、突如としてそれが絶たれてしまったら……社会は間違いなく混乱することでしょう。急激に治安は悪化し、犯罪は増加。そのあおりで健全な市民たちの生活も脅かされることは必至です。失礼ですが施設長、あなたご家族は？」

　施設長は何も答えない。ただ俯いて膝の上で拳を握っている。

　ふと室内を見回すと、スチール棚に写真立てが飾られているのが見えた。写真には施設長と中年の女性、二人の女の子と老婆が並んで写っていた。おそらく家族なのだろう、と当たりをつける。

「ところで、この街の治安が今以上に悪化したら大変ですね。あなたにもしものことがあったら、ご家族は路頭に迷うかもしれません。あるいは、奥様やお嬢様が悪漢の手に掛かる可能性もあるでしょう。ご家族にもしものことがあったら、お母様も心を痛めてお身体を崩してしまうかも……。我々が憂慮しているのは、そういった最悪の事態です」

その意味を十全に理解させるため、わざとゆっくり紅茶を啜ってからエミリアは続ける。

「我々が最も恐れていること……それは、そんな不祥事がある日突然どこかの新聞社にスクープされてしまうことです。これまでクリーンなイメージを誇ってきたメルクリウス・カンパニィだからこそ、そのダメージは大きいことでしょう。いや、もしかしたらもう情報は新聞社のほうに行っているのかも……。あるいはすでに明日の一面として刷られてしまっているなんてことも十二分に考えられます」

「そんな！」男はもう取り繕うこともなく狼狽する。「どうすれば良いのですか……！」

「ええ、我々もそんな事態は望みません」エミリアは重々しく首を振る。「軍部であれば、国家安全対策を理由に、女王陛下の勅命で新聞社などに圧力を掛けることができます。そしてその間、メルクリウスに手を回し、影響が最小限になるよう事実を公開させ、社会に謝罪をさせる機会を与えることができます。しかし、そのためには一刻一秒を争います。もしあなたが何もご存じないのであれば、我々はすぐに別の情報源を当たらねばならなくなります。また時間を浪費してしまうことでしょう。もうこんな時間ですし、それも明日以降に持ち越されてしまうかも……」

ひぅ、と目の前の小太りの男は呼吸を引きつらせる。エミリアは男の目を見つめながら穏やかな口調で告げた。

「——もしかしたら、僕の聞き違いだったかもしれませんので改めて伺いますが……。何かご存じありませんか？」

男の目にはもう、怯えと恐怖の色しか残されていなかった。

2

廃棄物処理施設から三人並んで出てきた時には、もう午後七時を回っていた。

「エミリア様、格好良かったです！」ずっと黙って話を聞いていたレイラは、胸元で両手を組み合わせて握り、尊敬の眼差しをエミリアに向ける。「言葉巧みに施設長を追い詰めていく姿、痺れました！　わたくしもエミリア様に言葉責めされたいですわ……！」

エミリアはまた反応に困るが、たとえ社交辞令であったとしても、異性から褒められるのは嬉しい。こういうとき、人生経験の少なさが恨めしい。

「レイラ、騙されてはいけないよ。この男は嘘ばかり言ってとても危険なのだ」

これ見よがしに悪口を宣い、テレサはエミリアに見せつけるようにレイラの手を取る。

レイラに、あなたの手を握っている錬金術師のほうが数百倍危険ですよ、と言おうかと思ったが、面倒なのでエミリアは気にせず話題を変える。

「それにしても見事に先生の推理が当たりましたね。まさか本当に人骨が出てくるなんて」

あのあと、施設長はあっさりと知っていることをすべて白状した。よほど家族のことが大切だったらしい。

彼の話によると、一年ほどまえにメルクリウスの廃棄物から、人間の骨のようなものが出てきたそうだ。念のため保管しておいたというので見せてもらうと、確かにそれは人骨のように見えた。

テレサ曰く、人体の中で最も大きな、大腿骨と呼ばれる太ももの骨らしい。

さすがに性別や年齢まではわからないが、それでも人体のものであることは確実だという。さすがのフェルディナント三世も、まさかこの従順そうな廃棄物処理施設長がそんなことをしているとは考えもしなかったことだろう。

しかしそのファインプレイにより——フェルディナント三世による人体実験の件はほぼ確実視された。

それが何を意味するのか、そもそも貴重な時間を浪費してまで調べる価値のあることなのかは、エミリアには判断ができなかったが……少なくともテレサは何かを得たようだった。

「私も正直ここまで上手くいくとは思っていなかったがね」テレサはレイラの手を取って夜道を歩きながら上機嫌に言う。「エミリアちゃんのハッタリが効いたな。きみは思いのほか嘘が上手いようだ。使い勝手が良さそうだから、きみさえ良ければ明日以降も助手として私が引き取ってやってもいいぞ」

「……謹んで遠慮させていただきます」問答無用でエミリアは拒絶する。「それよりも僕らの命が明日以降も続くことを祈りましょう」

「違いない」

けらけらとテレサは一人で大笑いする。ひとしきり笑い終えてからテレサは話題を変える。

「とりあえず、そろそろ本社に戻ろうか。霧も濃いし、あまり治安の悪い場所に長居したくはない。レイラも家まで送るよ」

「ありがとうございます」頬を染めてレイラは嬉しそうに言った。「では、東地区にアパートメントがありますので、そちらまでお願いいたしますわ」

薄暗い夜道をしばらく歩いて行く。周囲は異様に静まり返っていて何だか不気味だ。

不意に首筋を撫でた冷たい夜風に身震いをして、エミリアは警戒を強める。

そのとき、向から先の奇妙な人影に気がついた。貧民街と一般区域の境界辺りに立つ、体格の良い禿頭の男だ。何とはなしに不穏な気配が漂っている。

「……先生」エミリアは視線を逸らさないまま呟く。

「――ああ」テレサもその不審な存在に気づいたようで短く応じる。「用心のため、道を変えるか」

「そうですわね、少し遠回りをしていきましょう」緊張した声色でレイラは答える。「この辺りは入り組んでいるので、簡単に撒けると思います」

「ああ、頼む」警戒を滲ませてテレサは頷く。

二人を伴い、レイラは路地裏へと入っていく。裏道は街灯の光も届かないため薄暗く、妙にじめじめとしていた。夜間で蒸気が濃くなり、湿気が溜まるのかもしれない。あまり長居したい所ではないが、レイラは気にせずどんどん歩いて行く。

やがて彼らは、トリスメギストスを囲う壁に突き当たった。そこはちょっとした広場のようにもなっている。壁の前でレイラは慌てる。

「も、申し訳ありません！　道を間違えてしまったようです！　戻りましょう！」

人気もなく、何か起こっても誰も助けに来なさそうな場所だ。早くこの場を去ったほうが良さそうだ。嫌な予感を抱きながらも、エミリアたちは回れ右をして歩き出す。

次の瞬間――目の前で火花が散った。

一瞬、意識が飛ぶ。

何が起こったのかわからなかったが、気がつくとエミリアは地面に倒れ伏していた。全身の筋肉が弛緩して、力が上手く入らない。

それでも何とか首を動かす。隣では同じようにテレサが状況を理解できない様子でくずおれていた。

この状況は明らかにまずい。せめてレイラだけでも無事だろうかと視線をさまよわせると——。

霧でぼやけた満月を背に、レイラは恍惚の表情を浮かべて立っていた。右手には何かボタンのような機械を持っている。

「——ちゃんと作動するか不安ではありましたが、良かったです」

屈み込み、倒れているエミリアとテレサを交互に見やってレイラは嬉しそうに瞳を潤ませる。

「お二人の首輪の機能を使いました。全身を電流が駆け巡る感触、絶頂に達してしまうほど気持ち良かったでしょう?」

三日月形に目を細めてレイラは笑う。

「改めまして——レイラ・トライアンフと申します。トリスメギストスの変成術師ギルドに登録された変成術師にして……メルクリウス・カンパニィの顧問変成術師でもあります」

そういうことか、とエミリアは歯噛みする。どうやら最初の出会いからすべて仕組まれていたらしい。

レイラは倒れたテレサの上体を抱き起こし、彼女の頬を慈しむように撫でる。

「しばらくは指一本まともに動かせませんわ。それにしてもテレサ様……本当にお美しいです……」

瞳を愛欲で濡らし、レイラはテレサの白い頬にそっと口づけをした。テレサも意識があるようで、不快そうに顔を歪ませていた。

本能的な嫌悪感を抱き、エミリアはようやくすべてを理解する。これまでレイラがエミリアたちに向けてきた好意的な視線――あれは、友愛によるものなどではなく、獲物を見定める捕食者のものだったのだ。

動けないテレサの身体にいやらしく手を這わせながら、レイラは陶酔したように続ける。

「――フェルディナント博士が亡くなって、メルクリウスは今、とびきりの危機に立たされています。最先端の研究事業はほとんどすべて錬金術師である博士に依存していましたから。ですので……会社には今、彼の研究を引き継ぐ錬金術師がどうしても必要なのです。おまけにテレサ様は、明日には処刑されてしまうのでしょう？　こんな素晴らしい方を殺すなんて、あまりにも野蛮が過ぎますわ。ですから、我々はこのお方を秘密裏に保護して差し上げることに決めたのです。すべては、人々が安心して暮らせる世の中のためなので……多少の乱暴はやむを得ません」

エミリアはデイヴィス社長の様子を思い出す。彼は頑なにテレサを庇おうとしていた。思い返してみればあれはかなり不自然だ。状況的にもテレサが犯人である可能性は高い。つまりメルクリウス最大の財産とも言えるフェルディナント三世を葬った忌むべき相手だ。もっと感情的になってテレサを批判するのが自然なはずなのにデイヴィスはそうしなかった。それどころか会社全体でテレサに協力するよう呼びかけた。

要するに、彼にとってテレサが犯人か否かなどどうでも良かったのだ。彼の懸念事項は常にただ一つ。フェルディナント三世亡き後、メルクリウスで研究を続ける錬金術師の確保だけ。

だからテレサを油断させるために協力的に動きながら……裏では彼女の身柄確保の計画を進めていたのだろう。

何という抜け目のなさ。エミリアは最後にデイヴィスが浮かべた意味深な笑みを思い出し、ほぞを噛む。それから、全身に力を込めて何とか立ち上がる。

「あら、動けるのですか、エミリア様。話では一度感電したら三十分は痺れて動けないということでしたが……やはり試作品など当てになりませんね。まあ、テレサ様に効いているようならばそれで構わないのですが」

そう言うと、レイラの背後に巨大な影が音もなく現れた。それは先ほどエミリアたちの行く手を阻んでいた禿頭の巨漢だった。なるほど、彼もグルだったわけか。

エミリアの悔しそうな表情を見て、レイラは嗜虐的に笑う。

「うふふ……とても可愛らしいですわ、エミリア様。ああ、本当に……堪りません。もっともっと虐めたくなってしまいます」

レイラは指を鳴らす。すると禿頭の男がエミリアに近づき、容赦なく殴り倒す。

せっかく立ち上がったのに再び地面に転がされてしまう。まだ感電の影響が残っているのか、身体が思うように動かない。首だけを動かしてレイラを睨む。

「ああ……素敵ですエミリア様。その屈辱にまみれたお顔……ぞくぞくします。一緒に連れ帰って、一生個人的に『飼って』差し上げたいところではあるのですが……残念ながらそれは無理なのです。エミリア様の遺体だけは残しておくよう、厳命されているものですから」

おそらくデイヴィスの狙いは、貧民街で暴漢に襲われエミリアは死亡、テレサは連れ去られた、というところなのだろう。テレサの能力的な価値を知らなかったとしても、彼女の美貌は暴漢たちが劣情を催すに十分であるという事実を見越して――。

あとは上手いこと湖上の封鎖を解けば、彼女が街の外に連れ出されたことを偽装できる。状況的に見てメルクリウスは明らかに黒だが、証拠がないので警察や軍部も強くは出られないだろう、というところまで計算しているに違いない。

とにかく――思い通りにさせるわけにはいかない。

エミリアは背中を壁に預けながらゆっくりと立ち上がる。酷い目眩がして今にも吐きそうだった。

レイラはまた嫌らしく笑う。

「うふふ、そうでなくては面白くありませんわ、エミリア様。たくさん抵抗してくださいね。そうでなければ、『襲われた』ことを演出できませんから。ああ――でも、大声で人を呼ぼうなんて考えてはいけませんよ。テレサ様のこの綺麗なお顔に、傷が付いてしまうかもしれませんから」

彼女の手にはいつの間にか小ぶりのナイフが握られていた。それを見ただけでエミリアの喉は縮み上がってしまう。

禿頭の男が迫る。応戦しようか、しかし貧弱なエミリアに勝ち目などなさそうだ。

一瞬の逡巡。だがそれを待ってくれる相手でもない。

頰に鋭い衝撃。殴られたのだ、ということに気づいたのはすでに吹っ飛ばされ、空中を錐揉み(きりもみ)しているときだった。重力のまま地面に転がり、近くに置いてあった色々なものをなぎ倒していく。

全身の骨が砕けたのではないかと思えるほどの衝撃がエミリアを貫く。目の前がチカチカする。酷い耳鳴りがして音がよく聞こえない。視界の端で男が再び迫ってくるのが見える。何か反応しなければ、と脳が指令を出すが身体が言うことをきかない。

上体を起こしたところで顎を蹴り上げられた。脳みそが狭い頭蓋の中でぐわんぐわんと揺れている。尋常ではない不快感。無意識に嘔吐き、胃液をまき散らす。食欲がなくてここ数時間ほとんど固形物を食べていなかったのは不幸中の幸いだった。

胃液を吐いたら少しだけ、意識がクリアになった。このまま地面に這いつくばっていたら一分と保たずに殺される。本能的な危機感から、半ば無意識にエミリアは立ち上がる。

いつの間にか手には何かの破片らしき木の棒を持っていた。

「うふふふふ。素晴らしいですわ、エミリア様。命懸けで困難に立ち向かう姿こそ人間が最も輝く瞬間です。その貧相な棒で、もっともっと抵抗してくださいまあ、最も美しい瞬間は、立ち向かった末、無残に破れ顔を絶望に染めた瞬間なのですが」

耳障りな声が頭に響くが、意味の理解をエミリアは放棄する。リソースの無駄遣いだ。

それよりも、エミリアには考えなければならないことがあった。

やるか、やられるか。

(――考えるまでもない、か)

今この場でわけもわからず殺されるくらいならば、全力で反撃するのが正解だろう。その先のことは――またそのときに考えれば良い。

決断は一瞬。エミリアは覚悟を決める。

右手に持った木の棒を正眼に構え、呼吸を整える。棒の長さは五十センチほど。偶然にもおあつらえ向きだ。

意識を集中する。自己の境界が曖昧になり、世界と一つになっていくような感覚。


――重要なのは認識だ。


自分が人間である、という稚拙な常識の殻を破るイメージ。

そして、自分を一時的に、擬似的に、人間ではない別の《ナニカ》に作り替える。

大気から取り入れたエーテルが肺を通り、そのまま血液の流れに乗って全身へ巡っていく。右手が熱くなる。

「まさか《マグヌス・オプス放射光》……っ!?」

突如、悲鳴のような声を上げるレイラ。

エミリアが構えた木の棒が光り輝き、変化していく。

変成術では決して為し得ない、神の領域の奇跡。

光が止んだとき、エミリアは金属の光沢を放つ一本の立派な剣を構えていた。

そこでようやくエミリアは張り詰めていた意識を解き、人間に戻る。そして目の前の二人の悪党を睨みつける。

さすがにこんな事態は想定していなかったらしく、レイラは抱いていたテレサを地面に放り出して距離を取る。

「全身が弛緩して意識が不明瞭でも錬金術を行使できるなんて反則ですわ、テ、テレサ様……！　さすがに錬金術師相手では、分が悪いです。少し惜しいですが、テレサ様が本格的に動けるようになるまえに我々は失礼しますわ……！」

どうやらテレサが錬金術を使ったと誤解したようだ。レイラの合図で、男は一目散に逃げ出す。レイラも同じように駆け出してから、一度立ち止まって振り返る。

「――ですが、テレサ様に処刑されてほしくないというのは徹頭徹尾本心ですわ。フェルディナント博士を失った今、会社には本当にテレサ様が必要なのです。それなのにテレサ様は社長の提案を袖にするばかり……。タイムリミットまでもう幾ばくもないにもかかわらず、です。わたくし、本当にテレサ様をお慕いしているので……とても残念です。せめて残された時間、悔いの残らないようにお過ごしくださいませ。それでは、ごきげんよう……」

捨て台詞のようにそんなことを言うと、レイラもまたすぐに見えなくなった。

それでもしばらくは緊張感を緩めないよう彼らが去った先を睨みつけていたが、やがてその気力もなくなり、エミリアは剣を取り落としてその場にくずおれた。

必死に呼吸を整える。酸素を求めて喘（あえ）ぐが上手く全身を巡ってくれない。指の先が冷たくなってちりちりする。どうしようもなく――気分が悪い。

いっそ死んでしまったほうが楽なのではないかとさえ思い始めたとき、顔に影が掛かった。

（まずい……戻ってきたのか……？）

瞼が重たくて仕方がなかったが、それでも何とか必死に目を開ける。その先に見えたのは、意外な光景だった。

「――エミリア、きみは……」

テレサがとても心配そうな表情でエミリアの顔を覗き込んでいた。これまで見たこともない表情に、エミリアは思わず笑みをこぼす。

「……先生……無事、ですか……？」

「あ、ああ……まだ少し身体が痺れて力が出ないが……それ以外は問題ない」動揺を隠さずにテレサは答える。「しかし、きみはなんだ……まるでボロ雑巾ではないか……。何故私を見捨ててさっさと逃げなかった……どうせ私はあと数時間で処刑されるのだ……。命を懸けてまで守る価値などなかろう……」

きっと純粋にテレサは疑問だったのだろう。エミリアはわざとすかして答える。

「……女の子は大事にしろと……母に言われて育ったもので、つい……」

「馬鹿者……っ！」

叱責するような、慰労するような、何とも言えない口調でそう呟き、テレサはエミリアを抱きしめる。そして耳元でそっと囁いた。

「——きみは、錬金術師なのか……？」

「————」

なんと答えるのが正解なのか判断に迷う。だがテレサは、エミリアの一連の行動を目の前で見ていたのだから……言い訳の余地などない。

元よりこの錬金術師の上官を謀ることなどエミリアには荷が重すぎる。

だから正直に頷いた。

「——はい。僕はたぶん……世界で初めての、後天的な錬金術師です」

3

感電して身体がまだ上手く動かせないテレサと、力を使い果たして脱力するエミリアは、二人で身体を支え合って何とか貧民街を脱出した。

本当は安全のため大通りの辺りまで行きたかったが、さすがに体力が続かなかったので、一旦道ばたのベンチに腰を下ろして休むことにした。

昼間は人や出店で溢れていたこの辺りも、今はすっかり閑散としている。そのせいもあってか、ときおり地面の排気口から噴き出す水蒸気が妙に気になり、まるで巨大な鯨の上にいるような錯覚をしてしまう。

ふと空に視線を向けると、霧のヴェールが掛かった星空がぼんやりと浮かんで見えた。明らかに日中よりも蒸気が濃い。この蒸気の街は、昼と夜で出力を調整しているらしい。

エミリアに気を遣っているのか、先ほどからテレサは何も喋らなかった。

今さら隠すこともないので、エミリアは正直に過去を語り始める。

「――僕の本名は、エミリア・ローゼンクロイツと言います。変成術御三家の……末裔（まつえい）です」

「御三家……フリーメイソン家、ローゼンクロイツ家、ステラマティテュナ家の三つだな。しかし、今はどこも没落してしまったと聞くが……？」話の展開が読めないためか、テレサは遠慮がちに尋ねてくる。

「……昼間、母が変成術師だった、とお話ししたと思いますが、あれは真実です。母はローゼンクロイツ家の当主でした。ローゼンクロイツでは、代々長女が家督と、それまでのすべての研究結果を名前とともに引き継ぐのです」

「名前……？」テレサは首を傾げる。

「ええ。『エミリア』という名前は、秘術継承者としてローゼンクロイツ家の長女に代々与えられてきました。『Emilia』は『競争相手』を意味する古代語だそうです。過去の当主をすべて競争相手と見なして過去を超えてゆけ、という意味が込められているのだとか。ローゼンクロイツ家の目標は当然、錬金術、つまり《第六神秘》に至ることです。そうしていつか錬金術を完成させたら、その者は『Emma』を名乗ることが許されます。これは『全宇宙、完全体』を意味する古代語だそうで、つまり初めから『Emilia』の『ili』は、『Emma』の二つ目の『m』を偽装して付けられている名前なんです」

だから本当はエミリアも『エマ』を名乗ることが許されている。しかし、母から受け継いだ『エミリア』の名前だけは、捨てることができなかった。家名は、捨ててしまったから。

「そんな意味が込められていたのか……」テレサは感心したように呟く。「しかし……きみはその、長女ではない、だろう……？」

「ええ、長男です。元々ローゼンクロイツ家は女の子が生まれやすい家系らしいのですが、なかには僕のような例外も現れますからね。そういう場合は、二人目三人目を作って、女の子が生まれたらその子にすべてを譲り渡していくそうなのですが……元々身体の弱かった母は、僕を産んだときにもう、それ以上子供を作れない身体になってしまいました。だから仕方なく、男である僕に『エミリア』と名付けて育てることにしたそうです」

何か思うところでもあるのか、テレサは何も言わずにじっとエミリアの言葉を待つ。

「まあ、性別に多少難があっただけで、それ以降は普通に育ててもらいました。少し特殊な研究をしているだけの、普通の家の子供です。父は、僕が生まれるまえに蒸発してしまったそうなので顔も知りませんが、それもまたどこにでもある話です。それほど裕福でもありませんでしたが、食うに困るということもなく、幸せに生活していました。——十五年まえの、あの夜までは」

「十五年まえ……？　まさか《異端狩り》か……！」

息を呑むテレサ。エミリアは小さく頷く。

「……月が綺麗な夜でした。寝静まっていた家に、突然見知らぬ男たちが押し掛けてきたのです。僕は母によって寝室の床下に押し込められました。こういうときのための脱出経路です。でも母は、僕だけを押し込めると自分は男たちに応戦しました。たぶん、僕が逃げるための時間を稼ごうとしたのだと思います。でも、多勢に無勢で……母はあっさりと殺されてしまいました。床下から見守る、僕の目の前で……っ！」

大好きだった母の全身に刃物が突き立てられる音。

肉体から溢れ、床下にまで流れてきた鮮血の臭い。

ただの肉塊となり母が床にくずおれたときの衝撃。

すべてが脳裏に焼き付いて離れない。今も思い出そうとしただけで目の前が真っ赤に染まり、怒りと悔しさで頭がおかしくなりそうだ。

エミリアは奥歯を強く噛み締める。もう母の死は乗り越えたつもりだったのに、いざ話すと全然乗り越えられていない自分に気づく。

荒くなった呼吸を何とか鎮めていると、テレサはエミリアの肩をそっと抱いた。

「――つらかったろう。きみが優しいのはきっと、素敵な母上からたっぷりと愛情を注いでもらったからなのだろうな」

「……妙に優しいですね。いつもの皮肉と屁理屈はどうしたんですか……？」

「失敬な。私にだって傷ついている男の子を慰めようと思う程度には、分別と母性があるのだ」

その言い回しが可笑しくて、エミリアは笑みをこぼす。少しだけ――胸の痛みが和らいだような気がする。気持ちを落ち着けてから、エミリアは語りを再開する。

「……そのときに、見たのです。母を殺した男が何もない空中から無数の刃物を作り出すところを。母を殺した《異端狩り》の正体は――錬金術師です」

「ま、待て！　それはおかしい！」慌てたようにテレサは割り込んでくる。「無から有を生み出すのは、《第三神秘》以上の奇跡だぞ！」

「……ええ、わかっています」エミリアは重々しく頷く。「先生が信じられないのもわかります。でも、確かに僕はその奇跡を見たのです。だからきっと、独力で《第三神秘》以上に至っている錬金術師が母を殺した犯人なのだと、僕は勝手に考えています」

「そんな、馬鹿な……」未だに信じられないらしいテレサが呟く。

現在、公的に確認されている《七つの神秘》は、《第五神秘・エーテル物質化》まで。此度のフェルディナント三世の功績を考慮しても《第四神秘》までだ。だからさらにそれを上回る奇跡を、十五年もまえに実現していたなんて言われても、テレサには信じがたいのだろう。

だが……テレサの同意が得られなくても構わない。エミリアは勝手に話を先へ進める。

「もう一つだけ、見たものがあります。月明かりに照らされた……イルカの入れ墨。母を殺した錬金術師の肩に刻まれていました。押し入ってきたほかの男たちにも同じ入れ墨がありました。意味はわかりませんが……《異端狩り》の共通項です。だから僕は……ローゼンクロイツの姓を捨て、シュヴァルツデルフィーネを名乗り始めました。彼らを忘れないように。彼らを食い殺す《黒いイルカ(シュヴァルツデルフィーネ)》になるために」

「そういう……ことだったのか……」テレサはすべての得心がいったように深い深いため息を吐いた。

「その後、男たちは家に火を放ち逃げていきました。僕も泣きながら地下通路を通って外へ出ると、そのまま孤児院まで逃げ延びました。そうして母の遺志を受け継ぎ、隠れて変成術の研究を続けて……僕はついに《第六神秘》に到達しました。もしかしたら《異端狩り》は、変成術師の悲願に近づきつつあったローゼンクロイツ家に危機感を覚えて襲ってきたのかもしれませんが……真相は闇の中です。それから復讐のために一生懸命勉強をして、軍学校に特待生として入学し、軍の中枢に潜り込むことを目指してきました。そうすればきっと、他の錬金術師たちと出会う機会が得られると思ったので」

「……最初に会ったとき、錬金術師が嫌いだと言っていたのは、皮肉でも何でもなく、ただの事実だったわけだな……」ポンポン、とテレサは優しく肩を叩いた。「錬金術師であること、そして変成術が使えることさえも秘密にしていたのは、《異端狩り》から身を守るためだな……？　母上と同じような悲劇に遭わないために――」

ゆっくりと頷く。すべてを話し終えたエミリアは、不思議な充足感を抱いていた。これまで誰にも話すことのできなかった秘密を吐き出せたからだろうか。それとも偽りだらけだった自分の人生を、誰かに知ってもらいたかったのか。

自分の本当の気持ちがもうわからなかったが……それでもテレサに抱かれた肩から感じる温もりだけは、どうしようもなく真実であり、その心地よさにエミリアは少しだけ、余計なことを忘れて酔いしれる。

しばらく黙り込んだまま、二人は並んで夜空を見上げる。

もしかしたら、これが最後の夜になるかもしれないというのに、不思議と心は穏やかだった。

「――つらい話を聞かせてくれてありがとう、エミリア」テレサは優しく告げる。「この話は、墓の下まできっちり持って行くから安心してほしい。きみは紛れもなく、私の恩人だ。きみがあそこで身を挺して私を庇ってくれなければ、きっと私は一生メルクリウスに飼い殺されていたことだろう。そんな未来……願い下げだ。二つに一つならば、私は名誉ある死を選ぶ」

「そんな……何とかならないんですか……？」

エミリアは急に心配になる。テレサに残された時間はもうわずかしかない。だというのに、テレサはすべてを悟ったように落ち着いて言う。

「……どうしても最後のピースが塡まらないのだ。ここをクリアしなければ、あの警部殿は欺けない。ずっと考えてはいるのだが……もうタイムオーバのようだ」

それから意外なほど穏やかな笑みを浮かべてエミリアを見やる。

「それでも、最後にきみと出会えて良かったと思っている。私ときみは、まったく真逆の似たもの同士だったようだ」

「……似たもの同士？」

「ああ。せっかくだから、冥土の土産にとっておきの話をしてやろうか。乙女の秘密ってやつだ。誰にも言わず、きみも墓の下まで持って行けよ」注意深く前置きをしてからテレサは語り出す。「実は私は——」

そこまで言って。

テレサは動きを止めた。

「……先生？」

　不審に思い声を掛けてみるが、まったく聞こえていない様子でテレサは完全に静止している。昼間見かけたときと同じ、悪い魔女に魔法を掛けられたような状態だ。

　エミリアの心配が募る中、テレサは何やら早口で独り言を呟く。

「……逆……そうだすべては逆だったのだ……！　なんてことだ、こんな簡単なことにも気づかないなんて……！　ああ、くそ！　すべてやつの手のひらの上だったわけか！」

　突然テレサはベンチから立ち上がって駆け出した。

　何事かと驚くが、とにかくエミリアは彼女の背中を追う。だが、引きこもりで体力がないためかテレサは足が速くないらしく、満身創痍のエミリアでも何とか追いつけた。

「せ、先生！　突然どうしたんですか……！」息も切れ切れにエミリアは尋ねる。

「港へ行くのだ！」テレサは先ほどまでの殊勝な態度をあのベンチへ置き忘れてきてしまったかのようにいつもどおりの様子で叫ぶ。「急がないと間に合わない！」

「間に合わないって、何がですか……！」

　しかし、テレサは何も答えず、そのまま大通りに躍り出た。走っていた蒸気バイクが急ブレーキを踏んで彼女の前に止まる。

「馬鹿野郎！　危ねえだろうが！」

　怒鳴り散らす運転手に向かい、テレサは捲し立てる。

「私は王立軍のパラケルスス大佐だ！　現在、作戦行動中につき、このバイクを接収する！　悪く思うな！」

「いや、あんた滅茶苦茶だよ！」

悲鳴を上げて抵抗しようとする運転手をバイクから引きずり下ろすと、彼女はフロントシートにまたがる。

「エミリア、乗れ！」リアシートを叩いてテレサが叫んだ。

言われるままに、エミリアはテレサの後ろにまたがると、彼女の胴に手を回す。アクセルターンからの急加速でバイクは港に向かって走り出す。アクセルは全開。街中とは思えない猛スピードに、信号無視を加えたかなりの危険運転だ。曲がるたびに、後輪がスリップする。

振り落とされないよう必死にテレサにしがみつく。もしかしたら数秒後には死ぬかもしれないとエミリアは内心で覚悟を決めるが、テレサの巧みなテクニックで事故には繋がらない。

あっという間に、目的の港へ到着する。トリスメギストスが外部と連絡を取るための唯一の玄関口だ。テレサは乱暴にバイクを乗り捨てると、近くにいた制服警官に詰め寄る。

「ここ数時間のうちに、船が出なかったか⁉」

「ふ、船ですか？　い、いいえ……」突然のことに面食らった様子の警官だったが、テレサの階級章に気づいたのかすぐに敬礼をして答える。「現在、トリスメギストス署は湖上の完全封鎖を実施しております！　商船一つ出入りできません！」

「そんな建前はいいのだ！」テレサは怒鳴る。「答えろ！　何でもいいから一隻でも船が出なかったか！」

「し、失礼しました！　二時間ほどまえ、本部へ捜査資料を持ち帰るためにエテメンアンキ警視庁の船が一隻、港から出港いたしました……！」テレサの怒声で、完全に怖じ気づいたようで、警官は背筋を伸ばす。

「その船に警察関係者以外の人間が乗らなかったか!?」

「じ、実は小さな女の子を抱いた母娘がひと組だけ……」

「どんな母娘だった!?」

「その……身なりの汚い若い母親と、三歳くらいの女の子でした。娘が酷い風邪を引いたと、外部の医療機関へ向かうための特別許可証を提出してきたので……」

「顔をよく見たか!?」

「い、いえ……薄汚れたローブを頭から被っていたので、どちらも顔はよく見えませんでしたが……」

「――っ！　……そうか」警官の言葉に、テレサは怒りよりも先に諦めの感情を発露する。

「……もうすべては遅かったか。一応きみが減給されないように私が警視庁の警部殿に上手く取り合ってやるがね。きみが見たという許可証は、偽造されたものだ。あとで確認してみるといい」

「偽造、でありますか……？」状況が呑み込めないのか警官は不思議そうな顔でおうむ返しする。

「うむ」テレサは大仰に頷く。「さらに言うなら、きみが見逃した者こそが、フェルディナント三世を殺害した真犯人なのだよ」

「真犯人!?」警官よりも、テレサの隣で様子を窺っていたエミリアのほうが大きく反応してしまった。「真犯人ってどういうことですか!? いったい何がわかったんですか!?」

「何って……何もかもだよ」テレサは事もなげに答える。「今回の事件のあらゆる不可能性、不可解性は消失した。すべての謎はつまびらかになり、真相は白日の下に曝（さら）された。少しだけ……遅かったがね」

それからテレサは改めて警官を見やり、わけもわからず目を白黒させている彼に優しく告げる。

「――きみ、無線は使えるね。すまないが、警部殿に連絡をして一時間後に事件関係者をフェルディナント三世の工房に集めるよう言ってくれないか。テレサ・パラケルススが真犯人を暴き出す、と伝えてくれれば彼は嫌々でも私の指示に従ってくれるはずだ」

よろしくな、と返事も待たずに警官に背を向けて歩き出す。慌ててエミリアはその背中を追う。

「ちょ、ちょっと先生！　突然どうしたんですか！　少しくらい説明してくださいよ！」

「説明ならあとでまとめてするよ」テレサは面倒くさそうに片手を払う。「そんなことよりも私はおなかが空いたのだ。工房へ行くまえに、適当に食堂でも入ろう」

どうやら今は意地でも説明するつもりがないらしい。

仕方なくエミリアは、余計なことは考えずにテレサの付き人に徹することにする。

テレサがこれだけ余裕なのだから、きっと明日の処刑を取りやめにする程度には、理屈の通った仮説ができあがったのだろう。もしそうなら、エミリアも無罪放免だ。

多分に楽観的ではあるが、二日間という短い付き合いの中で、このデタラメな錬金術師に対する厚い信頼が生まれてしまったのだから仕方がない。

そう考えたらこれまで明日の心配ばかりしていて微塵も湧いてこなかった食欲が、急にむくりと頭をもたげてきた。思い返してみれば、朝にバタートーストを少し口にしただけで他には何も食べていない。考えれば考えるほど空腹は増すばかりだ。せっかくなのでエミリアは提案する。

「――では、良い機会なので豪勢にお肉でも食べに行きましょう。任務中のやむを得ない栄養補給なので軍部の経費で落ちるはずです」

「いいね！」テレサは嬉しそうに指を鳴らす。「そうこなくては！　エミリアちゃんもなかなかワルだな！　それじゃあ一等高そうなお店で最後の晩餐と洒落込もうか！」

第7章　三重に最も偉大な者

1

　エミリアたちが工房を訪れたとき、すでに関係者は皆集められていた。

「こんな大げさに事を構えて……いったいどんな悪足掻きをするつもりですか？」

　テレサが顔を出すや否や、クルツが食って掛かる。しかし彼女は取り合わず、社長のデイヴィスに向き直り意味深に笑う。

「……先ほどは熱烈な歓迎をどうも。私の可愛い部下が大変世話になったようだね」

「い、いえ……」デイヴィスは狼狽して目を逸らす。多くを語らないところを見ると、テレサがどう出るかわからないので様子見をしているのだろう。テレサの拉致に失敗した旨は彼の耳にも届いているはず。だからこそ、それでもテレサが大っぴらに騒ぎ立てないことを警戒しているに違いない。いったい何が狙いなのか……それはエミリアにもわからない。

改めてエミリアは室内を見回す。

今、フェルディナント三世の工房には七人の人間が集まっていた。

社長のダスティン・デイヴィス、警備部長のアイザック・ウォーレス、警備員のダニエル・ギブズとセオ・クロース、エテメンアンキ警視庁のフェリックス・クルツ警部、そして王立軍情報局のエミリア・シュヴァルツデルフィーネと特務機関《アルカヘスト》の錬金術師テレサ・パラケルスス。

事件の関係者と見られる人物は全員この場にいることになる。

一度、睥睨（へいげい）するように工房内に視線を走らせてから、テレサはゆっくりとした口調で語り始める。

「――今回の事件の特殊性は言うに及ばずだが……それでもあえて前代未聞の、常識外れの出来事であったことは、初めに改めて強調しておこう。ゆえに、なかには事件の全貌を理解できない者もいるかもしれない。仮にそうであったとしても、恥じることはない。むしろ理解できなくて当たり前なのだ。こんな馬鹿げた事件はこれまでも、これからも、二度と起こり得ない。今回限りの異常事態なのだと把握した上で――私の話に耳を傾けてほしい」

「ずいぶんと、回りくどい前口上ですね」クルツが不満そうに言う。「そんなに予防線を張って……よほど無理矢理他人に罪をなすりつけるようなお話なのでしょうね」

「むしろ私は罪をなすりつけられた側だよ」テレサは苦笑する。「そうは言っても……犯人には、そんな意図もなかったと思うがね」

「と、言いますと？」警備部長のウォーレスが尋ねる。

「つまりね、本当にただ偶然、奇跡のように、私以外に犯行が不可能であったように見えているだけなのだ」

「……馬鹿馬鹿しい」クルツは呆れたようにかぶりを振る。「そんな偶然あるはずないでしょう。それよりは、状況証拠どおりあなたが犯人だったと考えたほうが建設的です」

「気持ちはわからんでもないがね、警部殿。それはただの思考停止だ。老いが早まるぞ」

乱暴にクルツを言いくるめてから、テレサは改めて本題に入る。

「――さて。様々な事情が非常に複雑に絡み合っているので、どこから話したらよいものか些か悩むが……。そうだな、事件について話すまえに、別の事件について話しておこう」

「別の事件？」エミリアが尋ねる。

「ああ、フェルディナント三世が犯した一つの犯罪についてだ」

「フェルディナント博士の……犯罪？」少しだけ興味を持ったようにクルツは話題に乗っ

てきた。

「フェルディナント三世はね、一年ほどまえ——少なくとも一人、人、人を殺しているのだ、のだ」

「まさか、ありえません！」真っ先に反応したのはデイヴィスだった。「博士はもう十年以上、誰とも会わずにこの工房で研究を続けていたのですよ！　人を殺すなんて不可能です！」

「その様子だと……やはり知らなかったようだね」少しだけ憐憫をはらんだ口調でテレサは言った。

「まあ、会社ぐるみの犯行ではなく、あくまでもフェルディナント三世の個人的な罪なのだと警察は許してやってほしい。もちろん、彼一人の罪というわけではないが」

「博士に協力者がいる、と……？」ウォーレスが声を震わせる。

「——そのとおり」テレサは神妙に頷く。「そして誰にも気づかれることなくそんなことができるのは、フェルディナント三世に最も近い存在であった開発部長のジェイムズ・パーカーしかいない。それゆえに——共犯者である彼は殺された」

「ま、待ってください！」クルツは慌てた様子で割り込んでくる。「話が見えません！　博士の殺人とパーカー氏の共犯とはいったい何のことを言っているのですか！」

「うん、今から少しその話をしようと思う」

一旦そこで言葉を止めて、テレサは十分な溜めを作って告げる。

「フェルディナント三世はね、お金もなく身寄りもなく、何かあっても誰も気にしない人間を貧民街から選び出して人体実験をしていたのだ。そしてジェイムズ・パーカーは被験者の斡旋をしていた。まずは一つ、これが二人の罪だ」

「馬鹿な……信じられない……」ディヴィスは放心したように呟く。

確かに社長という立場からしたら、信じていた部下の犯罪は認めがたいだろう。

「残念ながらこれは揺るぎない事実だ。——きみたちも何か心当たりがあるのではないか？」

テレサは警備員二人に視線を向ける。これまで傍観者だったのに突然舞台に上げられて困惑した様子だったが、セオ・クロースが重い口を開く。

「……警備員は我々だけではないので何とも言えませんが……噂は聞いたことがあります。中にその……浮浪者を入れたことがある、と」

「何故そんな重要なことを自分に報告しなかった！」責任者としてのプライドを傷つけられたのか、ウォーレスは声を荒らげる。

「まあ、そう責めないでやってほしい」テレサが助け船を出す。

「何せ相手は社長よりも偉い錬金術師だ。下手に逆らって機嫌を損ねられたら、それこそどんな不幸が起こるかわかったものじゃない。触らぬ神に何とやらさ、極力関わらないようにしようと考えるのはそんなに悪いことじゃない。それに彼らの仕事はあくまでも《白の扉》の警備だ。そこをフェルディナント三世の許可を得た誰が通ろうが、彼らの関知するところではないだろう」

違うか？　と警備部長に問う。さすがに反論できないのか、ウォーレスは大人しく引き下がる。

「ちなみに貧民街では実際に連れて行かれる浮浪者を見た者も多くいるようだし、会社の廃棄物の中から人骨を発見した勤勉な廃棄物処理施設長もいる。ちゃんと警察でも捜査をすれば、もっと色々な証拠が挙がってくるはずだ」

クルツはやり切れない顔で口を噤む。おそらくこの街の警察の怠慢を怒っているのだろう。だが元を正せば、王国が多額の税金欲しさに、メルクリウスという一企業に街の独立自治を許した時点でこうなることは目に見えていたはずだ。たとえ地方警察が王国の管理下にあったとしても、ちょっとした異変を見逃してもらう手などいくらでもあるのだから。

言ってしまえばこれは、王国の怠慢でもある。

「まあ、思うところはあるだろうが……そっちの事件はメインじゃないのでこれ以上は取り扱わない。重要なのはね、人体実験のおかげでフェルディナント三世の《魂の解明》の研究が進み、その結果、ついに《第四神秘》の再現に至った、ということだ。無論、人体実験を肯定するつもりはないがね」

2

テレサの言葉に皆は黙り込む。さすがに複雑な心境だろう。エミリアも今の感情を上手く言葉にできる自信がない。そんな中、テレサだけは上機嫌だ。

「では、話を続けようか。とにかく紆余曲折の末、彼は《第四神秘》に至った。そして自身の若返りを実現し、《魂の錬成》によるホムンクルスの作製にも成功した。その後も確認実験の日々だったのだろうが……アルラウネという助手ができたこともあり、約一年でそれも終了した。そしてついに公開式を実施して、世に自身の功績を知らしめることを決めた」

テレサはゆっくりと工房内を歩き回る。

「しかし……ここで私がずっと気になっていたことがある。フェルディナント三世は、《第四神秘・魂の解明》をどうやって公開するつもりだったのだろうか？」

一同を見回し、尋ねるようにテレサは言う。

「昨日、彼と面会をしたとき、明日の公開式、衆目の前で《第四神秘》の完全再現をする準備はできている、と確かに言っていた。もっとも、具体的な内容までは誰も聞かされていないようだがね」

「……失礼ながら、デイヴィス社長もご存じないのですか？」

クルツの意外そうな言葉に、デイヴィスは渋い顔で頷く。

「ええ、お恥ずかしい話ですが……。私はフェルディナント博士から十分に信用していただけなかったようで……」

「だが、それは不幸中の幸いだぞ」テレサが割り込む。「もしも、公開式の内容を知っていたら、きっと開発部長と同じようにきみもまた殺されていたはずだ」

「パーカーさんの死が、公開式と関係あるのですか？」とウォーレス。

「大いにある」テレサは自信ありげに頷く。「むしろ事件のほとんどすべてに関係あると言ってもいい。あの三重密室でさえ、な」

「馬鹿な……」クルツが吐き捨てるように否定する。「何でもかんでも関係づけるのは都合が良すぎます！　第一、公開式と密室はまったく別の問題でしょうが！」

「まあ、その辺の話は追々。とにかく今重要なのは、公開式の内容だ。エミリア、何か意見はないか？」

急に名指しされて戸惑う。しかしこれは、エミリアを信頼しての振りなのだろう。きっと考えればわかるはず。必死に頭を巡らせて答えを探す。

「……そう、ですね。まずは、公開式に参加した人に、目に見えてわかりやすい結果を示す必要があるのは確かです。例えば、昨日の前夜祭でフェルディナント博士は参加者の前で何度か錬金術を見せていました。あれはおそらく《第四神秘》の効果により若返った錬金術師本人である、ということを周囲にアピールするためだと考えられます。僕と先生が……パラケルスス大佐が昨日フェルディナント博士と面会したとき、真っ先に考えたのは替え玉なのではないか、ということでしたから。その可能性を否定するために錬金術を見せるのは効果的です。ですが……それを公開式でやろうとしていたわけではないと思います。若返りそのものはすごいことですが、《魂の解明》の一部でしかありませんし、完全再現に成功したことを世界に向けて公表するのだとしたら不十分です」

「ならばどうする？」

試すようなテレサの視線。ここまで来たらもう答えは一つしかない。

「――ならば、《魂の錬成》を実演してみせるほかないでしょう」

「そのとおり」テレサは満足そうに口元を緩める。「今エミリアが言ったように、公開式でやるべきことといえば、《魂の錬成》以外にはありえない」

黙って話を聞いていたデイヴィスが怖ず怖ずと手を挙げる。

「その……例えば、アルラウネさんのことを世間の皆様に公表するのではいけないのですか？　彼女の存在は、十分に《第四神秘》完全再現の証明になると思うのですが……」

「アルラウネは、あくまで《魂の錬成》によって作られた、という結果でしかない。それにいくら熱心に説明したところで、高度な自律思考をして動いていることを一般の人間が理解するのは難しいだろう。だから、公開式でインパクトを重視するならば、新たに実演してみせたほうが効果的だ」

「なるほど。昨日の前夜祭で博士がアルラウネさんのことを参加者の方に全然紹介しないので不思議には思っていたのです。彼女こそ《第四神秘》そのものであるというのに……。つまりあれは、翌日に控えた公開式をより劇的に演出するための策だったわけですね」

同じく前夜祭に参加していたウォーレスも感心したように小さく感嘆を漏らす。参加していなかった面々は不思議そうな顔をしていたが、少なくとも一定の理解が得られたのは間違いなさそうだ。

「……しかし、仮にそうだとすると妙なことになりませんか？」何かに気づいたのかクルツが口を開く。「公開式で《魂の錬成》を行うつもりだったのであれば、当然工房には《魂》の入っていない機械人形があるはずです。しかし、現状そんなものは見つかっていません。ということは、初めからそんな事実はなかったということになるのでは……？」

論理的には正しいが、さすがに自信がないようでクルツの言葉は尻すぼみになる。

「さすがはエテメンアンキ警視庁のエリート警部、鋭いな」テレサは期待どおりとばかりに微笑む。「そのとおり、論理的に考えれば、もし《魂の錬成》を実演するつもりだったのなら当然、アルラウネのような機械人形、つまり《魂》の『器』が用意されていなければならない。しかし、そんなものはどこにもない。これはいったいどういうことだろう……？」

意味深な視線でテレサは一同を見やる。その瞬間、エミリアの記憶が急に結びついた。

「――まさか、犯人が持ち去ったのは……！」

「持ち去った？」クルツは耳ざとく問い詰める。

エミリアは、昨日の昼間工房を訪れたときにあった『何か』が、事件後に無くなっていたことを説明する。クルツは初耳だったようで、あからさまに顔をしかめる。

「……何故そんな重要な情報を隠していたのですか」

「だって警部さん、僕らの言うことなんか全然聞いてくれなかったじゃないですか」

エミリアの反論に警部は黙り込む。身に覚えがあったらしい。つまりこれは、テレサが犯人だと頭から決めつけていた彼のミスだ。クルツは苛立たしげに頭を掻く。

「……なるほど。つまり、犯人がその機械人形を持ち去ったというわけですか。しかし、いったい何のために……？」

「――いや、それは違う。犯人は、機械人形を持ち去ったわけではないのだ」

テレサの否定にエミリアは疑問を抱く。

「……しかし、持ち去ったのでなければ、何故工房にその機械人形がなかったのですか……？」

「そこが今回の事件の重要な鍵だな」テレサは興が乗ってきたらしく、再びゆっくりと歩き始める。「そのあたりの方法論は後回しにするとして……仮に、事件当夜工房にそんな都合の良い《魂》の『器』が存在したとすると、新たな可能性が見えてくるとは思わないか？」

「新たな可能性……？」エミリアは呟く。

他の面々に目を向けると、皆一様に眉間に皺を寄せていた。何事かを考えてはいても、具体的な案は浮かんでいないのだろう。しばしの沈黙。

直後、エミリアの脳裏に小さな閃(ひらめ)きが浮かんだ。

「まさか、事件当夜ここに《魂》を錬成された三人目が存在した……!?」

3

「——大正解」

テレサは満足げな笑みを浮かべて、そう言った。

周囲がどよめく。

「馬鹿な……っ！」案の定真っ先にクルツが声を上げる。「たとえ仮定であったとしても、そんな都合の良い存在を許容するわけにはいきません！」

「都合が良い？　本当にそう思うのか？」テレサは顔に不気味な笑みを貼り付けたままクルツに迫る。

「論理的に考えても、あの晩、この工房内に《魂》の入っていない機械人形が存在した可能性が高いことは、きみも認めているところだろう。ならば公開式の直前、その『器』に本当に《魂》が宿るのかを実験してみた、というのは十分に考えられることなのではないか？」

「そ、それは……」至近距離までテレサに詰め寄られて、さすがのクルツも言葉に詰まる。どうやら彼女の吸い込まれそうなほど深い漆黒の瞳には、人を黙らせる特殊効果があるようだ。

一番うるさいであろうクルツを無理矢理黙らせてから、テレサは飄々と続ける。

「昨夜遅く――前夜祭が終わって工房へ戻ったフェルディナント三世は、翌日に控えた一世一代の公開式のリハーサルを始めた。考えたスピーチを語り、効果的に式を演出しながら、ついに最終段階である《魂の錬成》を実行した。結果は見事成功。彼の長年の研究の結晶たる新たなホムンクルスは誕生した。これによりリハーサルは無事終了、あとは明日を待つばかりとなった――はずだった」

急にテレサは真面目な顔つきになる。気がつくとこの場にいる全員が彼女のペースに巻き込まれていた。皆真剣な表情で言葉の続きを待っている。

「フェルディナント三世の予定では、一度は試験的に《魂》を錬成してみたものの、明日もう一度、今度は皆の前で《魂》を錬成しなければならないことから、そのとき試験的に錬成した《魂》は早々に消し去るつもりだったのだろう。《第四神秘・魂の解明》の第二ステージである《魂の操作》をもってすればその程度は容易なはずだからな。だが……ここで計算に狂いが生じた。錬成された《魂》が、消されることを――《死》を拒絶したのだ」

それは考えもしなかった可能性だが、ホムンクルスが人間と同じように思考し、同じような感情を持つのであれば、十分に考えられることだ。

《魂》とは、人格、あるいは人間性そのものだ。錬成されたばかりの頃のアルラウネを見た社長曰く、記憶や経験はある程度錬成された時点で保持しているらしいこともわかっている。ならば――生みの親であるフェルディナント三世が自分を殺そうとするのを拒絶することだって……当然あるはずだ。

「――まさかあなたは、その新たなホムンクルスこそがフェルディナント博士殺害の真犯人だと主張するつもりなのですか……？」声を震わせてクルツが尋ねる。

「さすが察しが良いな、そのとおりだ」

「待ってください！　いくらなんでも都合が良すぎる！」クルツが悲鳴のような声を上げる。「もし仮にあなたの言うとおり、新たなホムンクルスが真犯人なのだとしたら、そのホムンクルスは変成術を使えるということになります！　凶器の黄金の剣も、分解されたアルラウネさんも、どちらにも変成痕が残っていた以上、犯人が変成術師、あるいは錬金術師であるというのは揺るぎのない事実です！　さすがにホムンクルスが変成術師だったなんて都合の良い仮説は認められません！」

「――違うのだ、警部殿。根本的な部分で我々は勘違いをしていたのだ」テレサは急に諭すような口調で言う。「すべては逆だったのだよ」

「逆……？」

「そうだ。黄金の剣は、犯人がフェルディナント三世を殺害するために変成したものではない。フェルディナント三世が、犯人の攻撃に対して応戦するために変成したのだよ」

「――――っ！」驚愕の表情でクルツは息を呑んだ。

　エミリアが想像できなかった逆転の発想。それは事件の犯人が錬金術師、あるいは変成術師であるという大前提を打ち壊す新たな可能性だった。

「順を追って話そう。《魂》を消されそうになった新たなホムンクルスは、抵抗して逆にフェルディナント三世に危害を加えようとした。これに驚いた彼は、とっさに近くにあった黄金像から剣を変成し、応戦しようとした。だが、不幸にも変成した剣はホムンクルスに奪われてしまった。ここでやむを得ず――フェルディナント三世は、ホムンクルスの完全破壊を決断した。きっとそれまでは最低限の破壊で動きを止め、その隙に《魂》を消し去るつもりだったのだろう。明日に公開式が控えている以上、目玉である新たなホムンクルスをぼろぼろにするわけにはいかないからな。だが……そんな悠長なことを言っていられる状況ではなくなった。自分の命が危ないともなれば、完全破壊も致し方あるまい。フェルディナント三世は両手に《エーテル》を集中させ、破壊術式を完成させた。そしてまさに目の前のホムンクルスに向かって術式を解放しようとした瞬間――またしてもアクシデントが発生した。アルラウネが、フェルディナント三世の前に飛び出してきたのだ」

「ま、待ってください！」耐えられなかったのか、デイヴィスが割り込む。「何故そうなるのですか！　アルラウネさんは人と同じように感情を持ち、博士を本当に敬愛していました！　ならば博士が命の危機に瀕している状況で邪魔をするはずがありません！」

デイヴィスの言うとおりだとエミリアも思う。何故そこでそう繋がるのか理解できない。

「アルラウネがフェルディナント三世を敬愛していた、という点に関して否定するつもりはない」テレサは飄々と言う。「それはつまり、アルラウネにはしっかりと人間同様の感情があったということの証左だ。だからきっと、家族愛に近い感情をフェルディナント三世に対しても抱いていたのだろう。私の目から見ても、確かに彼女にはそういった類の感情があったと思う」

前夜祭でアルラウネは言っていた。博士に対して家族愛に近い感情を抱いている、と。

だからテレサの言うことが、想像ではなく真実であるとエミリアは知っている。それゆえに、アルラウネが飛び出したというテレサの主張が信じられない。

「もし、アルラウネがフェルディナント三世に家族愛を抱いていたとしたら」テレサはあえてゆっくりと、言い含めるように告げる。「新たに生み出された《魂》に対しても、同じように家族愛を抱いたとは考えられないだろうか？」

その意味を理解するのに、少しだけ時間を要する。

アルラウネが……新しく生まれたホムンクルスを家族のように感じていた……？

「だから、アルラウネは耐えられなかったのだ。生みの親であるフェルディナント三世と、新たに加わった家族のホムンクルスが争っているという状況が」

そこでようやくテレサの言わんとしていることがわかった。

「ひょっとして……アルラウネさんは、二人の争いを止めようとして飛び出した……？」

「おそらくな」テレサは頷いた。「そのときのアルラウネの心情は察することしかできないが……とっさの行動だったのだろう。突然殺し合いを始めた家族を何とか止めようとして——ほとんど衝動的に飛び出してしまった。実際に動いて話すアルラウネを見ていない警部殿には理解しがたいかもしれないが、この一年、彼女を見てきた会社の面々ならば、それほど意外な行動とも思わないのではないかな」

ゆっくりと、テレサは室内を見回す。デイヴィスもウォーレスも、警備員たちも戸惑いを隠せない様子ではあったが、誰もテレサの言葉を否定しない。

エミリアも少ししかアルラウネと関わっていないが、彼女ならばそういった行動を取っても不思議ではないように思う。それほどまでに、アルラウネは人間じみていた。

「そうして突然、目の前にアルラウネが飛び出してきたものだから、フェルディナント三世の狙いが狂って術式が暴発してしまった。アルラウネは変成術によってバラバラとなり、彼の両腕もまた、暴発の反動で破壊されてしまった。これが――事件に変成術が使われた根本的な原因だ。あとは、フェルディナント三世が錬金術を使えなくなった隙を衝いて、黄金の剣で彼にとどめを刺せば――不可解な事件現場のできあがりだ」

誰も何も言わなかった。ただテレサの言葉を噛み締めるように耳を傾ける。

「私に罪を着せるつもりがなかった、というのはこういう理由だ。本当に偶然現場に変成痕が残ってしまっただけなのだからな」

そこで突然、拍手が鳴り響いた。皆が驚いて音のほうへ視線を向ける。場にそぐわない拍手をしていたのは――クルツだった。

彼はこれまで乱されたペースを自分に引き戻すよう、殊更芝居じみた口調で言う。

「いやはや、面白いお話でした。パラケルスス大佐は、作り話をさも実際に起こったかのようにお話するのがとてもお上手なようだ。錬金術師というよりは詐欺師のほうが向いているやもしれません。これだけの話術です。心優しい一般の方々が今の作り話を信じ込んでしまったとしても、それは仕方のないことだと思います。そのことを責めるつもりは毛頭ありません。しかし、私のような犯罪捜査の専門家にはこのような虚仮威し（こけおど）は通用しませんよ」

「どういうことです……？」ウォーレスが心配そうに尋ねる。「今のパラケルスス大佐のお話に、何か見落としでも？」

「見落としというよりは、意図的に語っていない部分があります」クルッは眼鏡のブリッジを押し上げて勝ち誇ったように言う。「パラケルスス大佐は、三重密室からの脱出方法についてまだ何もお話ししていません」

あ、と誰かが声を上げる。衝撃的な仮定の連続にエミリアもすっかり失念していた。

確かにクルッの言うとおり、今のテレサの仮説は、最も重要な密室からの脱出という部分が抜け落ちている。侵入、というプロセスは『中で誕生した』という仮定で強引にすり抜けられるが……いずれにせよ脱出の不可能性をどうにかしない限り、この仮説は机上の空論になってしまう。

針で急所を衝くようなクルッの指摘だったが……何故かテレサは、微笑みを湛えたままクルッを見つめる。

「――きみならば解けるかもしれないと……期待していたのだがな」

「……は？」

「実際に動いて喋るホムンクルスのアルラウネを見ていた我々には、先入観があったからな。それを打ち破るのは難しいが……きみならば、実際にホムンクルスというものを見ていないきみならば、私の話の途中で論理的に最後の解を導き出せると、そう思っていたのだが……。少々残念だ」

「な、なにを……？」テレサの発言の意図を察せられず、クルツは面食らったように言いよどむ。

先ほどの彼の指摘に何か見落としでもあったのだろうか、とエミリアも考えてみるが何も思い浮かばない。他の面々も同様で、不安そうにテレサを見つめている。

テレサはゆっくりと一同を見回してから、再び朗々と語り出す。

「――事件当夜、この工房には我々の関知しない『もう一人』が存在した。それは論理的に考えて間違いない。あらゆる証拠が、彼の者がフェルディナント三世を殺害したと、そう示している。だが、我々がこの工房に足を踏み入れたとき、ここにはフェルディナント三世の遺体とバラバラになったアルラウネ以外存在しなかった。だから当然――その犯人はこの三重に守られた強固な密室から逃げ出したのだろう。それが論理的帰結というやつだ」

「しかし、先生」エミリアは堪らず声を掛ける。

「先生のロジックだと、犯人……その新たなホムンクルスは変成術を使えなかった。つまり一般人と何ら変わらないことになります。そんな一般人が、世界最高峰の天才だったフェルディナント博士でさえ逃げ出すことのできなかった、この閉ざされた工房から逃げ出すなんてことは絶対に不可能です」

エミリアの指摘にデイヴィスもウォーレスも深々と頷いた。この三重密室は彼らの自信作でもあるのだ。そんな彼らからしたらテレサの言う論理的帰結という主張は受け入れがたいのだろう。

それでもテレサは穏やかに続ける。

「基本的には——エミリアの主張は正しいと私も思う。あの天才錬金術師を三十年間も閉じ込めたこの三重密室を、ただの一般人が抜け出せる道理はない。それはきっと今この場にいる誰もが不可能だろう。そう言う意味では、この《牢獄》は完璧なものだ。だが——何事にも例外はある。そして今回は例外中の例外、フェルディナント三世には無理でも、新たなホムンクルスにだけは脱出可能な理由があったのだ」

「回りくどい言い回しで我々を煙に巻くのはやめてください！」

ついにクルツは激昂する。だが……彼の気持ちもわかる。テレサの言っていることは抽象的で意味がわからない。まるで詐欺の手口のように、こちらの思考をコントロールしようとする意図が垣間見えて大層居心地が悪い。

しかし、その激昂さえも計算尽くだったかのように、テレサは再び満足げに笑った。

「つまりね——新たなホムンクルスは子供サイズだったのだよ。それも三歳児くらいの」

そこでそう繋がるのか、とエミリアはようやく得心がいった。

何もかもが、常識から外れている。こんな破天荒な発想、一般人のエミリアに思いつけるはずがない。

エミリアに続いて他の面々もテレサの言葉を理解したらしく、皆言葉を失っている。

「アルラウネは、フェルディナント三世の助手としても働いていた。だから我々は、無意識に思い込んでしまったのだ。ホムンクルスとは初めから大人のサイズで作られるものなのだと。だからこんな単純な結論を見落とした。ホムンクルスとは《魂》の『器』なのだから、身体の大きさなど本当は何でも良かったのだ。そして実際、新たなホムンクルスは三歳児程度の大きさだった。それゆえに犯人は――ダストシュートを通ってこの工房から逃げ出すことができたのだ」

ダストシュートの口は二十センチ×十五センチ程度。大人ならば到底通り抜けられないが、小さな子供ならばギリギリ通り抜けられるだろう。

シンプルすぎる脱出手段。世界最高峰の三重密室など、初めから一切関係がなかった。

「か、仮にそうであったとしても……」動揺を隠さずクルツは反論する。「三歳児程度の子供が、あんな巨大な剣を振るってフェルディナント三世を刺殺したとはとても……」

「フェルディナント三世が作ったホムンクルスの身体は機械だからな、見た目以上の腕力があったはずだ。私も、細腕のアルラウネが二十キロはありそうな銅像を軽々と持ち上げ

ている のを見た」

工房で初めて会ったとき、確かにアルラウネは部屋の隅に置かれていた銅像を軽々と持ち上げてエミリアたちの前まで運んできた。あのときは、細身なのにずいぶん力持ちだと感心したものだ。

テレサの言葉に反論しないところからすると、おそらく会社の面々も似たようなシーンを過去に何度か目撃しているのだろう。

「し、しかし……博士は何故そんなホムンクルスを設計したのです……？」震える掠れ声で、デイヴィスが問う。「アルラウネさんくらいの年頃であれば、助手としても使えますが……三歳児程度のホムンクルスなど、いったい何の役に立つというのですか……？」

テレサは興味もないというふうに肩をすくめる。

「さあ、きっと小児愛好家だったのではないか。アルラウネにしたって見た目は大人だが、ただの助手にしては顔が可愛すぎるし、フェルディナント三世がそういった特殊な趣味を持っていたとしても何ら不思議ではあるまい？　新たなホムンクルスも女の子タイプだったみたいだしな」

テレサの皮肉に、クルツが食いつく。

「あ、新しいホムンクルスが女の子だというのは……何か証拠があるのですか……？」

「トリスメギストス署の警官が、実際に見ているからな。港で母娘を警察の船に乗せたという報告は受けているだろう？　あの母娘の娘のほうが問題のホムンクルスだよ。論理的に考えてそれ以外にありえない。母親のほうは何とも言えないが、酷い風邪を引いた小さな女の子に同情した善意の協力者か、もしくは単純に金で雇われた誰かだろう。外部の医療機関に行くための許可証ってやつを港の誰かが預かっていると思うが、それは間違いなく偽造されたものだから重要な証拠になるはずだ。そろそろきみのほうにその旨の報告が上がってくるだろう」

クルツは悔しそうな様子で小刻みに震えながら口を噤む。テレサの論理に一定の正当性を認めたのだろう。

「しかし……わからないことがあります」ウォーレスが口を開く。

「でしたら何故、パーカーさんは殺されてしまったのです？　犯人のホムンクルスからすれば、博士を殺してしまったのは半ば事故のようなものです。そこから必死に逃げ出したのだとすれば、もう一刻も早くこのトリスメギストスの外へ逃げたいと思うはずです。わざわざ手間を掛けてパーカーさんを殺す理由がわかりません」

フェルディナント三世殺害から脱出までの意外性に失念しかけていたが、そう考えると確かにパーカー殺しが不自然に思えてしまう。

良い質問だ、とテレサはウォーレスを褒める。

「先ほども少し触れたが、ホムンクルスは《魂》を錬成された時点である程度の常識や知識は持っているらしい。ならば当然、開発部長のことも知識にあったのだろう。そこからおそらく開発部長が、フェルディナント三世が子供のホムンクルスを作ったことを知っていることに気づいたのだ。だから——殺さざるを得なかった。最も真実に近いパーカーが、事件の真相に気づいてしまっては、自分の今後が危ぶまれる。下手をしたら今すぐにでも捕まってしまうかもしれない。だから殺したのだ。あるいは——開発部長が人体実験被験者の斡旋をしていたという知識もあり、そのせいで自分のような不幸な《魂》が生まれてしまった、と逆恨みをしていた可能性もなくはないが……そればかりは何とも言えない。いずれにせよ、新たなホムンクルスには、開発部長を殺害する十分すぎる動機があったのは事実だろうね」

　そこで一旦テレサは言葉を切り、改めて一同を見回してから、ボウ・アンド・スクレープ——右手を身体に添え、左手を広げてお辞儀をする。

「——以上で私の推理は終了だ。ご清聴感謝する。かくて起こった奇妙奇天烈な錬金術の怪事件は幕を下ろした。《神の智恵》の前に謎はなく、すべては神の御許において赤裸々にその身を曝すことになる。偉大なる錬金術師フェルディナント三世の《魂》は《アプス》へと戻り、いずれまたこの人の世に降臨することだろう。《トリスメギストス》——それは本来、《三重に最も偉大な者》を意味する。この称号こそ、まさしくフェルディナント三世に相応しい。紳士淑女の諸君、それまでどうか彼の偉業とその名をお忘れなきよう――」

朗々とそう告げて――王国の錬金術師テレサ・パラケルススは、不敵に笑った。

第8章　アルカヘストの錬金術師

1

高速蒸気列車からプラットフォームに降りたエミリア・シュヴァルツデルフィーネは、降り注ぐ陽光に思わず顔をしかめた。とっさに左手を掲げて庇を作り、急をしのぐ。

指の隙間からこぼれた日差しはもうすっかり夏の鋭さを獲得している。どうやら今年は春が短いようだ。夏があまり得意ではないエミリアは、できればもう少しの間だけでも春を満喫したかったが、さすがにそんなわがままを聞いてくれるほど神様も暇ではないらしい。

この季節、北部はまだ寒いので、結局エミリアは今年、満足に春らしい春を楽しめなかった。だが、そう思いどおりにならないのがまた人生なのかな、とも思う。そんなふうに思える分、少しだけ、ここ数日で成長したようだ。

目映いばかりの日差しに目を細めて、エミリアはここ数日のことを思い返す。

——事件解決から一週間が経過した。はっきり言って怒濤の日々だった。

テレサの推理どおり、母娘が港で渡した許可証が偽造であったこと、そしてダストシュートの内部に何者かが通り抜けたような埃の痕が見つかったことで、彼女の推理が正しかったと認められ、テレサとエミリアは無事に無罪放免とされた。

首に着けられていた危険な爆弾を取り外された瞬間、エミリアはようやくすべてが終わったのだと気づき、安堵のあまり腰が抜けてしまった。どうやら思っていた以上に、自分の置かれていた状況、そして首の爆弾にストレスを抱えていたらしい。テレサには情けないだとか軟弱だとか散々からかわれたが、そのときのエミリアはそんな軽口さえも心地良かった。

その晩は、デイヴィスの厚意によりまた会社に泊めてもらった。彼としては、メルクリウスに拉致されそうになったという余計なことを警察に言わなかったテレサとエミリアに莫大な借りを作ってしまった形になるので、全力でもてなしているつもりだったのだろう。肝心のテレサは特に何も感じていないようだったが、厚意はありがたく受け取ることにした。

ちなみに夜のうちに情報規制は解かれ、メルクリウス・カンパニィの錬金術師の死は瞬く間に世界中を駆け巡った。

やはり隣のバアル帝国には早々に情報が漏れていたようで、混乱に乗じて王国へ攻め込むための準備を進めていたらしい。しかし、思いのほか王国に大きな混乱がみられなかったためか、その計画も頓挫した。フェルディナント三世の死によって、奇しくもまた各国の錬金術師保有人数が一人ずつとなり、パワーバランスが保たれたという影響もあるのだろう。

ただし、錬金術師を失ったメルクリウス・カンパニィのダメージは甚大で、《エーテライト》の安定供給が滞ることによるアスタルト王国経済への影響は免れないだろう、とデイヴィスは疲れた顔で言っていた。少なくともこの件により、海上移動共和国ヤムからの関税引き下げ要求があり、王国の経済は大打撃を受けている。そしてそのあおりは当然メルクリウスへと向かうので、デイヴィス社長の苦難の日々はまだ続くようだ。拉致の一件がなければ多少同情的な気持ちにもなれたのに、とエミリアは少しだけ残念に思う。

翌日、かつてない爽快な目覚めのあと、エミリアは王都エテメンアンキに帰ることになった。テレサは事件協力のためもう少しトリスメギストスに残らなければならないらしく、そこでようやくエミリアはテレサのお守りから解放された。

「何かと小うるさいし気が利かないし軟弱だしで、きみはまったく私の好みではなかったが、それはさておきこの数日はなかなかに楽しかったぞ、エミリアちゃん」

別れ際、握手をしながらテレサはそんなことを言った。

「——僕も色々勉強させてもらいました。あなたはがさつで無神経で露悪趣味で、今まで会った中でも最悪レベルの人です。相変わらず僕は錬金術師が嫌いですが……でも、あなただけは嫌わないでいてあげます。そうしないと、あなたは全人類に嫌われてしまいそうですから」

そんな皮肉を返して、エミリアは一人トリスメギストスを出て湖を渡り、そこからディヴィスが手配してくれた航空機でエテメンアンキへと戻った。

取り急ぎ、軍務省の庁舎へ向かい、ヘンリィ・ヴァーヴィル局長に任務完了の報告をする。

最初はテレサを庇い、危険を冒して事件捜査に協力する、というエミリアの想定外の活躍に難色を示していたヘンリィだったが、メルクリウス・カンパニィの弱みを握れたこと、そして国内外のパワーバランスも一応正常に保てたことを評価して、当初の約束どおりエミリアを局長直下に引き抜くことを保証してくれた。ただし、錬金術をはじめとした神秘に関しては相変わらず否定的なようで、《アルカヘスト》が存続することは不満な様子であったが。

紆余曲折はあったが、どうにかすべてが上手くいったらしい。エミリアは胸をなで下ろしつつ、急いで本来の自分の任務地である北部戦線へと戻る。

数日ぶりの北部は、いつもと同じ平和な山奥だった。まるでこの空間だけ時間が止まってしまっているかのように錯覚してしまう。

そこでエミリアは、これまでついてくれていた部下たちに異動の話を告げた。彼らは残念がりながらもエミリアの栄転を喜んで、任務の最終日、これまでの収穫物を使って送別会を開いてくれた。

体力もなく口だけの上官だったが、意外にも部下には慕われていたらしいことをエミリアは初めて知る。

送別会の最中、配属からずっとエミリアを支えてくれていた補佐官のコリン軍曹は、ひげ面（づら）を酒と涙で濡らしながら無理矢理肩を組んできた。

「少尉はこんなとこにいていい人じゃねえってわかってたんですがね……こんなに早く別れるとなったら寂しいもんですわな……っ！　おい野郎ども！　少尉の栄転にいま一度乾杯だあ！」

おおーっ！　と野太い声が地鳴りのように響き渡り、本部に隠れて造っていた密造酒をみんなで浴びるように飲む。エミリアはあまり酒に強くないのでできれば勘弁してほしかったが、部下たちの気遣いが嬉しくてついつい深酒をしてしまい、いつの間にか意識を失っていた。

翌朝、狭い作戦司令室の中でむくつけき男たちが折り重なるように雑魚寝（ざこね）をしているという酷い光景の中、エミリアは酷い頭痛と吐き気で目を覚ました。始業時刻をとっくに過ぎていたが、どうせ誰にも文句を言われないだろうと、彼らを好きなだけ寝かせてやることにした。

二日酔いに苦しみながら、エミリアは自分の荷物をまとめる。一カ月という短い期間だったが、これまで経験したことのない様々な知見を得られたので、つらくはあったがきっと人生には必要な時間だったのだろうとしんみり思う。

それからようやく起床した部下たちに最後の別れを告げ、エミリアは再び列車に揺られて一路王都エテメンアンキを目指す――。

2

列車を降りたエミリアは、様々な想いを胸に抱きながら、第三合同庁舎に向かう。

向かった先は――情報局長執務室ではなく、地下のテレサのラボだった。

どうしても彼女に確認したい事柄があったのだ。

事件から一週間。ずっとそのことを考えていたが、それでも答えは出なかった。きっと自分には答えに至るための決定的な情報が欠けているのだろう。

まるで拷問部屋のような（事実そうだったのだが）、分厚い扉をノックする。予想どおり返事はなかったが、今度は気にせず中へと入っていく。

開いた瞬間、むわりと香るアルコール臭に顔をしかめながら、エミリアは歩を進める。

そうして案の定——勤務時間内にもかかわらず、ソファの上で酒瓶片手に酔い潰れる美しい錬金術師の姿を認める。

自然と口元に笑みが浮かぶ。最初は、こんなだらしない人間、軽蔑と憎悪の対象だったはずなのに、今はそのテレサらしさに安心感すら覚えてしまう。自分の心境の変化に戸惑いながらも、エミリアはテレサの肩を揺する。

「——先生、起きてください。そんなふうに酔い潰れては風邪を引きます」

「うーん……小うるさいやつめ……あと十分……」

「そもそも、若い女性が鍵も掛けずこんな無防備に酔い潰れること自体おかしいんです。もっと危機感を持ってください。軍部とはいえ、ここは男性中心社会なのですから」

「私に指一本でも触れた男は錬金術で爆散する術式を掛けてあるから大丈夫なのだ……」

「……僕、現在進行形で触ってますけど」

ひょっとしたら数秒後には爆散するかもしれない、と焦ったが結局何も起こらなかったのでどうせまたいつもの軽口なのだろう。

そんなことをしているうちに、テレサは長い睫毛(まつげ)を揺らしてゆっくりと瞼を上げる。

「……んあ、何をしておるのだ、エミリアちゃん……レディの寝姿を観察とは良いご趣味じゃないか……」

「勝手に酔い潰れていたほうが悪いです。ほら、お水どうぞ」

あらかじめ用意しておいたコップを手渡す。不承不承受け取ると、テレサは白い喉を鳴らしてそれを流し込む。

「――ふう、生き返った。……常々思うのだがな。人は、酔い潰れた朝、コップ一杯の水を飲むために生きていると言っても過言ではないな」

「それは明らかに過言でしょう」ため息交じりに言ってから、エミリアは居住まいを正す。

「一週間ぶりになりますが、お元気そうで何よりです」

「ああ、もうそんな経つのか……年を取るとどうにも時間の感覚が狂っていかんな……」

テレサは寝起きで乱れた頭を無造作に掻く。「きみは息災だったかね？」

「ええ、おかげさまで。無事に明日から本庁勤めになりました。ですので、もののついでに先生にもご挨拶をしておこうかなと思いまして。別に特に何もお世話にはなっていないのですが、一応念のため」

そう言って、エミリアは持参してきた少し良い樽出しの蒸留酒のボトルをテレサに差し出す。

「――一応、約束でしたからね。僕の栄転の記念として受け取ってください」

「……子犬のように律儀だなあ」テレサは感心したように呟く。「まあ、ありがたく受け取っておこう。それに私としても恩に着せるつもりはないが、きみの栄転を労ってやろうという気持ちがないわけでもない。仕方がないから特別に紅茶でもご馳走してやろう」

のっそりとソファから立ち上がり、テレサはフラスコやらアルコールランプやらを駆使して手早く紅茶を淹れて戻ってくる。テレサに何かをしてもらう、という経験が初めてのことだったので戸惑いながらもエミリアはカップを受け取る。

格調高い香りの紅茶だった。味もとても好みだ。

「――人間性は最悪ですけど、基本的に先生は趣味が良いですよね」

「最高の褒め言葉だ、ありがとう」

エミリアの皮肉もまるで意に介さず、テレサは上機嫌に猫のように丸い目を細めて、淹れたばかりの紅茶を美味しそうに啜った。

しばしの沈黙。せっかくなのでエミリアは世間話のつもりで雑談を振る。

「――しかし、大変な事件でしたね」

「事件？　ああ、フェルディナント三世のあれね。まあ、なかなかに迷惑な話だったな」

まるで数年まえの出来事のように言ってから、テレサはくつくつと笑う。

「それにしてもあの警部殿の顔は傑作だったな。まるで罠に掛かった狐のようだったぞ」

言われて思い出すが、テレサの推理の途中、警視庁のエリート警部は何度も眼鏡がずり落ちそうなほど顔をしかめ、最終的には放心してしまっていた。

「からかっちゃ悪いですって」一応エミリアは窘(たしな)める。「それにクルツ警部の気持ちもわかります。あんな非常識な事件、本当に前代未聞だと思いますし」

「――あのときの私の推理、エミリアちゃんはどう思った？」

「……僕？」不意に水を向けられエミリアは戸惑う。「そう、ですね。認めるのは些か癪(しゃく)ではありますが……素直に感心しました。あんな常識外の事件、きっと先生以外には解けないと思います」

「おお、嬉しいことを言ってくれるじゃないか」テレサは上機嫌にそう言ってから、唐突に口元を歪めていやらしく笑う。

「でもね、あれ全部デタラメなんだ」

3

「…………は？」

エミリアは言葉を失う。突然何を言い出すのだ、この人格破綻者は。

そんなエミリアを見て、テレサはにやにやと悪趣味に笑う。

「いいなあ、その顔。写真に収めて取っておきたいくらいの間抜け面だ。やはりあんないけ好かないエリート男よりも、ピュアボーイのエミリアちゃんのほうが百倍いい顔をするな。うん、今この瞬間のためだけでも、あの嘘をでっち上げただけの価値があったな」

満足そうに何度も頷いてテレサは再び紅茶を啜る。

腹立たしいほど絵になるその仕草に、エミリアはようやく言葉を取り戻す。

「ちょ、ちょっと待ってください……。え、なんです？　つまり、どういうことなんです？　じゃあ、あのときの推理は――」

「全部嘘っぱちだ」

口の端を限界まで吊り上げてテレサは笑った。

「大体考えてもみろ。《魂》を作ったり消したり自由自在にできるのであれば、《魂の錬成》の実演に際して、別に新しいホムンクルスなど作る必要はないのだ。アルラウネの《魂》を一度消し去って、その後公開式で改めて《魂》を錬成してやればいいだけの話だからな。つまり――そこだけを根拠にしても、あのとき私が話した推理は道理に適っていないのだ。机上の空論、ってやつだな」

テレサの言うことは理解できたが、それでも何が言いたいのかエミリアはピンと来ない。

困惑するエミリアを心底楽しそうに見やり、テレサはティーカップ片手に語り出す。

「まあでも、完全に嘘というわけではない。実際、あの晩、新たなホムンクルスがいたのは事実だろう。そしてそのホムンクルスが子供サイズだったことも間違いない。論理的に考えて、そうでなければあの密室が解けないわけだからな。実際、証拠も出ているわけだから、そのあたりは事実と見ていいだろう。でも——それ以外は全部嘘だ。私の創作だな。なかなかに衝撃的な出来だったろう？」

テレサは意味深な流し目を向けてくるが、エミリアは何も答えられない。それよりも彼の頭は必死に今の話を整理している。子供のホムンクルスがいたことは事実で、それ以外が全部嘘というのはいったいどういう意味なのか……。

考えたところで答えなど出るはずもない。エミリアは黙ってテレサの話に耳を傾ける。

「では何故、わざわざ危険を冒してまであんな嘘の推理を披露したのか。まあ、気まぐれだったり、あのいけ好かない警部殿をからかってやりたかったりと、色々な副次的な理由はあるが……その中でも特に大きなものは、やはりフェルディナント三世への敬意だろうな」

「敬意、ですか……？」

「そうだ。何せあの男はこの私を最後まで見事に騙くらかしてみせたのだからな」

思いがけないテレサの言葉にエミリアは首を傾げる。

「……騙くらかす？　先生を？　いったい、何の話ですか？」

「ふむ……初めから説明しようか」テレサは細長い人差し指を立ててくるくると回し始める。

「いつかも言ったと思うが、今回の事件の最大の謎は、密室でも犯人でもなく、何故犯行に錬金術を用いたのか、何故不可能犯罪を演出したのか、何故あの特異な日を選んだのか、という点だ。先日私が披露した新たなホムンクルス犯人説は、それなりにこれらの点を上手く説明できたつもりだったが、所詮は机上の空論だから、これらについてまた新たに考察しなければならない。と、そこで一つの疑問が湧く。フェルディナント三世はそもそも何故、子供型のホムンクルスなど作ったのだろうか？」

「それはその……彼は小児愛好家だったと、先生が……」

「そんな戯言(ざれごと)を真に受けるなよ」テレサはこれ見よがしにため息を吐く。「よしんばそうであったとしても、都合良くあんな狭いダストシュートを通れるサイズで設計するのは、偶然が過ぎるだろう」

「つまり、初めからホムンクルスは、あのダストシュートを通れるように作られていた……？」

「そのとおり。では、それは何のためだろうか。これは難問だったが、結局のところ答えなんて一つしか考えられない」

テレサは断定的に告げた。

「工房から逃げ出すためだよ」

その意味がわからず、エミリアは一瞬黙り込む。

「――ま、待ってください。工房から逃げ出す？　誰が？　何のために？」

「誰って、フェルディナント三世に決まってるだろう」まるで当たり前のことのようにテレサは言った。「それが論理的帰結というやつだ」

「……おっしゃることは理解できます」エミリアは渋々頷く。「フェルディナント博士は、確かにあの工房に三十年間軟禁されていましたから、彼が逃げ出したいと思うのは当然の思考です。しかし……それと子供のホムンクルスがどういう関係にあるのですか……?」

「うむ、そこが思考の飛躍が必要な点なのだがね」どこか楽しそうにそう言ってから、テレサは突然話題を変えた。「ところで、エミリア。きみはフェルディナント三世を見て、何か違和感のようなものを抱かなかったか? 特に前夜祭での彼の姿にヒントがある。彼の行動には、一貫して不自然な点があると思わないか?」

「急に言われても……」

エミリアは目を瞑って前夜祭の様子を思い出してみる。

前夜祭のフェルディナント三世……少なくともあの時点では、何かを不自然とは感じなかったはずだ。確か彼はアルラウネとともに来場者に挨拶をして回り、ときおり錬金術を披露して、最後には壇上で演説を——。

「——そういえば」

思いがけず脳裏をよぎったささやかな疑問。

見ていた限り前夜祭では、フェルディナント三世は誰にもアルラウネのことを紹介していなかったはずだ。アルラウネは常にフェルディナント三世の背後に控え、空気の読めないその圧倒的な無表情で周囲の人間を不気味がらせてすらいた。明らかに――あのパーティでアルラウネの存在は浮いていた。あの場は彼にとって社交の場のはずだ。それはあのときの切り替えられた彼の社交的な人格からも明らかだ。各地の有力者たちと顔を繋ぐ大切な儀式に得体の知れないアルラウネを常に同行させていたというのは、改めて考えてみればとても不自然な行為に思える。

だが、その不自然さの意味まではわからない。

素直にそう告げると、テレサは意外にも穏やかに微笑んだ。てっきりまた皮肉の一つでも飛んでくるものと覚悟していたため拍子抜けだった。

「では、逆に聞こうか。アルラウネとともにいなかったとき――特に一人で演説をしたときのフェルディナント三世はどうだった？」

「どう、と聞かれましても……」エミリアは答えに窮す。「普通、でしたよ。ちょっと芝居がかってはいましたけど、一般人向けの演説としてはなかなか堂に入ったものでした」

「ちなみに、演説中に一度でも錬金術を披露したか？」

「――いいえ」エミリアは記憶を探って首を振る。

「挨拶回りで気まぐれに錬金術を披露するくらいなら、演説中に金の延べ棒でも錬成したほうが、普通に考えて会場が盛り上がるのではないか？」

「それは……そうかもしれませんが……」

「では何故それをしなかったのか。ここで一つの仮説を立ててみよう。演説中のフェルディナント三世は、錬金術を披露したくてもできなかった、と」

「披露したくても……できなかった……？」意味がわからずエミリアは首を傾げる。

「そう。では何故できなかったのか。演説まえと違う条件とは何か。エミリア、きみならわかるはずだ」

試すように、テレサはエミリアをじっと見つめる。

黒瑪瑙のような深い彩りを持つ瞳に射止められ、少しだけ鼓動を速くしながらエミリアは考える。

「——強いて言うなら、アルラウネさんが近くにいなかったことくらいですが」

「では、何故アルラウネが近くにいなければ錬金術が使えないと思う？」

「それは……」エミリアはまた考える。思考の道筋は合っているはずだ。だからあとはその疑問に論理的な結論を結びつけるだけ。「……荒唐無稽なことを言いますけどいいですか？」

「構わん。何でも言いたまえ」

「じゃあその……本当に馬鹿げた仮説なんですけど……錬金術を使っていたのが実はアルラウネさんだった、とか……？」

言ってから、また馬鹿にされる、とエミリアは身構えた。

しかし返ってきたのは予想外の言葉だった。

「エミリアちゃんもなかなか自由な発想ができるようになったじゃないか。会ったばかりの頃は、クソ真面目さだけが取り柄の朴念仁で見所がないと思ったが、ちょっと目を離した隙に私好みに歪んできたな」

テレサはどこか嬉しそうに、褒めているんだか貶（けな）しているんだかわからないことを言う。

「きみが馬鹿げているとして一度棄却しようとしたその仮説こそが、この厄介な事件を解くための重要な鍵なのだ」

「……鍵？」

テレサの言っていることをエミリアはまだ理解できない。そもそも、錬金術を使っていたのがフェルディナント三世ではなくアルラウネである、というのが意味不明なのだ。彼としては、論理的に考えればそういう仮説が導き出せないでもない、という極めて消極的な妄言のつもりだったのだが……。

「ヒントは開発部長の言葉にあったのだ」テレサは揚々と続ける。

「フェルディナント三世の遺体を発見したまさにあのとき、開発部長がいったい何と言ったか覚えているか？」

「……いえ、さすがにそこまでは」

「あのとき彼はこう言ったのだ。『博士、お願いです……目を開けてください……』と」

「それのどこがヒントなのですか？　別段、不思議なことはないような……」

「**フェルディナント三世は目を見開いて死んでいたのに**？」

その言葉で。

エミリアは、彼の死に様を思い出し、全身が総毛立った。

（ああ……くそ……なんてことだ……！）

今でも鮮明に覚えている。

両腕を破壊され、巨大な黄金の剣で壁に縫い止められたフェルディナント三世の遺体。

その双眸はこの世の未練のように虚ろに開かれ、何かを見つめていた。

対して。

彼の足下に転がっていたバラバラにされたアルラウネは、その双眸を閉じていた――。

「**アルラウネさんこそが**、**フェルディナント三世だったってことですか**……っ！」


エミリアの言葉に――。

王国の錬金術師テレサ・パラケルススは、あの日のように凄絶な笑みを浮かべた。

「――それが《神の智恵（グノーシス）》の導きだ」

4

エミリアは言葉を失い、思考はこれまでの体験を高速で想起し始める。

あの晩、テレサは放心したように呟いた。「すべては逆だったのだ」と。彼女の呟きは、そのままの意味だったのだ。

「――では、ここで改めて状況を振り返ってみようか。アルラウネの正体がフェルディナント三世だった、と仮定した場合、ホムンクルスの中身――つまり《魂》がフェルディナント三世のものであった、と考えられる。錬金術の才能は、《魂》に与えられるものだから、たとえ『器』が変わったとしても、問題なく錬金術は行使できるはずだ。無論、これまで誰も実験したことのないものだから、あくまで仮説でしかないが……。おそらくフェルディナント三世は、《第四神秘・魂の解明》の第二ステージである《魂の操作》により、自身の《魂》をホムンクルスの中に移したのだろう。こうして外見は女性型ホムンクルスで、《魂》はフェルディナント三世という、奇妙な錬金術師が誕生した」

前夜祭でアルラウネは言っていた。まっさらで何の情報も存在しない《肉体》が存在すれば、《魂》の入れ替えは可能である、と。そして錬金術の才能は、《魂》に規定された情報であるとも言っていた。

あるいはあれは、さり気なくエミリアにヒントを与えていたのかもしれない。無論、今となってはただ想像するしかないのだが。

「ま、待ってください！　博士は《魂の錬成》により、《第四神秘》を完全解明したと言っていました！　ですが、実際には《魂の操作》が行われていただけだったということは……」

「そう、フェルディナント三世はまだ、《第四神秘》の完全解明には至っていなかったのだ」

信じて疑わなかった前提が次から次へと崩されていき、エミリアは目眩がしてくる。

「では、あのフェルディナント三世を名乗る青年は……？」

「実験協力者として工房に連れてこられた浮浪者だろうね」事もなげにテレサは言った。

「つまり本当は、人体実験など行われていなかったのだ。実際には、身寄りのない浮浪者を工房に招き入れて、フェルディナント三世直々の面接が行われていたのだろう。顔もある程度は若い頃の自分に似ている必要があるし、何より自分の影武者を演じさせるのであれば、それなりに知性がなければならない。それを推し量るための面接が何度か行われた。そして彼は、見事その面接に合格した元浮浪者の青年なのだろう」

「……ならば、あの廃棄物処理施設から発見された人骨は？」

「浮浪者のものでないのなら、老いたフェルディナント三世本人のものだろう」テレサは当たり前のように断言する。「《魂》をホムンクルスに移してしまえば、老いた肉体などもう用済みだからな」

「……では、工房から戻ってきた人が何も覚えていなかったという話は……？」

「面接をしていたという事実を外に漏らされるのは都合が悪いからね。きっと何らかの薬品を使ったのだろう。化学の博士号を持っている彼ならば、薬の調合などお手のものだろう」

エミリアは言葉を失う。本当に……現実すべてがひっくり返ってしまいそうな恐怖を覚える。

「無事に影武者が見つかったので、フェルディナント三世は、一旦彼に錬金術的な教育を与えた。元々頭が良かったのだろう。すぐに影武者は、フェルディナント三世を模倣できた。あるいは……色々と芝居がかっていたし、見た目も良かったから、落ちぶれた元役者という線もあるかもしれない。まあ、そのあたりは今さら知るよしもないがね。とにかくすべての事前準備が整ったある日——フェルディナント三世は、アルラウネに《魂》を移し、そして代わりに青年はフェルディナント三世に成り代わった。開発部長は、これをすべて知っていたわけだな。だからあのとき、とっさにアルラウネに呼びかけてしまった」

「し……しかし、何のためにそんな回りくどいことを……？」

何故、《第四神秘》の完全解明に成功したなどと嘘まで吐いて、そんな面倒くさいことをしなければならなかったのか。

「決まっている」

テレサは何も不思議なことなどないというふうに、平然と答えた。

「すべては公開式前夜のあの夜、工房から逃げ出すためだ」

5

「――では、正しい前提条件を共有できたところでいよいよ本題に入ろう」

テレサは興が乗ってきたように両手を摺り合わせる。

「フェルディナント三世はアルラウネに成り代わり、周囲に知られることなく擬似的な不老不死を獲得した。そして浮浪者だった青年は稀代の錬金術師を演じることで、仕事と地位と名誉のすべてを一身に集めるようになった。必要なときには、彼の後ろでアルラウネが錬金術を使ってやればいい。お互いの利害が一致した関係と言えるね。まあ、彼はいずれ無残にも殺されてしまう運命にあったわけだが……」

エミリアは一度紅茶を啜る。いつの間にかすっかり冷えて渋くなってしまっている。

「とにかくそんな新しい生活が始まって、最初に行うのはやはり新たなホムンクルス素体の開発だろう。周囲には《第四神秘》の確認実験と偽り、自身の脱出計画のためにアルラウネは着々と準備を進めた。影武者青年という優秀な助手を獲得したこともあり、きっと素体開発は彼が思っていた以上に順調に進んでいったはずだ。そうして一年が経過した頃――無事に子供型のホムンクルス素体が完成した。彼はこれを一旦作業場の奥に隠しておき、改めて開発部長や社長に《第四神秘》公開式を打診した」

「……パーカー開発部長は、新型素体のことを知らなかったのですか？」

「新型を作っていたことは知っていたかもしれないが、それが子供型だったことは知らなかっただろうね。あまり余計な情報を彼に与えてしまうと、真相に気づかれてしまう恐れがある」

まるでエミリアの疑問を予想していたかのように、テレサは平然と答える。

「そうして――運命の夜がやってきた」

エミリアは無意識に唾を飲み込む。いよいよ、混沌とした事件の闇が暴かれる――。

「前夜祭が終わり、工房に戻ったアルラウネは、まず公開式のリハーサルと称して、新型素体に再び自身の《魂》を移し替えた。それから隙を見て、影武者青年の両腕を錬金術で破壊した後、黄金像を黄金剣に変成して彼に突き立てて殺害した」

「……両腕を破壊した理由は、影武者青年が錬金術師であったことを偽装するためですか……？　両腕が破壊されていない状態の錬金術師を殺害することは不可能云々っていう」

「それも理由の一つだが、それよりも大きな理由が二つある」

そう言ってテレサは人差し指を立てる。

「一つめは、フェルディナント三世の左手にあった《神印(ディンギルいん)》を確認できなくするためだ。あくまでも影武者なわけだからな。遺体を調べられたらすぐに本人でないことがバレてしまう」

次いで中指も立てる。

「二つめは、遺体の指紋を確認できなくするためだ。彼は両手に手袋をしていたね。術式が書かれていたので錬金術に必要なものなのかと思わせておいて、その実何てことはない。彼の指紋を室内に残さないための対策にすぎなかったのだ。あるいは、彼が錬金術を行使する際、大げさに両手を動かしていたのも、背後のアルラウネから意識を逸らすためのパフォーマンスだったのかもしれない。実際、錬金術を行使するきみなら、あの大げさな動作にさして意味がないことくらいはわかるだろう？」

「……それは、まあ」

テレサの指摘の正当性に、エミリアは頷くほかない。エミリアの場合は、錬成するものに実際触れるか、あるいは視認することで《エーテル》を操作して錬金術を行使する。事前の儀式的な動作など一切必要ない。ただ、このあたりは術者によるので、一概に不要とは言い切れない。なかには意識を集中するためのキーアクションとして何らかの動作を必要とする術者もいるだろう。

このまま言いくるめられるのも面白くないので、別の方向から反論を試みる。

「しかし、三歳児程度の大きさのホムンクルスが、あんな大の大人でも取り扱いに難儀しそうな大きな剣で影武者青年を刺し殺した、というのは、ホムンクルスの腕力が見た目と無関係とはいえ、やはり違和感が残ります」

「うん、その違和感は正しいと私も思う」テレサは同意を示す。「メルクリウスでの解決のときには上手く誤魔化せたが、やはり三歳児程度の子供には黄金の長剣は扱いが難しいだろうな。いくら腕力があっても、てこの原理には逆らえない。たとえ持てたとしても、バランスを保つことさえ難しかっただろう」

「なら――」

「しかし、この場合は関係がないのだ」テレサは柔らかく微笑む。「何故なら、ホムンクルスの中身は錬金術師であり、黄金像を剣に変成した際の余剰エネルギィで、剣自体を直接打ち出せるのだから」

言われてエミリアは思い出す。現場検証をした際、テレサは今と同じことを言っていた。

一つずつ、丁寧に。混沌は晴らされていく。その果てに残るのはいったい何なのか――。

「彼を壁に突き立てて殺害した瞬間、壁の物理破壊が認められて警報が鳴り響いた。あまり時間はない。フェルディナント三世は、以前の女性型の素体を遺体の足下に運び、再び変成術で破壊した。こうすることで表向きにも、そして開発部長に対しても、フェルディナント三世が完全に死亡したことをアピールできる。あとは、ダストシュートから脱出すればすべて完了だ」

「……ではその後、パーカー開発部長を殺害したのは……？」

「念のための口封じだろうな。彼は、フェルディナント三世の入れ替わりの秘密を知っていた。万が一ということもある。新型素体に入れ替わってからのフェルディナント三世最大の懸念事項は、開発部長の殺害方法だったと予想するが、幸いにも彼は事件後体調を崩して自宅へ帰ってくれたので、そのへんはやりやすかったことだろう。下手に会社に籠もられたら、殺すものも殺せないからな。あるいは、小心者の彼の性格を利用してわざと特大の秘密を共有させることでストレスを与え、事件後の体調不良を誘発したとも考えられるが……まあ、それればかりは推測の域を出ない。いずれにせよ、開発部長殺害は苦もなく成し遂げられたのだろう。彼の家の鍵などその辺の木材から錬金術で作ってしまえばどうにでもなるし、一度忍び込んでしまえば、小さな身体を駆使して室内に隠れつつ、殺害の隙を窺うことも容易だったはずだ。そして最後に、偽造しておいた許可証を使ってトリスメギストスを脱出すれば、彼の計画はすべて完了だ。母親役が見つかったのは、わりと奇跡的な幸運だったと思うがね」

そこでテレサは目を瞑り、一度ゆっくりと首を振った。

「——そうして私が真相に気づいたときにはもう、すべては終わっていた。あの天才に、してやられたのだ。だから私は、彼に敬意を払い、彼が死んでいるという前提で、偽りの推理をでっち上げることにした」

「それが……真実なのですね……」

　放心したように呟く。エミリアなど初めから、盤上のちっぽけな駒にすぎなかった。壮大なフェルディナント三世の計画に抗(あらが)うことなど、できるはずもなかったのだ。

　唯一の例外と言えば、彼同様に至高の知性を持っているテレサくらいで――。

　そこまで考えて、エミリアはある疑問に思い至る。

「しかし……ならばそもそも何故、公開式なんて計画したのですか？　別にそんなことをしなくても、勝手に子供型の素体を作って、勝手に影武者を殺し、勝手に女性型素体を破壊して、勝手にダストシュートから逃げ出せば、自身の死の演出と逃走という二つの目的を果たせます。わざわざ事を大きくするのは、いたずらに関係者を増やすだけであまりスマートとは思えませんが……」

「それはたぶん、ちょうど子供型素体が完成したタイミングで、王国に新たな錬金術師が配属されたという情報を入手したからだと思う」

　意味不明な切り返しだった。エミリアの疑問に対して何も答えていないようにも思える。

　眉をひそめるエミリアに、テレサは優しく語る。

「つまりね、フェルディナント三世の目的は、王国の錬金術師――つまりこの私を事件そのものに巻き込むことだったのだ」

「……どういう、意味です？」エミリアは慎重に尋ねる。

「さっきも言ったが、今回の事件の最大の謎は、何故犯行に錬金術を用いたのか、何故不可能犯罪を演出したのか、何故あの特異的な日を選んだのか、という点だ。例えば、事前に用意しておいたナイフで影武者を殺し、両腕は爆発物などで破壊して、女性型素体は適当な工具で壊してしまえば――そもそも錬金術師や変成術師に容疑者を限定することなく事件を終わらせることができたのだ。どれも、別に難しいことではない。にもかかわらず、あえてフェルディナント三世は、犯行に錬金術を用いた。あるいは犯行後、壁に地上と地下を繋げる抜け穴のようなものを作っておいても良かったのだ。そうすれば錬金術師か変成術師による普通の犯罪として処理されただろう。にもかかわらず、あえてフェルディナント三世は、わざわざ三重密室内の不可能犯罪を演出した。そして何より、いつでもいいはずの実行日を、わざわざ公開式前夜に設定した。そんな理由は――一つしかない」

そうしてテレサは、穏やかな光を瞳に湛えたまま告げた。

「あの日、あの時間にしかこの私があの場にいなかったからだ。つまりすべては、私を事件に無理矢理巻き込むための策略だったのだよ」

自信に満ちた様子で断言するが、エミリアはテレサの言葉の意味が今ひとつ理解できない。

「……それは、先生に罪を着せるつもりだったということですか？」

「いや、そうじゃないのだ……。つまりね――私に事件を解かせるために、あえて私に容疑が掛かるような演出をしたのだ」

「先生に……事件を解かせる……？　何のためにそんな回りくどいことを……？」

やはりエミリアにはよくわからない。諭すようにテレサは続ける。

「フェルディナント三世がそもそも何故、居心地の良かったはずのメルクリウス・カンパニィから逃げ出そうと思ったのかはわからない。あるいは理由なんてなくて、逃げ出せる方法を思いついてしまったから、ただそれを実行しただけなのかもしれない。これは、卵が先か鶏が先かという話同様、考えるだけ意味のないことだ。だが、難題に挑みたがるのは人の常でもある。きっとかつて自分が設計した完璧な三重密室から、抜け穴を作るような力業ではなく、奇跡のように逃げ出す方法を考えたかったのだろう。そうして――ついにそんな奇跡を思いついてしまった。脱出のためにわざわざダストシュートが通れるサイズの子供型素体を用意したのは、きっとそんな理由があったのだろう」

それはテレサの希望のような想像だったが、その対象がフェルディナント三世という稀代の天才であることを考慮すれば、恐ろしいほどに合点がいく。

「しかし、綿密な計画を立て、用意周到に準備を進め、ようやく計画実行の見込みが出てきた矢先、王国にもう一人の錬金術師が現れた。――つまりこの私だな。そんな情報を聞きつけて……彼はふと、ただ逃げ出すだけでは物足りなく思ってしまったのだ」

「……物足りない？」

「うむ。彼の計画は完璧だった。実行すれば間違いなく、自身は最高難度の三重密室から逃げ出しつつ、世間ではフェルディナント三世の不幸な死が周知される。まさしく目論見どおりだ。だが彼は、自分に比較的近い、手の届く範囲に私という自分とは異なる天才がいることを知ってしまい――欲を出してしまった。完全無欠の自身の計画を、自分ではない誰かに暴いてほしいという欲が」

エミリアはふと、綺麗な顔をした無表情のメイドから言われた言葉を思い出す。

『――年を取ると人恋しくなるそうです。特に閣下は天才で……理解者がいませんでしたから。ですから、パラケルスス大佐という無二の理解者を得られて嬉しいのです。あのとき工房で閣下が語った言葉……あれはまぎれもなく閣下の、フェルディナント三世の本心です』

そういうことか――と、エミリアは遅まきながらすべてを理解する。

天才ゆえの孤独を埋めるために、別の天才を無理矢理巻き込んだ。

今回の事件の根本的な動機。

それは子供のようにわがままで、この上なく純粋な――一つの願い。

真の意味で誰にも理解されなかった天才が、人生で初めて、真の意味で理解してもらえるかもしれない、そんな機会に恵まれたがための――ささやかな利己主義(エゴイズム)。

胸のつかえが、すとんと落ちたような気がした。不思議な清々しさを覚える。

「――何が真実かは、きみがきみの都合で決めれば良い。今の推理はあくまでも私が勝手に考えた仮説に過ぎない。証拠など何一つない。あるいは、やはりあの夜に騙(かた)った推理こそが真実である可能性もゼロではない。いずれにせよ――真実なんてものは、観測者の自己都合で決められる主観的に妥当な可能性の一つに過ぎないのだよ」

そう言って、テレサは紅茶を啜った。すっかり冷めてしまっていたためか、彼女は顔をしかめる。

「――ところで、そもそもきみは何をしに来たのだ？」根本的なことをテレサは改めて尋ねてくる。「まさか本当に挨拶ついでに立ち寄ったというわけでもあるまい」

色々と衝撃的な事実が重なり、一瞬エミリアは自分がここへ来た理由が思い出せなかった。数秒の沈黙の後、ようやく本来の目的を思い出す。

「……実は、一つだけどうしてもわからないことがあって、それを聞きに来ました」

「へえ、それは殊勝なことだ」テレサはどこからともなく取り出したミルクを、冷めてすっかり渋くなった紅茶に混ぜながら、気のない様子で応じる。「何がわからないのだ？」

「――あの日の夜のことです」エミリアは一週間まえの夜を思い出しながら尋ねる。「僕が錬金術師であるとお話ししたとき先生は、僕と先生はまったく真逆の似たもの同士、というようなことをおっしゃいました。覚えていますか？」

「うん、もちろん」テレサは細長いスプーンで紅茶を混ぜながら答える。「あれが事件解決のヒントになったわけだからな。よく覚えてる。それがなんだ？」

「よく考えると……意味がわからないと思いまして。確かに先生は不真面目だし、僕はどちらかというと真面目なので、真逆といえば真逆かもしれませんが、反対の共通項なんてそれくらいなのに『まったく真逆の似たもの同士』というのは意味がよくわかりません。強いて言うなら、男と女、というのも真逆の要素ではありますが……」

「女なのに男装をしている私と、男なのに女の名前を持つきみは、真逆の重要な理由になると思うが？」すかさずテレサは切り返す。

「そちらはたぶん『真逆』ではなく『似たもの同士』というほうの要素でしょう。いずれにせよ、表現の不自然さは拭い去れません」

少しだけ身を乗り出して、テレサの顔を覗き込む。

「それに、あのとき先生は何かを言いかけました。おそらくあのときの口ぶりから言ってそれは、先生にとって秘密にしておかなければならないとても大切なことのはずです。あのとき、本当は何を言おうとしていたのか。どうしてもそれがわからなくて、今日はここへやって来ました。まあ結果的に、そのまえに重量級のパンチで滅多打ちにされた気分ですけど」

エミリアは苦笑する。しかし、テレサは思いの外真面目な表情を浮かべていた。

「大したことはない。きっときみの思い過ごしだ。それに私のことだからもしかしたらまた口から出任せできみを煙に巻いてしまうかもしれない。それを踏まえた上での質問か？」

「そうですね、それならそれで構いません」

自分でも意外なほど穏やかな気持ちで答える。

「後顧(こうこ)の憂いさえなくなれば、僕は満足です」

至近距離で見つめ合ったまま、無言の時間が流れていく。

いったいどれだけの時間そうしていただろうか。不意にテレサは視線を逸らして表情を和らげた。

「——いいだろう、降参だ。きみはあれだな、真面目で従順に見えて、実は割と我が強いな」

「そうですね、目的のためなら手段を選ばないタイプです」

「まあ、実際のところきみには恩義もあるし、それに私はきみの最大級の秘密を一方的に知ってしまった。このまま、というのも平等ではないだろう。だから私も、一つだけ最大級の秘密を教えてあげよう。それでこそ平等だ。きみも、私に秘密をバラされるのではないか、と不安で眠れない夜を過ごすこともなくなるだろう」

「別にそんな不安はないですけど……」エミリアは苦笑する。「でも……そうですね。何にでも保険は必要です。ええ、せっかくなので先生の秘密を一つ教えてください」

「では、とっておきの秘密を教えよう」

それからテレサはそれまでの弛緩した空気を一掃し、急に真面目な顔を浮かべて言った。

「実は私はね――錬金術師ではないのだ」

6

突然、空気の密度が大きくなったような、重苦しい沈黙が一帯に満ちたような気がした。

エミリアは現実を正しく認識できない。もしかしたら自分は今夢でも見ているのかもしれない、と半ば本気で考え始めるほど、彼は混乱していた。

何故ならテレサは――どう考えても錬金術師だ。錬金術師にしか視認できない《エーテル》を視認できるし、何より錬金術師の証である《神印(ディンギルいん)》も持っている。それに《アルカヘスト》編成まえには、女王陛下をはじめとした数名の目の前で錬金術を披露したとも聞く。

　確かにエミリアは、実際その目で彼女の錬金術を見たわけではないが……それにしても、実は彼女が錬金術師ではなかった、などとは到底思えない。

　あるいは、いつものたちの悪い冗談なのかもしれない。わずかな期待を込めてテレサを見やるが、彼女は至極真面目な表情のまま続ける。

「今代の、本当の錬金術師の名前は、マリアフラストゥス・ボンバストゥス・フォン・ホーエンハイムという。私の——妹だ」

「……ま、待ってください……さすがに……理解が追いつきません……」

　呻くように、エミリアは声を上げる。それでもテレサは淡々と話を続ける。

「今から十六年まえ、妹は《異端狩り》によって殺された。そのとき私も、命を落としかねないほどの重傷を負った」

「……お願いします、少しだけ……心の整理をする時間をください……」

「私は身体のいたるところを損傷していてな、妹の身体の一部を移植することで、私は奇跡的に命を取り留めた。この右眼も、その一つだ」

　そう言って、彼女は右眼を緋色に染める。ルビーのように鮮やかな瞳には、ぼんやりと黄金色の紋様——《神印(ディンギルいん)》が浮かんでいる。

「移植に生体錬金術を使ったために、妹の一部と私は細胞レベルで融合してしまった。そのために——私の右眼は彼女が見ていた景色を、つまり《エーテル》を視認することができるようになった。それ以外は、何てことはないただの一般人だ。錬金術など当然使えるはずもない」

「わ、わかりました……そこまでは、何とか理解しました」まるで酩酊したように気分が悪くなる中、それでもエミリアは必死に思考を巡らせて尋ねる。「しかし……あなたは実際に錬金術を披露して軍に入ったのではないのですか……？」

「あんなものはトリックだ」悪びれることなくテレサは言った。「金の周りに薬品で溶解する卑金属を付着させた塊をあらかじめ用意しておいてな。これ見よがしに坩堝の中でかき混ぜて金だけを取り出してやったのだ。女王陛下を騙すのは心苦しかったが、幸いなことに彼女は私のファンになってくれたようで、こんな簡単なトリックでも、女王陛下のお墨付きのおかげで思いの外、上手くいった」

明るみに出たら火炙りにされるだけではすまないようなことを、テレサは平然と言ってのける。エミリアはもう、この錬金術師が恐ろしくて仕方がない。

「だがまあ、そんな雑な軍部入りだから、なかには私に疑いの目を向けている者もいてな。情報局長のヘンリィ・ヴァーヴィルなどその筆頭なのだが。おかげで、今も私はなかなか肩身の狭い思いをしている」

「……錬金術師を騙ることは重罪で、明るみに出たら即処刑であることはご存じですか…

……？」

「当然だ」テレサは強い意志を滲ませて頷く。「それでも私は、軍部に、国の中枢に近づかなければならなかったのだ。妹の、マリアを殺した錬金術師の正体を探るために」

エミリアは震える。それはまさに、彼自身が軍部に潜り込んだ動機と同じだったから。

「い、妹さんを手に掛けたのは……錬金術師だったのですか……？」

「――ゾシモス・オアンネス。それが私の仇の名前だ」

テレサは憎しみに顔を染め、血を吐くように呟く。

「公的には、どの国にも組織にも属していない流浪の錬金術師ということになっている。やつは《異端狩り》の黒幕としてセフィラ教会から特別指名手配されていてね。おそらくは……エミリアの母君を手に掛けたのも、この男だろう」

「…………っ！」

無意識にエミリアは奥歯を噛み締める。ずっと探していた、しかしまったくその気配すら掴めなかった仇の情報が、突如として舞い込んできた。鼓動が逸る。憎くて憎くて、視界が赤らみ始める。

「――だが、現状はそれくらいしかわからない。私だって今すぐにでも八つ裂きにしてやりたいが、現在どこにいるかもわからないのだから仕方がない。だから私は、自分の命を賭して、《エーテル》を視認できるというただそれだけの特技を武器に、軍部に潜り込んだ。そしてきみも——似たようなものだろう？」

テレサは柔らかな視線を向けてくる。とても穏やかな、まるで凪のような瞳に射止められて、エミリアの激しい感情はゆっくりと沈静化していく。

そこでようやく、テレサの言っていた『まったく真逆の似たもの同士』という言葉の意味を理解する。

母を殺され、必死に研究を続けてついに錬金術を取得し、それを隠しながら仇を取るために軍部に潜り込んだエミリア。

妹を殺され、その仇を取るために錬金術師を騙って、命懸けで軍部に潜り込んだテレサ。

一般人を装う錬金術師と、錬金術師を装う一般人。

確かに二人は——まったく真逆の似たもの同士だった。

何という、運命の悪戯なのか。

そこでふと、テレサが逮捕されそうになったときのことを思い出す。

あのとき彼女は、『逮捕されたところで身の潔白を証明する切り札を持っている』というようなことを言っていたが、おそらくその切り札とはこのことだったのだろう。実は錬金術師ではないとわかれば、必然的に犯人ではないということになるのだから。しかし、その切り札を使ったが最後、フェルディナント三世殺害容疑は晴れるが、今度は錬金術師詐称の容疑で即処刑だ。

いずれにせよ――あの状況でテレサが詰んでいたことに変わりはない。

だからきっと、エミリアが身を挺して彼女を庇ったことは、正解だったのだろう。

無意識にエミリアは笑みをこぼす。

「――すみません、少しだけ取り乱しました。でも……ようやく先生の本質に触れられた気がしました。あなたはデタラメで何も考えていないように見えて、色々考えているのですね」

「きみは大概この私を馬鹿にしすぎではないか⁉」テレサは目を剝いて怒鳴る。

いつもどおりのテレサを見て、エミリアも調子を戻す。

「ちなみに、昼間から酒に酔い潰れたり、他の部署の女性職員にちょっかいを出したりするのも、何かの計算なんですか？」

「それはそれ、これはこれだ」テレサは無駄に自慢げに胸を張る。

「基本的に私は好き勝手生きることに決めたのだ。好きなものを着て、好きなものを食べて飲み、好きなものを愛でる！　妹の分も含めて、私は二人分人生を楽しんでやらねばならない！　やりたくないことをやっている暇などないのだ！」

そうも自信たっぷりに、ダメ人間ぶりをひけらかされたら、さすがのエミリアも何も言えない。閉口するエミリアに、テレサは何やら意味深な笑みを向けながら告げる。

「――ときにエミリアちゃん。きみは私の最大級の秘密を知ってしまったわけだが……これからどうするのだ？」

「どう、と言われましても……明日からヘンリィ・ヴァーヴィル局長付きで仕事ですけど……。ああ、もちろん先生の秘密は墓の下まで持って行くつもりですよ」

「信用できんな！」突然テレサはそんな子供のようなことを言い出す。

「まったく信用できん！　きみという男は、目的のためなら平然と嘘を吐くからな！　私を局長に売って、その手柄で出世するくらいのことはやりかねん！」

「……しませんよそんなこと」エミリアはため息を吐く。

「第一、先生の秘密を話したら、もれなく先生も僕の秘密を話すでしょう。僕と先生はもはや運命共同体なのですから、自分から危険を冒すような馬鹿な真似はしませんよ」

「しかし、私の秘密が明るみに出たら間違いなく私は処刑まっしぐらだが、きみの秘密が明らかになったところで、きみはただ人からちやほやされるだけだろう！　まったくの不公平だ！」

「……できれば誰の目にも留まらないよう静かに生きていきたいタイプなので、それだけでもうものすごいデメリットですけど」

「それも嘘かもしれないだろう！　本当は目立つの大好きっ子かもしれないだろう！」

「滅茶苦茶だ……」エミリアは脱力する。「じゃあ、どうすれば納得してくれるんです？」

「ふむ、そうだなあ……きみを手元に置いておくことができれば、私の不安も少しは解消されるかもしれない」

「手元にって……どうやって？」

「……鈍い男だなきみは」テレサが呆れたように嘆く。「そんなだから、恋人の一人もいたためしがないのだ」

余計なお世話だ、とエミリアは口を曲げる。

テレサは居住まいを正し、改めてエミリアに告げた。

「単刀直入に言おう。私はきみが欲しい」

「――っ⁉」

突然の告白に目を白黒させるエミリア。テレサは身を乗り出して彼の手を掴み、熱っぽく続ける。

「きみの錬金術の能力はとても使える。さすがにそろそろ軍部でも私の能力を怪しむものが出てきたのでな。思っていたより軍には優秀な人材が集まっているようだ。本来であれば大変喜ばしいことではあるが、私にとっては都合が悪い。このままでは仇討ちという肝心の目的を果たすまえに処刑されてしまいそうだ。だから――きみの力が欲しい。フェルディナント三世をサポートしたアルラウネのように、この私を本物の錬金術師にしてほしい」

「え……は……？」

　思っていたこととは異なる方向に話が進んでいて、別の意味でエミリアはまた狼狽える。それでも、このままだとなし崩し的にテレサに都合良くすべてが決まってしまいそうだったので、エミリアは何とか口を開く。

「し、しかし、それは先生にとって都合が良いだけで、僕には何のメリットも――」

「きみがサポートしてくれたら、私の錬金術師としての評価はどんどん上がっていくだろう。私の名前が世に売れれば、きっと世界各地から錬金術にまつわる様々な情報が舞い込んでくるはずだ。そしていつか必ず、私やきみの仇である、彼のゾシモスの噂も紛れ込んでくる。少なくともきみは、情報局で出世をして政府の中枢に潜り込むよりも早く、仇に近づけることだろう」

　テレサの言うことは理に適っている。

　だがそれは、自分自身をエサにすると言っているに他ならない。

「……しかし、それでは先生の身に危険が及ぶのでは？」

「私は今だって命懸けでこの場にいるのだ。状況的には大して変わらん」テレサは何でもないことのように言う。

「きみが協力してくれれば、私も、私一人で情報を集めるよりも数倍早く仇に辿り着ける。それは私のメリットでもある」

「……つまり、先生が僕の能力を利用するように、僕も先生の立場を利用しろ、ということですか？」

「有り体に言えば、そういうことだな」テレサは嫌らしく口元を歪めて笑う。「だからこれは、協力というよりは共犯関係に近い。錬金術師を騙る一般人である、いわば《虚言師》ともいえるこの私と、一般人を騙る錬金術師である、いわば《虚言廻し》ともいえるきみの——共犯関係」

全身に鳥肌が立ち、エミリアは無意識に唾を飲み込んだ。

テレサの嘘を許容し、サポートするということは、国家に対する明確な反逆行為である。その事実が明るみに出たら、エミリアも極刑は免れないだろう。

だが、それにより受ける恩恵もまた絶大だ。テレサはただでさえ人目を引くのだから、これで錬金術師としての評価も加われば、それこそ本当に世界中にその名が知れ渡るはず。そうなれば——より早く、そしてより確実に、憎き錬金術師ゾシモスに近づくことができる。

エミリアは、本来石橋を叩いて渡るタイプの人間だ。綿密に計算し、計画を立て、危険を極力排除して——可能な限り安定した結果を得られるよう、これまで努めて生きてきた。

そんな彼からすれば、テレサの提案はあまりにもハイリスクハイリターンが過ぎる。普段ならば、わずかな考慮もすることなく棄却する類の妄言だ。

だがそれでも――エミリアは逡巡してしまった。

それはきっと、テレサ・パラケルススという女性の生き様に、憧れを抱いてしまったからだろう。

誰よりも人生を謳歌し、その陰では命懸けで宿命を果たそうと足掻いている、とても強い女性。

ほんの数日の間だが、そんな破天荒な彼女とともに行動して、エミリアにも少しだけその無茶なところが伝染ってしまったのかもしれない。

結局エミリアは、あっさりと決心を固めて手を差し出していた。

「――いいでしょう。結びましょう、その共犯関係。これで本当に――僕とあなたは運命共同体です。どうか僕を死なせないよう、上手く錬金術師を演じきってください」

「言うじゃないか」テレサは嬉しそうに差し出された手を握る。「きみも私を死なせないよう、全力でサポートしろ」

誰の目も届かない、元牢獄の地下室で――絶対秘密の共犯関係は結ばれた。

もう――後に引くことはできない。

「……とりあえず、局長に頭を下げて《アルカヘスト》への転属願いを出さないといけませんね」

エミリアは先の予定を考えて少しげんなりする。局長の期待を裏切るようでそこは本当に胸が痛い。

「意外と上手くいくと思うぞ」テレサは上機嫌にコーヒーカップを一気に呷った。「あの偏屈おやじは私を目の敵にしているからな。自分の腹心であるエミリアちゃんが自ら私の監視に入ると言ったら、きっと喜んで推薦状を書いてくれるはずだ」

それはそれで複雑な心境だった。エミリアとしても、ヘンリィの下で勉強したいと思ったのは本心だったのだから。

「いずれにせよ、しかめ面おやじの下であくせく働くよりも、私のような美人のお姉さんの下で適当に働くほうが、男の子としては嬉しいだろう？」

どこかコケティッシュな視線でテレサはエミリアを見やる。しかし——エミリアは渋い顔を返す。

「年下の男を誑かすつもりであれば、お酒は控えたほうが賢明ですね。最近の若者は、男女に関係なく酒臭い人間に嫌悪感を抱きますから。あと、僕を部下にするつもりであれば、勤務中の飲酒は禁止します。そんな身勝手を許していると なれば、軍内の僕の評価まで下がりかねませんから」

「やっぱりエミリアちゃん部下にするのやめるぅ！」テレサは悲鳴を上げた。

「もう遅いです。諦めてください」エミリアは平然と告げた。「その代わり勤務後であれば……まあ、たまには僕も付き合ってあげますから、それで我慢してください。どうせ酒飲み友達の一人もいないのでしょう?」

「ぐぬぬ……」テレサは悔しそうに言いよどむ。「きみ本当に遠慮がなくなってきたな……

……まあ、下手に畏(かしこ)まられるよりは私もやりやすいが……それでも限度はあるからな。ちゃんと上司として敬(うやま)えよ?」

「敬える上司になっていただけるのであればもちろん」

にっこりと、作り笑顔でエミリアは応じた。

それからふと気になることを思いついたので、この機会にテレサに尋ねてみる。

「そういえば――《アルカヘスト》ってどういう意味なのですか?」

「ん? ああ、ちょっとした言葉遊びだな」

テレサは悪戯を思いついた子供のような笑みを浮かべて答えた。

「《アルカヘスト》というのは、錬金術において、あらゆる物質を溶解させる架空の溶媒のことだ。ちょっと考えればわかると思うが、あらゆる物質を溶解させてしまうのであれば、それを保管する容器が存在し得ないことになるだろう? つまり《矛盾》や《虚偽》を意味するタームだ。錬金術師を騙るこの私が所属する組織の名前としては――この上なく最適だろう?」

「――どこまでも露悪趣味な人ですね、あなたは」

そんなテレサ・パラケルススという人間に関わることを決意したエミリアは、その先に待ち受けるであろう様々な困難を予見して——深い深いため息を吐いた。

あとがき

中学一年生のときアガサ・クリスティーの『そして誰もいなくなった』を読んだのが、最初のミステリィ体験だった。タイトルの格好良さに惹かれ、何の事前情報もなく読み始めた。今思えば、おそらくそれは人生最大の幸運だった。遠い異国の、しかも六十年も昔に書かれたその物語は、とてつもなく恐ろしかった。何が起こっているのかもわからないまま、登場人物たちと同じように恐怖に震え、それでもページを捲る手を止めることができなかった。そして最後にすべてが明らかになり、僕の心は「ミステリィ」という名状しがたい何かに囚われた。

その呪縛は——今も続いている。

はじめまして。紺野天龍と申します。

このたびは、『錬金術師の密室』を手に取っていただき、誠にありがとうございます。

デビュー作『ゼロの戦術師』（電撃文庫）のあとがきで、「元はミステリィ書きでファンタジィは初めて書いた」というようなことを書いたのですが、どうやらそれを真に受けたらしい早川書房の編集者から、執筆依頼を頂いたのがすべての始まりでした。

ミステリィの商業出版実績がない作家に、いきなりミステリィの新作依頼を出す早川書房様の決断には驚かされるばかりです。しかも、担当氏は、

「この作品では紺野さんのやりたいことを、やりたいようにやってください」

と言ってくれました。ありがたいことです。

そのため、大好きなミステリィへの想いを、全力で表現した作品となりました。どうか最後までお楽しみ頂ければ幸いです。


せっかくの機会なので、少しだけミステリィのお話を。

クリスティーからミステリィの世界に入ったので、中学生の頃は海外作品ばかり読んでいました。好きな作家は多いですが、やはりクイーンとクリスティーは別格です。〈悲劇〉シリーズを読み終わったときの衝撃は、今でも忘れられません。また、『アクロイド殺し』も、何の事前情報もなく読んだので本当に驚きました。とても幸運なことだったと思います。

ただ、国内作品は全然読んでいませんでした。何となく日本の推理小説は陰惨で暗いという偏見があったので。

そんな偏見を木っ端微塵に打ち砕いてくれたのが、有栖川有栖氏の『孤島パズル』でした。高校一年生のときたまたま図書室で見かけたのですが、この作品はタイトルも著者名も装幀もすべてがおしゃれで、国内にもこんな作品があったのかと驚きました。

以来、国内作品、特に新本格にどっぷりと嵌まりました。国内でも好きな作家は多いですが、その中でも特に京極夏彦氏、西澤保彦氏、森博嗣氏、城平京氏、久住四季氏には大きな影響を受けています。

高校一年生の冬、城平氏の『鋼鉄番長の密室』を読み、こんなに面白いミステリィが存在しても良いのか！　と感動したことがきっかけで、僕は小説を書き始めました。人生のターニングポイントです（奇跡的な幸運だった）。

そして高校三年生のときに京極氏と森氏にのめり込み、受験勉強そっちのけで読み漁っていたのも今となっては良い思い出です（その後とても大変だった）。

西澤氏を知ったのは大学一年のときで、『七回死んだ男』を教養科目の講義中に読んでいて、終盤飛び上がりそうになったのを今も鮮明に覚えています（そして注意された）。

久住氏がデビューされたのもちょうどその頃で、試験直前に『トリックスターズＤ』を徹夜で二度読みして、興奮冷めやらぬまま試験を受けに行ったことも（暗澹たる結果だった）。

傾向から推察するに、独特な世界観の中で、論理性を重視した作品が好みのようです。

本作が、錬金術というファンタジィ的な世界観のミステリィであるのは、そういった事情（趣味）のためであります。

僕が一番ミステリィに心を惹かれるのは、自由なところです。

読者を驚かせ、楽しませるためであればあらゆることが許容される——そんな懐の深さを持ったジャンルなのだと、勝手に考えています。

本作『錬金術師の密室』からも、ミステリィが内包する可能性を少しでも感じ取って頂ければ、望外の喜びでございます。

最後になりましたが、すべての関係者様に心からの感謝を。

特に担当の小野寺様。いつも的確なアドバイスをありがとうございます。本作が最後までクオリティを維持できたのは、間違いなく小野寺様のご助力によるものです。

そして最後まで読んでくださった読者の皆様にも、最大級の感謝を。

二〇一九年十二月某日自宅　無音にて

著者　紺野天龍

本書は、書き下ろし作品です。

阪堺電車177号の追憶

山本巧次

大阪を走る路面電車・阪堺電車。なかでも現役最古のモ161形177号は、大阪の街を85年間見つめてきた。戦時下に運転士と乗客として出会った二人の女性の数奇な運命、撮り鉄の大学生vsパパラッチvs第三の男の奇妙な対決……昭和8年から平成29年まで、阪堺電車で働く人々、沿線住人が遭遇した事件を描く連作短篇集。

ハヤカワ文庫

第1回アガサ・クリスティー賞受賞作

黒猫の遊歩あるいは美学講義

森 晶麿

でたらめな地図に隠された想い、しゃべる壁に隔てられた青年、川に振りかけられた香水の意味、現れた住職と失踪した研究者、頭蓋骨を探す映画監督、楽器なしで奏でられる音楽……日常に潜む、幻想と現実が交差する瞬間。美学・芸術学を専門とする若き大学教授、通称「黒猫」と、彼の「付き人」をつとめる大学院生は、美学とエドガー・アラン・ポオの講義を通してその謎を解き明かしてゆく。

黒猫の遊歩あるいは美学講義
森晶麿
Mori Akimaro

ハヤカワ文庫

黒猫の刹那　あるいは卒論指導

森　晶麿

大学の美学科に在籍する「私」は卒論と進路に悩む日々。そんなとき、ゼミで一人の男子学生と出会う。黒いスーツ姿の彼は、本を読み耽るばかりでいつも無愛想。しかし、ある事件をきっかけに彼から美学とポオに関する〝卒論指導〟を受けて以降、その猫のような論理の歩みと鋭い観察眼に気づき始め……。『黒猫の遊歩あるいは美学講義』の三年前、黒猫と付き人の出会いを描くシリーズ学生篇

第6回アガサ・クリスティー賞受賞作

花を追え

仕立屋・琥珀と着物の迷宮

春坂咲月

仙台の夏の夕暮れ。篠笛教室に通う着物が苦手な女子高生・八重は着流し姿の美青年・宝紀琥珀と出会った。そして仕立屋という職業柄か着物に詳しい琥珀と共に着物にまつわる様々な謎に挑むことに。ドロボウになる祝い着や、端切れのシュシュの呪い、そして幻の古裂「辻が花」……やがて浮かぶ琥珀の過去と、徐々に近づく二人の距離は——？　謎のイケメン仕立て屋が活躍する和ミステリ登場

ハヤカワ文庫

二〇一一年〈さわベス〉第一位

エンドロール

鏑木 蓮

映画監督になる夢破れ、故郷を飛び出した青年・門川は、アパート管理のバイトをしていた。ある日、住人の独居老人・帯屋が亡くなっているのを見つけ、遺品の8ミリフィルムを発見する。帯屋は腕のいい映写技師だったという。門川は老人の人生をドキュメントにしようとその軌跡を辿り、孤独にみえた老人の波瀾の人生を知ることに……人生讃歌の感動作（『しらない町』改題）。解説／田口幹人

P・O・S
キャメルマート京洛病院店の四季

鏑木　蓮

コンビニチェーンの社員・小山田昌司は、利益の少ない京都の病院内店舗に店長として赴任した。そこには——新品のサッカーボールをごみ箱に捨てる子ども、亡くなった猫に高級猫缶を望む認知症の老女、高値の古い特撮雑誌を探す元俳優など、店に難題を持ち込む患者たちが……京都×コンビニ×感涙。文庫ベストセラー作家が放つ、温かなお仕事小説。心を温める大人のコンビニ・ストーリー。

ハヤカワ文庫

著者略歴　作家　著書『ゼロの戦術師』『エンドレス・リセット　最果ての世界で、何度でも君を救う』

HM=Hayakawa Mystery
SF=Science Fiction
JA=Japanese Author
NV=Novel
NF=Nonfiction
FT=Fantasy

錬金術師の密室

〈JA1419〉

二〇二〇年二月二十日　印刷
二〇二〇年二月二十五日　発行

（定価はカバーに表示してあります）

著者　紺野天龍
発行者　早川浩
印刷者　西村文孝
発行所　株式会社早川書房

郵便番号　一〇一 - 〇〇四六
東京都千代田区神田多町二ノ二
電話　〇三 - 三二五二 - 三一一一
振替　〇〇一六〇 - 三 - 四七七九九
https://www.hayakawa-online.co.jp

乱丁・落丁本は小社制作部宛お送り下さい。送料小社負担にてお取りかえいたします。

印刷・精文堂印刷株式会社　製本・株式会社フォーネット社

ISBN978-4-15-031419-4 C0193

本書は活字が大きく読みやすい〈トールサイズ〉です。